大江安澜

赵庆胜 著

浙江工商大学出版社
ZHEJIANG GONGSHANG UNIVERSITY PRESS
·杭州·

图书在版编目（CIP）数据

大江安澜 / 赵庆胜著 . — 杭州：浙江工商大学出版社，2022.6 （2024.8 重印）
ISBN 978-7-5178-4909-4

Ⅰ . ①大… Ⅱ . ①赵… Ⅲ . ①散文集－中国－当代 Ⅳ . ① I267

中国版本图书馆 CIP 数据核字（2022）第 063664 号

大江安澜
DAJIANG ANLAN

赵庆胜 著

策划编辑	王黎明
责任编辑	张　玲
封面设计	观止堂 _ 未氓
封面画作	周名德
责任校对	何小玲
责任印制	包建辉
出版发行	浙江工商大学出版社
	（杭州市教工路 198 号　邮政编码 310012）
	（E-mail：zjgsupress@163.com）
	（网址：http：//www.zjgsupress.com）
	电话：0571-88904980，88831806（传真）
排　版	杭州市拱墅区冰橘平面设计工作室
印　刷	杭州宏雅印刷有限公司
开　本	880 mm × 1230 mm　1/32
印　张	10
字　数	228 千
版印次	2022 年 6 月第 1 版　2024 年 8 月第 3 次印刷
书　号	ISBN 978-7-5178-4909-4
定　价	58.00 元

湖山有幸遇故人

（代序）

　　提笔之前，思考良久，最终我还是用本书一篇文章的题目来作序言之名。之所以借用，是因为庆胜兄的新作《大江安澜》，呈现给我们的正是历史长河里星光璀璨的历史人物与绿水青山相互交融的缕缕往事——之江大地，山色葱茏水光潋滟，这片湖山可谓有幸，遇到了那些出色的旧年人物。然而，那些人物又何尝不是有幸，从此深远久长地蕴蓄在了此山此水之间。人因地灵而杰，地也因人杰而灵。恰如作者在后记中所说："山河有故人，山水有精神，文脉有魂魄。"这就是有缘相遇的魅力。

　　悠悠数千载，浙江历史创造了辉煌的吴越文化，古越之地，人文蔚起，被誉为文化之邦。正如此，历代先贤纷至沓来，或爱山乐水探幽访胜，或求慕先哲论学问道，或治水养民安定一方，或金戈铁马托体山河。他们不仅为浙江构建起丰厚的历史文化底蕴，也留下了无数精彩的华章——既有熠熠生辉的晋赋唐诗，也有风雅精致的宋韵文化；既有治理家国的情怀风范，也有抵御外侮的旷世悲怆。

千古兴亡，百年悲笑，一时登览。历史是一面镜子，文化则是民族的血脉。我想，作为一名书写者，终究有责任去钩沉那些湮灭在历史长河中的人文往事，因为这些人文往事里沉淀的是一个民族的昌盛与屈辱。《大江安澜》试图穿越千年沟壑，回望历史脉搏，那些在洪流中的人情、悲怆和山河意境于文字间隐隐传来，另有一番暗香浮动。

第一重，是情怀之美——以情写人、以情感人、以情化人。作者写范仲淹："在范仲淹的词典里从来就没有'站队'一词，只有'站对'，那就是站在对的一边。"寥寥数语，把秉持"宁鸣而死，不默而生"，立身孤高，谏言无忌的范仲淹刻画得形神毕肖。写陆游，他说："做一名诗人，并不是陆游的人生追求，他不甘心做皓首穷经、终生伏案的书生，倒更愿意做一名跃马杀敌、立功疆场的战将。"他还写道："不管是在抗金战场上仗剑厮杀，还是卜居山阴执笔当歌，他无时无刻不在为实现自己年轻时的梦想而努力奋斗，但最终换来的却是报国无门、衷情难诉的无奈境况。"诗人陆游的家国情怀掷地有声。

百年歌舞，百年酣醉。酣然绽放的艺术之花掩盖住了南宋王朝的种种矛盾，不断消退的战斗力和回不去的"老家"，成为北宋遗臣心中永远的痛。在《化作啼鹃带血归》中，他写道："时隔千年，文天祥与那些'留取丹心照汗青'的英雄一样，早已化作啼血的杜鹃鸟，魂归故土，在皋亭山，在故都临安，以及南宋的天空飞翔，哪怕流尽最后一滴血，也要把王朝的记忆染成一片鲜红。"一道凄美的笔触，画出了文天祥和北宋遗臣们未了的心愿。

明清易代，海立山奔，血与火写下了一段不堪卒读的痛史。他写道："张苍水凭着一个文人的底色，带着对国家、民族、社稷、文化的血性，搅动了故国半壁江山，让大清入关后近二十年而不得安宁。他虽无力阻挡历史的车轮，却感动了无数故国遗民，给明朝这口朽烂不堪的棺材，钉下了最后一颗钉子。"如此描绘大明王朝最后二十年的孤胆英雄张苍水，也是在描绘一腔忠诚与热血，一种坚毅而悲怆的无边情怀。

第二重，是人性之美——尤其是人的灵魂经历伤痛之后如花般的怒放。他写时势造英雄，乱世显真章——"从玄宗朝的聪颖早慧到肃宗朝的主理军机，从代宗朝的避世归隐到德宗一朝的力挽狂澜，李泌都是'权逾宰相'而从不越位，功成名就后又都悄然归隐，'潜遁名山，以习隐自适'……既无得意时的忘形，也无落魄时的潦倒，正如他少年时所说：'静若得意。'"这是道家"无我"和儒家"无可无不可"的修养之和合，但也油然生出"该仕则仕，该隐则隐，该进则进，该退则退"的李泌的人格之美。

他写白居易"心安是归处"，"他要让自己的治世抱负像莲花一样，盛开在杭州这片山水之间，像'三秋桂子'一样，清香弥漫江南大地"。且不止是在《一片冰心在西湖》文中，到了《千年一梦是江南》，依然是"那尊比照武则天容貌仪态雕刻的卢舍那大佛，高大壮美，蒙娜丽莎般的笑容千年不变，而在神秘笑容前走过的'诗魔'白居易早已魂归极乐，他不灭的诗情，也仿佛随着清澈灵动的伊河之水，穿越千山，流向那承载着他梦想的浔阳江畔、钱塘西湖和姑苏七里山塘，脍炙人口的《忆江南》穿越时空，回响依旧……"

第三重，是悲怆之美——将悲怆视作痛苦生命底色上绽放出的鲜艳和壮丽。"宫廷内部为了王位，还会杀得人仰马翻，父不父、子不子、君不君、臣不臣的悲剧永远不会停止，帝王们挂着儒家温情脉脉的羊头，卖的仍是法家冷峻无情的狗肉……"这是《富春山水当长歌》呈现出的严光遗世独立、规避锋芒的悲怆。

连下十二道金牌，宋高宗终将岳飞北定中原的梦想化为泡影，让旷世英雄徒留一曲失败的悲歌。"'赤心报国，誓杀金贼'这八个大字，不仅仅是刺在他们脸上，更是刺在他们心里，甚至是骨头上。"这种悲怆伴随着岳飞慷慨悲壮的《满江红·写怀》，在南宋河山的上空整整回荡了百余载。

第四重，是意境之美——虚实相生、气象宏阔、灵动多姿。在《旗影角声凝风骨》中，江南的雨成为一种不可缺少的意象，"演绎成高山流水般的曲调，汇集成诗情画意的文字溪流，或平实，或悲伤，或激昂，既有'留得枯荷听雨声'的期盼，也有'润物细无声'的温润，还有'斜风细雨不须归'的惬意"。同样，在《庆历梦残空遗恨》中也有雨："……雨丝如幕，在秋风的裹挟下，空中升腾起团团水雾，远远眺去，宫殿楼宇沉浸在一片朦胧烟雨的氤氲里，一切都好像罩上了一层轻纱，虚无缥缈。"这既是江南烟雨意境之美，也是对迷失方向的北宋政治的一种映衬。

何止是雨，还有纷飞的大雪。《铁马金戈入梦来》中呈现出的是千年前那场雪的凄美："这场大雪仿佛为大宋破碎山河披上了一层洁白的纱被，以此慰藉国殇。辛弃疾率领一小队人马冲进了皑皑白雪中。大雪之夜，亡命的僧人，仗剑的将军，构成了一幅温柔而又残酷的画面。"而"留取丹心照汗青"的文天祥，也早已"化作啼鹃带血归"，把王朝的记忆染成一片鲜红。"王公贵族们沉迷于在纸绢上描绘心中向往的梦幻城邦，醉生梦死在宋词缠绵吟唱的家国情怀里，在青瓷那抹诱人的天青氤氲中，把烟雨江南装扮成中国历史上为数不多墨色生香的风雅王朝。"灵动的笔触，勾勒出一幅幅凄美画面。

《大江安澜》在历史曲折婉转的明暗基调之上，以古往今来英雄先贤的悲欢离合为引，与他们或激昂澎湃挥斥方遒，或慷慨悲歌遥相唱和，一众文化雕塑群像也就随之勾勒而来，栩栩如生、光彩熠熠。那些胸怀家国、宁死不屈、敢爱敢恨的大气象、大境界，仿若能够透过时空深邃的眼眸，再一次出现在眼前。

写作，是一场孤独的修行。庆胜兄作为这条道路上的跋涉者，自然还有很长的路要走。我却有理由相信，胸中充溢了大江安澜的人，会更加守正、诚笃、浑然、阔大，从而为他立足的文化自信的时代交上一份完满答卷。

是为序。

夏　烈

二〇二二年五月

（本文作者为杭州师范大学教授、一级作家。中国作协网络文学研究院副院长、杭州市文艺评论家协会主席）

目录

001　富春山水当长歌

009　诗意行走罗浮梦

020　积水沧浪望海楼

028　一江潮水千古事

041　千年梅城诗情长

049　计将安出定乾坤

063　一片冰心在西湖

071　驿寄梅花泪沾襟

080　长恨歌罢琵琶行

092　千年一梦是江南

103　岁月深处唱挽歌

121　庆历梦残空遗恨

145　事如春梦了无痕

153　欲将血泪寄山河

168　旗影角声凝风骨

175　但悲不见九州同

187　怒发冲冠空悲切

204　铁马金戈入梦来

223　化作啼鹃带血归

235　硬气底色写汗青

245　南宫复辟大明殇

262　湖山有幸遇故人

279　苍水无际好山色

291　人生如戏亦如梦

307　用传承去铭记

富春山水
当长歌

|

一领羊裘，一根钓竿，严光静静端坐。

春光和煦，洒在生机盎然的富春山麓，满山的绿色波浪像顽皮的孩童，在春风里欢呼跳跃。丛林掩映着的东台大石坪上，严光眺望着富春江的远方，目之所及处山峦连绵不断，层层叠叠，若隐若现，如墨如黛，恰似舞台之上看不透的层层帷幕。

严光望着眼前不断变化着的富春山水，想到了那个尔虞我诈的官场，想到了那位居庙堂之上的同窗——光武帝刘秀。这些似近似远的一切，终于被自己抛在了脑后，顿时感觉身心轻松了许多。严光深深吸了一口气，不由得伸出双手，在眼前飘忽的光束里狠狠抓了一把。是空的，亦如那些过往，他笑着摇了摇头。一阵微风拂过，裹挟着一江春水的问候，那是春天万物复苏的味道。脚下的富春江江水潺潺，这灵动的江水，与自己一样，都是不远千里而来，仿佛特意在此相遇。大江东去，江帆点点，时光流走，严光依旧。这应该是两千多年前那个春天里富春山麓最为惬意的一幕吧！要不然严光怎会抛却名利，千里迢迢，归隐山居？

一江之水，逶迤而来，由建德梅城汇入，向东北顺流而下，这江便有了个温柔婉约的名字——富春江。然而让严光想不到的是，多年后，他隐居垂钓的地方，竟成为历代文人雅士神往不已的精神圣地。自古文人心里都有一个属于自己的桃花源，一心向往"采菊东篱下，悠然见南山"的生活，这是他们骨子里的清高和淡泊。富春山水滋润了严光的隐居之心，他也成就了这方清丽山水，牵引着无数文人墨客的思想灵魂流连于富春江畔，寄情于山水之间。

人老了，总是有些怀旧。尽管严光不愿意再去理会那些俗世的是是非非，可他终归还是凡胎肉体，还是会有牵挂。他忆起了自己的家乡，怀念家乡的春天、村庄、河流，这一切就像是触动了某根琴弦一样，声响在心中回荡。过去的一些人、一些事、一些场景，有形或无形的，都开始在岁月经轮里翻转。

据《后汉书》记载，严光本姓庄，叫庄光，字子陵，会稽余姚（今宁波余姚）人。后因避汉明帝刘庄的名讳，改名为严光。汉元帝永光五年，也就是公元前39年，这是一个历史上有记录的多灾多难的年份。

先是颍川（今河南禹州）发大水，"雨坏乡聚民舍及水流杀人"；后有黄河在清河的灵县鸣犊口（今河北景县、山东高唐一带）决口，中原百姓流离失所。也就是这一年，日后令朝堂牵挂、让圣贤传颂的严光，在余姚横河石堰境内的陈山呱呱坠地了。细说起来，严光也算出身书香门第，他的高祖庄助颇有文采，是著名的辞赋家，在汉武帝时期曾经做过会稽太守，正因如此，严光祖上才从老家河南迁至余姚。

2

严光的父亲庄迈，曾经做过南阳郡新野县的县令。严光自小就受父亲熏陶，喜读书，爱思考，聪慧过人。当然，除了读书之外，严光还是个爱好游历的人。受古代先贤影响，他认为只有这样才能把书读活，用"读万卷书，行万里路"来形容他，是再合适不过了。这也许就是他日后不愿出仕、隐居山野、寻觅青山绿水相伴的一个主要原因吧。爱读书、喜山水、好游历，这就是从历史中走来的活脱脱的严光。严光少时便不同凡响，十几岁就精通《诗》《书》，稍大后，《书》更是成了他的专攻。每每与同窗交流，众人皆对他的多才善辩、逻辑缜密，深表敬佩。人们预言：小小余姚，将来会因为严光而荣耀无限。

"少有高名，与光武同游学。"为了进一步深造，严光跋山涉水独自一人来到梦寐以求、人才济济的京都长安，在汉朝最高的学府——太学里就读。也就是在这里，他遇到了十几年后登上皇帝宝座的刘秀。一个官宦子弟,一个王室后裔,虽然严光比刘秀大了整整三十四岁,但刘秀对博学多才的严光崇拜至极,两人彼此欣赏,性情相投,交情深厚,很快成为铁杆兄弟。

西汉王朝,是中国历史上的大一统王朝,也是第一个强盛稳固的朝代,共历十二帝。它在历史舞台上演绎了二百多年的鼎盛辉煌之后,也日薄西山、矛盾丛生、腐败成风,最终被外戚王莽篡权,一个叫"新"的朝代在西汉王朝的废墟上迅速崛起。

俗话说得好,人怕出名猪怕壮,像严光这样的人才更是如此。进入太学的严光,非常珍惜来之不易的学习机会。尽管与同窗相比,已算是"大龄青年",没有丝毫年龄优势,但是他谦虚好学、博古通今,且极具人缘,不久就声播京都。一直仰慕严光才华的王莽,掌权后的第一个想法就是邀请他出仕,辅佐自己。想法很丰满,现实很骨感,让王莽意想不到的是,严光断然拒绝了他的邀请。王莽虽然对此有些不悦,但他反倒更加真切地认为严光这种清高与孤傲的人,正是自己需要征服和利用的栋梁之材。对于王莽这种近似于纠缠的邀请,严光再三拒绝之后,还是心有余悸,他决定三十六计走为上计。为彻底摆脱这种羁绊,严光悄悄离开了长安太学,独自一人东出函谷关,准备取道洛阳,南归故里。

可惜计划终究没有变化快,此时的中原已是狼烟四起,白骨蔽地,百里之内不见人烟。严光一路走,一路望,见这一路苍凉,不由得想起了圣人老子的哀叹:"师之所处,荆棘生焉,大军之后,必有凶年。"归乡已无路,无奈之下,严光想到了儒家的发源地齐鲁——这是学子们心中的圣地,喜好游历的他早就梦想着有一天能去那里寻觅良师益友。于是,严光几经辗转来到风景秀美、群山连绵的沂蒙山南麓,最终在沂水之滨结庐安身。隐居山野，既是他避开战火狼烟的聪明之举，也是他修养身心的方式。

从此，严光结庐沂水之滨，晨曦中垂钓果腹，鸟鸣中读书入静，夜幕下观星耳语，四时里对话风光。山中蕨、水中鱼、岭上风、手中书，严光全身心徜徉于青山绿水间。

3

严光沂水垂钓，意不在鱼，尤其是在经历了出走长安，目睹中原疮痍之后，他的心更像是一面明亮的铜镜。严光知道天下之乱，都是起源于那些争当一国之君者的贪欲之心，如果没有贪欲，也就没有杀戮，因此他更加坚定了归隐之心。

公元 25 年，严光的同窗好友刘秀终于击败王莽，在洛阳建立起东汉王朝，登基即位，成为历史上有名的光武帝。当刘秀得到了用人民血汗换来的"赤符"后，亦如王莽般盛邀严光出仕，助其巩固政权。刘秀心想，这位昔日的同窗总会给自己一些面子，谁承想严光却避之不见，派去的使者吃了闭门羹。当刘秀亲自出面邀请他入宫时，严光还是不理不睬，依旧高卧床头酣睡。刘秀只好承诺不谈做官之事，只是请他去宫中一叙，严光这才屈尊移步。

饱读诗书、学富五车的严光，深知人间一切祸害都是源于权力之争。如果消除了人们的争权之心，也就消灭了天下的战争；如果天下人都甘当农夫、渔翁，不去争夺代表荣华富贵的"赤符"，那么天下也就太平了，也就不会以暴抗暴，东征西讨，为"大一统"搞得赤地千里、白骨露野。正因为严光看得透这些，心如明镜，才能做到不管是面对荣华富贵的诱惑，还是面对战争杀戮的威逼，他都始终秉承许由、巢父等古代隐士的高尚品德。当光武帝刘秀正式授予严光谏议大夫之职时，他跟以往一样，坚决不做，请求皇帝放他回家乡。刘秀见严光确实不愿为官，纵是一百个不高兴，也只好放了他。颇有心机的刘秀本想借严光的才学稳固江山，却不承想又被严光占了先机，借他这个皇帝的位高权重，号召天下人戒贪戒懦，用他光武帝的名望成全了自己的清名。

当初，严光反穿羊皮袄，头戴草帽，大摇大摆走进皇宫，一权不取，一名不沾。如今，他依旧穿着那件羊皮袄，不带走一丝富贵，戴着那顶大草帽，从皇宫里潇潇洒洒地走了出来。严光之所以走得这么坚决，是因为饱读经书的他心里比谁都清楚，宫廷内部为了王位，还会杀得人仰马翻，父不父、子不子、君不君、臣不臣的悲剧永远不会停止，帝王们挂着儒家温情脉脉的羊头，卖的仍是法家冷峻无情的狗肉，信奉以霸称雄天下的大汉朝，最终还将陷入强兵制霸的泥潭。

与前次隐居沂水不同的是，这次严光选择了桐庐。富春山并不险峻，却极有特色，树石相依，是那种天生为画而生的褶皱山。这里山水潇洒清绝，有着"锦峰绣岭、山水之乡"的美誉。从此，严光结庐富春江畔，过上了自耕自食的逍遥生活。后来，光武帝刘秀多次诏请他，甚至在建武十七年（公元 41 年），年近八十的严光快要走到生命尽头的时候，还想请他进京，但都无一例外地被拒绝了。

4

濑，沙石上流过的急水。

桐庐七里濑，又称严陵濑、子陵濑、严滩，据说是后人为了纪念严光在此隐居而命名。而今，这一段又被人们誉为"富春江小三峡"。

细细想来，两千年前的这里，沙石之上江水湍急，能否钓到鱼确实要打个问号。我想严老先生垂钓也许只是做个样子罢了，重要的是他在欣赏一江春水和两岸青山时，俗世的一切也会湮灭在泱泱江水中。况且，他的归隐之地与不远处的桐君山遥遥互望，能与黄帝时期悬壶济世的桐君老人相伴，还有满地花草，满天星斗，实乃一大幸事。严光隐居富春山，让他万万没有想到的是，因为他的到来，富春山水都灵动了起来，这里成为隐逸文化的重要起源地，成为历朝历代文人雅士向往的精神圣地。

说到严光归隐富春，就不得不提范仲淹。两人虽然相距近千年，却有着一段难解的历史渊源。范仲淹作为北宋的政治家、文学家，立身孤高，谏言无忌，以致屡谏屡贬。北宋景祐元年（公元 1034 年）春天，草长莺飞，万物萌发。四十六岁的范仲淹因反对仁宗皇帝废黜郭皇后，被贬任睦州知州。当时的睦州府城就在现在的建德梅城。来睦州之前，范仲淹就已经对此行做了认真规划，其中较为主要的就是去拜谒一下心中的偶像严光。等范仲淹来到严子陵钓台时，此时的严子陵祠早已破败不堪、摇摇欲坠，范仲淹立即全力以赴组织修缮，还为保护严子陵祠专门建规立制，制订政府修缮的规矩，免除严家四代后裔的徭役，让他们专门负责祭祀之事。自北宋到民国，严子陵祠一共修缮了二十六次。范仲淹为睦州翻开了文化史上灿烂的一页，使得严光归隐的故事不仅仅停留在山水之间，还走进了世世代代人的心里。严先生"高风亮节"之灯被范仲淹拨亮。

遗世独立的严光，规避锋芒，屡屡辞官归隐，一竿细竹钓出了中华文明绵绵不绝的正气清风；鞠躬尽瘁的范仲淹，忠君爱民，谏言无忌，屡遭贬谪，却有"先天下之忧而忧，后天下之乐而乐"的胸怀。同样的逸兴遄飞，同样的寄情山水，他们对后人的影响是一脉相承的。严光影响了后来者范仲淹，而范仲淹也成就了严光。

一代大隐，一代忠臣，跨越时空相遇，千古传颂。

诗意行走

罗浮梦

┃

《山海经》中，有"瓯居海中"的说法。

瓯江，作为浙江第二条大河，发源于丽水龙泉与庆元交界的百山祖锅帽尖，绵延八百里，盘踞千岭间，奔腾向东海。秀峰、奇石、碧湖，构成了一幅幅绮丽画卷。古往今来，文人墨客们用瑰丽多彩的文字，把它孕育成一条"流诗的江"。

南朝刘宋景平元年（公元 423 年）九月，瓯江畔的永嘉郡（今浙江温州），在经历了一场暴风雨后，天气已经开始有些凉意。这天一大早，江畔北亭挤满了民众，都是自发从四面八方赶来的，为的是恭送太守谢灵运。远处，山水相连，如黛似墨，别有一番写意。亭前，吏民群集，依依惜别，此情此景比渐凉的天气还多了份难以名状的伤感。谢灵运站在石阶之上，向民众挥舞着双手，两眼开始有些湿润，甚至有些模糊。这种模糊既是他对刘宋王朝的哀叹，也是对自己这次政坛"谢幕"的无奈。谢灵运知道，今天离别的一幕迟早都会上演，因为之前这样的场景已经无数次出现在他梦境里，这是一曲难以挽回的时代悲歌，更是时代给他这样的文人带来的不幸命运。江水奔流，时光难返。此时，谢灵运忽然想起一年前自己也是从身后这条江逆流而来的，就像是自由的灵魂逆行在这个时代里。而今，自己又要由此而去，所不同的是，来是因受权臣排挤，千里赴任；去则是因自己托病辞官，意欲归隐。

刘宋永初三年（公元 422 年）初秋的一天，瓯江之上，白帆点点，一位远道而来的客人，从瓯江支流逆流而上。男子身着鲜丽的宽袖长衫，静静伫立在船头，潇洒的长衫随着江风翩翩飞舞，不时引来过往船客的关注，这一刻他注定成为瓯江上一道独特亮丽的风景线。客船逆流向前，两岸青山徐徐入画，男子坦然淡定，这就是跋山涉水千里赴任永嘉郡太守的谢灵运。

据史料记载，永嘉郡，古郡名。东晋明帝太宁元年（公元 323 年），析临海郡温峤岭以南地区置永嘉郡，辖永宁（今温州四大城区、永嘉县、乐清市一带）、安固（今瑞安市、文成县、泰顺县一带）、横阳（今平阳县、苍南县一带）、松阳（今丽水除遂昌县之外）四县。治永宁，建郡城于瓯江南岸。由此可见，谢太守当年任职的永嘉郡并非现在的永嘉县，当时的永嘉郡地域辽阔，版图相当于今天的温州全市和丽水市部分县区，是一个"大永嘉"。

聆听着瓯江上船工的号子，伴随着船桨激起的清冷浪花，谢灵运望着由远而近的江山丽景，心中的惆怅并没有随着江水逝去，心头反而更加隐隐作痛，他不由得想起了那个足以让自己自豪一生的谢氏家族，想起了自己出仕以来所经历的种种。

晋孝武帝太元十年（公元 385 年），谢灵运出生于会稽郡（今浙江绍兴）谢氏家族。在东晋百余年历史上，陈郡谢氏与琅邪王氏、谯国桓氏、颍川庾氏并称"四大家族"，一起辅佐皇族司马氏，共同左右着这个偏安江南的政权，是名副其实的东晋南朝一流士族。谢灵运的祖父谢玄，声名显赫，官至车骑将军，曾于淝水之战中打败来犯的北方军队，使南北对峙的局面得以维持。谢灵运的父亲谢瑍，曾官拜秘书郎，袭爵康乐公。由此看来，谢灵运确实是个不折不扣的"官二代"。

谢灵运出生在这样一个地位显赫的名门望族里，自小生活优越，而且聪慧过人，头脑灵活。他虽说不上纨绔，但也爱别出心裁，常常有与众不同的"赶时髦""玩个性"的想法，是个典型的时尚潮人。《宋书·谢灵运传》称："（谢灵运）性奢豪，车服鲜丽，衣裳器物，多改旧制，世共宗之，咸称谢康乐也。"谢灵运不拘一格，喜好追求华丽、个性，经常把马车和衣服搞得很拉风，他无论走到哪里都是焦点，有着不同于常人的光环。谢灵运不愿意接受尘俗条条框框的约束，他就要活出自己的个性，活出自己的样子，借此让自己舒适安逸的生活多一些喧腾和色彩，让自己的灵魂像风儿一样自由自在地飞越山冈。久而久之，谢灵运这种特立独行的风格，吸引了不少贵族世家子弟，他们就像是一群飞舞的彩蝶锲而不舍地追逐怒放的鲜花，成为谢灵运的忠实粉丝，开始疯狂地模仿他。一时间，谢灵运成为当时流行的风向标。

2

　　名门世族遗传给谢灵运的不单是标新立异的贵族气质，还有过目不忘和擅长诗词歌赋的天赋。《宋书·谢灵运传》记载："灵运少好学，博览群书，文章之美，江左莫逮。"谢灵运在很小的时候就彰显出过人的天赋，文笔之优美在当时江南一带没有人能超越，因此少年得志的他也逐渐养成了自视甚高的性格。尽管谢灵运很小的时候父亲就去世了，但谢氏家族的长辈们都十分喜欢这个活力四射的后辈，对他宠爱有加。十八岁那年，谢灵运承袭家族爵位，被封为康乐公，食邑二千户。

　　公元 420 年，寒门出身的刘裕羽翼渐丰，最终扯下了护国的面具，建立宋朝，史称刘宋。刘宋王朝为了制衡皇族与世家大族共存的局势，开始对门阀世家采取打一下、拉一把的手段，当然，对谢氏家族也不例外。原来在东晋王朝靠着二千食邑吃香喝辣的谢灵运，爵位由康乐公降为康乐侯，食邑由二千户降为五百户。对于这些，谢灵运自然是心知肚明，在泥沙俱下的政治洪流中，像谢氏家族这样的前朝遗臣是很难受到刘宋王室重用的。尽管这样，贵族出身的谢灵运，并不甘心徒有济世之才而无用武之地，他意气风发，仍渴望在政治舞台上大展身手。按照朝廷惯例，像谢灵运这样的世袭贵族子弟，一般都会被当作"后备干部"使用。因此，谢灵运获得了自己在新朝的第一个官职——散骑常侍，相当于皇帝身边打杂的秘书，之后又转任太子左卫率。步入官场的谢灵运，并没有感受到自己当初想象中的那种洒脱、兴奋，在历经权臣人心叵测、党派尔虞我诈、宫廷波谲云诡之后，仕途坎坷的他不得不重新审视自己的选择。

降爵为侯，政治失意，按常理讲，此时的谢灵运更应谨小慎微，但实际情况却恰恰相反，因为他骨子里的那份高傲和特立独行是与生俱来的，毕竟此时的他还达不到陶渊明那样的修养。

谢灵运入仕后，没有受到重用，总认为自己怀才不遇，心理上难免有些失衡，经常大发牢骚。今天，我们从谢灵运之后的发展来看，当初这一系列的打击，对于出身优越且特立独行的他来讲，倒不失为一件好事，这样更能让官场残酷的政治斗争，早日唤醒他沉迷自信的美梦，为他日后成为中国山水诗鼻祖和与陶渊明并称同时代的"诗坛双璧"，奠定了坚实基础。"既不得志，遂肆意游遨，遍历诸县，动逾旬朔。"在经历宫廷斗争和"擅杀门生"之变后，谢灵运对白色迷雾掩饰下的刘宋王朝的黑暗，看得越来越清晰，对自己追求的未来生活方向也更加笃定。

刘宋永初三年（公元 422 年）五月，宋文帝刘裕卒，太子刘义符即位，是为少帝。曾经侍奉过太子的谢灵运，本以为这次自己可以飞黄腾达、出将入相了，可等待他的却是被权臣排挤离京，贬任千里之外永嘉郡太守的结果，说到底这也是一种变相流放。那时的永嘉郡，地处荒僻东夷，楠溪江畔草木葱茏，它的下游绿嶂山也被葳蕤草木覆盖。有谢灵运诗作《登永嘉绿嶂山》为证："澹潋结寒姿，团栾润霜质。涧委水屡迷，林迥岩逾密。眷西谓初月，顾东疑落日。"可以想象得出，当时永嘉大山深处古树蔽日，浓翳遮天，在林间竟闹不清月出日落、谁东谁西，辨不明方向，故谢灵运每次外出，都要"裹粮策杖"，有时还要带上一班人马在前边砍伐开道，其荒僻程度可想而知。

从繁华京都到荒僻东夷，从衣食无忧的名门贵胄到纵情山水的边陲太守，遥遥路途，何时是归期？然而，就是在这样的环境中，诗人谢灵运依旧以桀骜不驯的姿态，以看风景的心情来看待一切困难，他这种苦中求乐的精神确实难能可贵。

浪花飞溅，瓯江依旧，这一切正为谢灵运心中孕育着不一样的诗情。心里有风景，眼里满是风景。一片片青山碧水渐渐在他眼前展开，微风拂袖，豁然开朗，瓯江两岸的山山水水都成了谢灵运眼中不一样的风景，化成一片又一片山水诗的茂密森林。我推想，此时的谢灵运肯定不知道自己将来也会成为风景中永恒的一部分，更不知道他会为后人在此开创山水诗文的新篇章，让永嘉成为名副其实的"中国山水诗的摇篮"。

3

个性张扬的人不仅藏不住自己的实力，而且往往会更加注重自身价值淋漓尽致的实现，任何困难在他们意志的碾压下，都可以灰飞烟灭。谢灵运就是这样的人。

在永嘉郡，谢灵运并没有像人们想象的那样，一味地好山乐水。他一来就爱上了永嘉这片灵秀山水，这是不容置疑的，但是他对自己一郡太守的职责也是十分看重的。公务闲暇之余，谢灵运深入基层，了解民间疾苦，巡视农田，体恤民情。在郡守任上，他还重点抓了兴修水利、劝课农桑、振兴教化等造福民众的基础性大事，在让这片青山秀水铭记他的同时，也让后人感受到他对天下苍生的悲悯，对职业的尊重。

为了真实揭示大自然蕴藏的无穷无尽的生机妙趣，谢灵运还以探险家的气魄和诗人的热情，亲临深山幽壑、激湍飞瀑，以先得山水胜境之妙为快，并力求将自己感悟到的山水美景毫厘不差地表达出来。

"乱流趋正绝，孤屿媚中川。云日相辉映，空水共澄鲜"，这是谢灵运踏上温州鹿城江心屿，对水天交映风景的由衷感慨；"眷西谓初月，顾东疑落日"，这是谢灵运在永嘉楠溪江沿岸流连忘返的真实感悟；"扬帆采石华，挂席拾海月"，这是谢灵运经过瓯海三垟湿地时，闲适心情的惊鸿一瞥；"企石挹飞泉，攀林摘叶卷"，则是他在乐清雁荡山中，小心翼翼踩着石头，轻轻摘下尚未展开的初生嫩叶时，对生命和自然的肃然敬畏。谢灵运用眼睛发现了永嘉郡不一样的美，用诗歌将自己的感悟深深镌刻在山水间。

相遇虽是短暂的，但诗篇的华彩却是永恒的。

"在郡一周，称疾去职。"公元 423 年的秋天，在谢灵运看来，秋雨后瓯江畔的那丝凉意，与他在刘宋王朝所感受到的无限凄凉别无二致。这让他更加怀念自己的家乡，怀念家乡那片久违的温润山水。尽管同族兄弟们都相继来信劝他，但都未能动摇他的想法，他最终托病辞职，归隐田园。"庐园当栖岩，卑位代躬耕。""负心二十载，于今废将迎。"这首《初去郡》诗作，应该是谢灵运辞官时心路历程的贴切表达。诗中着重叙述了他对官场的看法，表达了他不愿做官意欲归隐山林的心境。

　　谢灵运在永嘉任职尽管只有短短一年时间，却把被贬时光过得像诗一样浪漫，他用自己的诗意灵魂为永嘉山水注入了别样的灵气，赋予了它绵延千年的柔情诗意。他让这片山水活了起来，活在千年时光深处，为今日永嘉树立起一个文化地标，成为无数文人墨客心生向往的地方。李白念及谢灵运时，写道："康乐上官去，永嘉游石门。江亭有孤屿，千载迹犹存。"杜甫对永嘉山水心驰神往，写道："隐吏逢梅福，游山忆谢公。"苏轼则感叹："自言官长如灵运，能使江山似永嘉。"

　　谢灵运在永嘉郡到底创作了多少脍炙人口的诗篇，确切的数量实难考证，但至少有《过白岸亭》《登石门最高顶》《夜宿石门》《登永嘉绿嶂山》等名篇。这些诗篇咏颂千年，且经过时光沉淀后，光芒更加璀璨。

　　秋风从瓯江上掠过，九月的永嘉郡，已经开始有些秋的清凉，与这份凉意相似的还有那些为谢灵运送行的民众的心情。谢灵运辞官返乡的消息不胫而走后，一大早，郡里民众不约而同从四面八方赶来，瓯江畔的北亭挤满了人。《永嘉县志》记载：北亭，在州东北五里，枕永嘉江（今为瓯江）。北亭是出入永嘉郡的码头，一年前，谢灵运也是由此登临永嘉郡的，而今他又要由此离去，至于何时才能相会，谁也说不清楚。

　　谢灵运望着摩肩接踵的民众，内心亦如瓯江上空翻滚着的乌云，五味杂陈，心生愧疚和歉意，从他所作的《北亭与吏民别》中，不难看出他的万般无奈。谢灵运眼含热泪对送行的民众说："本人无刀笔吏严酷治民的念头，也没有终军之投笔请缨的壮志；只因雅好文史而忝列朝班，常长啸于城旁道路中，歌颂忧世隐逸之民。见素抱朴，嘉勉耕作为业。而且定志惩戒贪欲之徒，也曾有点微效。后来不受虚荣所牵，来永嘉为官；转眼间便过了一年时间，因乏德乏术，也没有留下什么政绩，加之体弱多病，心念故山，所以决定在此秋日，理棹还乡。与各位往事不可追忆，后会也无期；分别之际，不免伤怀。身边没有什么可以留赠大家的，只希望各位多多保重，小心风寒。"众人听后，不免更增几分惜别之情，唯祝太守一帆风顺，早返家乡。谢灵运自谦德薄智浅，乏有建树，感到歉愧，最后发出了感人肺腑的心声："前期眇已往，后会邈无因。贫者阙所赠，风寒护尔身。"如果没有爱民如子的真情实感，是很难写出这首献给人民、留给历史的千古绝唱的。送行的吏民无不潸然泪下，一直等到谢灵运登船溯瓯江西去，消失在天际，才依依不舍地返回。

4

谢灵运托病辞官作别永嘉郡，本想化作山水间那缕清风，从此自由自在地纵情飞翔，可他毕竟是肉体凡胎，终究无法抛却名利羁绊。在历经应诏就任、文帝宠爱、病退隐居等人生和官场多次沉浮之后，桀骜不驯的谢灵运最终还是落了个充军被杀的下场。

刘宋元嘉十年（公元 433 年）冬的一天，寒风刺骨，万人空巷。在广州的闹市区街头，一个长着二尺美髯的中年男子感慨万分，仰天长叹。寒风肆无忌惮地吹过他的沧桑脸颊，随风飘来的是他残存于世间的最后感慨："恨我君子志，不获岩下泯。送心正觉前，斯痛久已忍。"这中年男子便是谢灵运，行刑前他才真正幡然醒悟，悔恨自己不能彻底归隐，远离庙堂。然而，一切都已晚矣，最终谢灵运以莫须有的罪名被斩，他以绝笔之作《临终诗》为自己的人生画上了苍凉悲壮的句号，终年四十九岁。诗中谢灵运列举了龚胜、李业、嵇公、霍生四位历史人物，诉说了人生的无常；控诉了刘宋王朝对自己的迫害，流露出对晋室的怀念和对自己不能终老山林的遗憾；最后发愿远离世间种种执念，随佛灭尽定，往生极乐世界。绝笔诗凄美悲壮，道尽人间滋味。

谢灵运早已远去，但他的精神却永远留在永嘉这片绿水青山间。今天，人们总愿意用各种方式去怀念他。当咿咿呀呀的昆剧唱腔在永嘉山水间再次响起，千年前那个风流倜傥、衣着华丽的诗人谢灵运，仿佛又乘风回到了瓯江之畔。人们热爱这片有灵魂的山水，更热爱为这方山水注入诗意灵魂的谢灵运，所以用传统戏曲去表达对他的热爱和怀念，以婉转悠长的唱腔演绎着别样美好。

艺术总是相通的，千年前谢灵运遗留的作品《江妃赋》《罗浮山赋》，触发了现代艺术家们的创作灵感。当地的艺术家们以谢灵运出任永嘉郡太守的史料记载和传说为素材，专门排演了一出名为《罗浮梦》的永嘉昆剧新戏，这也是迄今戏曲舞台上第一部表现山水诗鼻祖谢灵运的昆剧剧目。《罗浮梦》表现的是谢灵运在永嘉秀美山水之间，与一个纯朴浣纱女邂逅、相互倾慕的一段情爱故事。尽管剧本是现代人杜撰的，但是人们愿意用这种独特的艺术方式，把谢灵运留在心间，留在瓯江源远流长的江水中。

当年谢灵运用诗歌歌唱瓯江山水，今天永嘉人同样用传统戏曲歌唱他，虽然跨越千年时空，却有着异曲同工之妙。玉润珠圆的唱腔，仿佛将千年时光压缩成一张透明的薄纸，可以跨越时空看到彼此，听到彼此的歌唱。《罗浮梦》既是唱给这片山水的，更是唱给人们心目中的谢灵运的。

虽然纪念的方式各有不同，但目的只有一个，那就是不忘却。如果说昆剧《罗浮梦》是永嘉人纪念谢灵运的一种独特方式，那么在今天的东瓯大地上，人们同样愿意以地名命名的方式，留住对谢灵运的另一种深入骨髓和穿越时光的特殊记忆，这种记忆在温州的街巷随处可拾。康乐坊，原是永嘉郡古城东门内外的一条主要街道，东起华盖山北麓涨潮头，西至老城大街解放北路，其坊名即为纪念谢灵运而起。据传，谢灵运赴任永嘉郡太守和离任返回家乡时都曾经过此道，后人便以他的封爵康乐公来命名这条街道，且沿用至今。而在温州康乐坊与瓦市巷之间，还有一条长不过七十余米，宽不足三四米，有着浓浓乡土气息的古老小巷——竹马坊。据说，谢灵运到永嘉郡时，城内父老乡亲纷纷出来迎接，康乐坊附近的孩童们也骑着竹马欢迎他，竹马坊因此而得名。为了纪念谢灵运，温州人民还在市区建成了谢灵运纪念馆，修建了谢灵运公园。

其实，历代文人亦有自己独特的纪念方式，他们就像虔诚的朝圣者，追随谢灵运的脚步从未停歇，在时光中、岁月里，沿着瓯江山水，慢行驻留，与谢灵运跨越时空唱和，共同守望瓯江山水。

积水沧浪

望海楼

I

对于温州海岛洞头，我是相对比较熟悉的，在武警部队服役期间，我曾经在这座海岛的武警中队担任过政治指导员，但是对于洞头望海楼我却有些陌生。望海楼于 2005 年 1 月开工建设，2007 年 6 月正式落成对外开放。如今望海楼不仅成为当地旅游的标志性建筑，更是观海赏景的绝佳去处。

温州洞头，古称中界，地处浙南沿海、瓯江口外，镶嵌在烟波浩渺的东海之上。望海楼，顾名思义就是可以眺望大海、观海赏景的高耸楼阁。洞头望海楼的"前身"为大门岛青岙山的望海亭。基于对洞头的特殊情感，在我看来，今天人们把望海楼的功能仅仅局限为观海赏景，也只是当今太平盛世赋予人们的一种现世安稳的美好罢了。试想，在这样一处东海前哨，在这样一个位置极为特殊的海岛上，古时人们建造望海亭绝非单纯为了追求那份怡然自得的浪漫。再说一千五百多年前的洞头，也根本不敢奢望今天"洞天福地、从头开始"的美好。古时，洞头田野荒僻，人烟稀少，在冷兵器时代，人们耗费大量人力物力，漂洋过海来到洞头建造望海亭，赋予它的应该是更为重要的使命吧。

当时光回溯到一千五百年前的南朝刘宋时代，温州洞头这片海域隶属于永嘉郡，以永宁（今浙江温州）为郡治。而说到永嘉郡，人们自然而然就会联想到那位有着"中国山水诗鼻祖"之称的太守谢灵运，正是因为他与永嘉郡的不期而遇，才让瓯江两岸山水从此多了一张响当当的名片，谢灵运无疑是今日永嘉诗意山水的首席代言人。其实，无论是漫谈永嘉郡，还是细说洞头望海楼，还有一个重量级人物我们不能不提及，他的光芒与谢灵运一样，穿越千年时光依旧璀璨耀眼，让后人可以触摸，可以感知，可以仰止——这就是洞头望海亭的建造者颜延之。颜延之与谢灵运一样，都做过永嘉郡的太守。如果说谢灵运代言了风光旖旎的瓯江山水，使其曼妙多姿地舞动在他的文字吟唱里，那么颜延之就是在用自己的家国情怀与谢灵运唱和，为后人打造了一座精神世界的"望海亭"，让其高高矗立于浩渺东海的青岙山之巅，矗立于耕海守疆人的心灵深处，屹立在千年时光里。

颜延之，字延年，琅邪临沂（今山东临沂）人，南朝刘宋时期的文学家、文坛领袖、"元嘉三大家"之一，护军司马颜显之子。琅邪颜氏以悠久和光辉的家族历史著称，并为后人所敬仰。据史料记载，颜延之少失双亲，家境贫寒，住在城郭边上，房屋十分简陋。但是，一贫如洗的生活反倒更加激发了他好学上进的斗志。颜延之嗜书如命，敏而好学，志向高远，他不仅决心用知识改变自己不济的命运，更是立志成为有益于社会的人。颜延之博览群书，诗文俱佳，最终成为南朝刘宋时期活跃在文坛的大文豪，与当时的鲍照、谢灵运合称"元嘉三大家"。

2

文人之间总是惺惺相惜的，这在颜延之和谢灵运的身上体现得淋漓尽致。两人家境悬殊，颜延之家庭贫困，谢灵运则生于钟鸣鼎食之家，但这丝毫没有影响他们的感情。就这样，生性奢豪、车服鲜丽、诗意行走的谢灵运，与家道衰落、性情孤傲的颜延之，以才华的名义，彼此成为唱和欣赏的文坛密友，因此也就有了"颜谢"并称之说。其实，两人虽然并称的是文采，但尔虞我诈的官场也让彼此的境遇有了神一般的相似，而且一前一后被贬往永嘉郡，担任太守。

性格决定命运。颜延之与谢灵运一样性格淡然、为人率真、敢爱敢恨、放荡不羁，同样缺少官场上常有的那份世故与圆滑。两人既是皇帝刘义符的亲信，又同时与帝位最有力竞争者刘义真交好，最终由于党附刘义真，引起权臣忌恨，成为打击和铲除的对象，成为废立事件的牺牲品。

"寻徙员外常侍，出为始安太守。"刘宋永初三年（公元 422 年），谢灵运被贬任永嘉郡太守时，颜延之也被逐出帝都，去了更远的边境一线始安郡（今广西桂林）做太守，这对好朋友不能不说是同病相怜。颜延之在经历第一次被贬流放之后，并没有接受教训，丝毫没有收敛自己的言行，毕竟"江山易改，本性难移"，况且这本身就是深入他骨髓的东西。才华尽显与锋芒毕露，就像是一对形影不离的孪生兄弟，在颜延之身上越发显现得淋漓尽致。

公元 424 年，是刘宋王朝最为动荡的一年。帝都建康（今江苏南京）城内一场惊心动魄的宫廷血战，在权臣密谋操纵下悄悄拉开帷幕，历史长河中的建康也由此多了一份血色记忆。

权臣下手的第一目标就是皇帝刘义符。此时，这位在永初三年五月癸亥日（公元 422 年 6 月 26 日）即位，年号"景平"的皇帝，在龙椅上刚刚坐满两年，终因游戏无度、不务正业，被辅政的文武将官徐羡之、檀道济等人收了印玺，先以太后名义废除，降为营阳王，不久便被残忍杀害，年仅十九岁。除掉刘义符仅仅是这场杀戮的开始，他们下手的第二个目标就是对帝位最有竞争力的刘义真，徐羡之等人将刘义真于新安杀害。控制了朝廷局面的徐羡之等人，想挟天子以令诸侯，最后拥立刘裕第三子刘义隆为刘宋王朝的第三位皇帝，是为宋文帝，年号"元嘉"。

狡兔死、走狗烹，飞鸟尽、良弓藏。不想受制于人的宋文帝刘义隆，可能比任何人都更谙悉这个道理。上位不久，他便有所行动，那就是稳固政权，诛杀权臣，整顿吏治，同时也在为他的"元嘉之治"做充分准备。刘义隆到底还是欣赏颜延之的才华，于元嘉三年（公元 426

年），将在外任职四年的颜延之召回建康，任他为中书侍郎。不久颜延之转任太子中庶子，做了太子的侍从官，之后又兼任步兵校尉。

3

回到帝都建康的颜延之，还是一如既往，平日里饮酒作诗，放荡不羁，不能与时人相合，每每遇到不平之事，常常言辞激烈，敢说敢为。最为关键的是颜延之对皇帝刘义隆不委他以重任也深表不满："天下之务，当与天下共之，岂一人之智所能独？"意思是说，天下大事就应当与天下贤人共同商讨，又岂是一个人的智力对付得了的？颜延之常常以贤人身份自诩，恃才傲物，一些过激的话语深深触怒了当权派，从而成为他们的"眼中钉""肉中刺"；同时，颜延之的这种"不识相"，也让上位不久的刘义隆感到不爽。最终，颜延之被排挤出朝廷，去千里之遥的永嘉郡当了太守。

永嘉郡，那里曾是好朋友谢灵运被贬任的地方，如今自己因"耿直放诞"被朝廷再次贬谪，有幸去永嘉郡踏寻好友的足迹，这在颜延之看来倒也算是件好事。他仿佛早已透过谢灵运的诗词，看到了浸润着谢灵运无限诗情和浪漫的永嘉山水，当然这片山水也将寄寓着他对这位挚友的深深思念。就这样，历史的机缘巧合，把颜延之和谢灵运的命运与荒僻东夷之地的瓯江山水紧紧地连在了一起……

公元 426 年，到任不久的颜延之亦如谢灵运那样，工作之余，酷爱寄情山水，自得其乐。天高海阔任鸟飞，山高水长任君游。颜延之沿着好友谢灵运的足迹，在永嘉山水间恣意放浪，沉醉吟咏，不过他玩得似乎更野些，时不时来点刺激的。这次他选择的是航海探险，寻找属于自己的新兴趣点。颜延之乘船巡察至洞头列岛，在经过大门岛青岙山时，见岛上人迹罕至，与世隔绝，却景色宜人，于是便命人在岛上修建望海亭，这就是今天洞头望海楼的由来。可想而知，在当时那样艰苦的条件下，颜太守能巡视洞头，在此留下脚印已实属难得，可他追求的并非"到此一游"，而是决定在青岙山之巅建造望海亭，这既可作瞭望海岛安全之用，还可以让渔人歇脚休憩，欣赏海上仙境，这在当时确实是一件很了不起的事情。

从东海徐徐吹来的海风，渐渐吹散了盘桓在颜延之心头多时的阴霾，他早已将青岙山望海亭视为自己心灵归宿之地。转瞬千年，岁月无情，好在那些足以穿透岁月的刚劲文字，为后人记录下了曾经的感动。也正是因为有了颜延之和谢灵运的被贬，才有了今日温州文化之大幸，才有了历代文人如同虔诚的朝圣者，沿着颜延之和谢灵运的踪迹，浸淫山水，诗意行走，为瓯江山水注入澎湃的文化张力。

4

四百年后的唐宝历年间，温州刺史、著名诗人张又新也追寻着颜延之的足迹，专程来到洞头寻找他心中的望海亭，只可惜此时望海亭早为风雨所摧，荡然无存。张又新伫立于青岙山之巅，远眺海天一色，思绪随着海风尽情飞舞，仿佛飞进了四百年前的那个时代，正与偶像颜延之一起建造望海亭……可终究是人去亭毁，留下的仅是无尽惆怅和遗憾！张又新寻迹无着，只得怅然而返。同是诗人的他，为此专门作了一首名为《青岙山》的诗作，记录下自己当时复杂的心情："灵海泓澄匝翠峰，昔贤心赏已成空。今朝亭馆无遗制，积水沧浪一望中。"尽管张又新历尽"积水沧浪一望"的艰辛，换回的仍是遗憾，但他用文字为后人记录下一座精神领域的"望海亭"，使其傲然屹立于《全唐诗》中，成为流传至今的文化佳话。

时光相隔，文史流传，古今相连。

望海亭作为温州洞头曾经的标志性建筑，并未因岁月流逝而被淡忘，它不仅载入典籍史料中，更长存于人们的内心深处。一千五百多年之后，洞头人民重新修建起一座雄伟壮丽的望海楼。迎朝阳，送落日，望海楼在四季时光里守望山海无恙，成为海防文化的新地标。

洞头"外载海洋，内资三江"，在中国海防历史上占有十分重要的地位。海防文化是洞头独特的原生文化，它有着浓烈的海岛特色。洞头地理位置得天独厚，港湾众多，鱼虾肥美，然历代盗寇猖獗，匪患不断。为此，在洞头很多岛屿的最高处都曾建有烽火台，我们从现在洞头烟墩山的名称上，依然能够感受到曾经的烽火味道。所以由此可以推想，一千五百多年前颜延之在青岙山上筑起望海亭，就是为了守望这片海域的平安。今天，当我站在望海楼上，像温州刺史张又新般"积水沧浪一望"时，看到的是护洋巡江的大明水师浩浩荡荡而来，在无垠碧波上书写着明朝立国近三百年未曾遭遇一败的历史和世界第一流海军的威武，又仿佛看到了让倭寇海盗闻风丧胆的戚家军练兵沙场、抵御外敌、守卫海防的英姿，还仿佛听到了大瞿岛郑成功校场上将士们雄壮的呐喊声。如今，历史的硝烟并未远去，而是化为一种永恒的精神，洞头海岛新一代的"海霞们"，把这种精神锻造成一面高高飘扬的鲜红战旗，为洞头海防文化增添了更多内涵。

如果说是因为谢灵运的到来，让温州江心屿成为瓯江流域最为耀眼的诗之岛，那么颜延之当年在青岙山上修建望海亭，就是在海上缥缈仙山间建起一座诗歌航标、一座文化灯塔、一座海防新地标。如今，在望海楼前，颜延之雕像左手拿书，右手捋须，仿佛陶醉在海岛美景之中。在我的眼里，洞头望海楼不仅仅是一颗东海明珠、一个"网红"打卡地，它更象征着一种文化浸润的家国情怀、一种劈波斩浪的不屈精神、一种坚守家园的浩然正气。这也是它穿越千余年，躯壳可以倒在无情岁月的侵蚀中，但精神却永生在洞头人深入骨髓的记忆里的原因。

这就是我内心所看见的望海楼的前世今生。

一江潮水

千古事

I

　　智者乐水，仁者乐山。

　　自古以来，灵性多变的水总会给文人雅士带来才思泉涌、逸兴遄飞的灵感和能量。当年，苏轼发出"鲲鹏水击三千里，组练长驱十万夫"的感慨时，古城盐官也在钱塘江的涛声中继续着自己的风华吟唱。

　　浙江海宁盐官，有着两千多年的悠久历史，早在汉代便开始晒盐制盐，因此得名盐官。盐官古城位于长江三角洲的南端，东濒钱塘江，南靠杭州城，独居沪苏杭的中心位置。

沧海桑田，白衣苍狗。时光闪回到七千多年前，当时人类正处于新石器时代，这片位于杭州湾北部的神奇土地还是一座巨大岛屿。海宁盐官作为良渚文化的重要发源地之一，已有先民开始在此繁衍生息，至今尚存的徐步桥和盛家埭等古代文化遗址，足以佐证。

自然之神奇，莫可详辨。在历经日复一日、年复一年汹涌而来的东海潮水的冲刷和沉淀下，这里竟神奇地演变成一个半岛，且逐渐形成了杭州湾喇叭口的形状，最终有了今天的海宁潮之天下奇观。明末清初著名史学家谈迁曾这样写道："宁虽偏僻，介在杭嘉间，襟带江海，舟航马足，固五父之逵也。"逐水而居，自古就是先人的智慧，盐官古城虽然经历了数千年的变化，但始终是城不离水，水不离城，交相辉映。浩浩荡荡的钱塘江水，依城而过，奔腾不息，孕育滋养了风华千年的古城和生生不息的文明。

盐官古城犹如饱经沧桑的睿智老者，静静地徜徉在岁月深处，伴着涨涨落落的一江之水，深沉且步履安详地从历史中走来，它注定要承载太多的过往。

俗话说：开门七件事，柴米油盐酱醋茶。你可别小看这个小小的"盐"字，它不仅是人们赖以生存的物质基础，更是生活中不可或缺的一部分。它在走进人们日常生活的同时，也走进了朝廷统治阶级的视野。早在周朝，人们就把掌盐政的官员称作"盐人"。《周礼·天官·盐人》记载："盐人，掌盐之政令，以共百事之盐。"由此可见，"盐人"管理着盐政，以及各种用盐的事务。到了春秋战国，人们对盐的认识更为深刻，于是就有了"有盐，国就富"的说法。《汉书》曾这样记载："东煮海水为盐，以故无赋，国用饶足。"从"盐人"和煮盐的历史记载中，我们不难看出盐官古城在历史烽烟中的地位和作用。

"有盐，国就富。"这是人们在长期战争与和平中渐渐懂得的道理，也是经过血泪验证的，于是乎人类的发展历史便开始围绕着"盐"激荡起层层浪花。西汉初年，汉高祖刘邦的侄子刘濞平叛有功，刘邦惧怕江东人士不服自己的皇权，于是就封刘濞为吴王。刘邦原本想仰仗着一脉宗亲来巩固自己的政权，却不承想看错了人。刘濞，剽悍勇猛，且具有野心。封王后的刘濞，不但不感谢皇恩浩荡，反而在自己的封地内大量铸钱、煮盐，以盐获利，富可敌国。羽翼渐丰的刘濞，对财富的拥有已经远远不能满足他的野心，他觊觎的是朝廷帝位。刘濞不断扩张割据势力，处处与朝廷抗衡，最终起兵谋反。正是因为有了这样的教训，从此，朝廷对盐的管控也达到极致。

西汉开始设立盐法，实行官盐专卖，并专设"司盐之官"，"盐官"由此成为大汉天子实施中央集权的一个标志。小小古城，弹丸之地，也由此进入远在长安的西汉统治阶级的视野。后来，人们将官名当作地名，将这块神奇的土地命名为"盐官"，"盐官"之名就这样载入煌煌史册。煮海取盐，沸腾忙碌，白花花的食盐源源不断地被运往长安，这应该是两千多年前盐官古城习以为常的场景。从此，钱塘江畔这座古城的兴衰与千里之外的王朝命运紧紧地联系在一起，它为西汉王朝输送了源源不断的财富。由此，盐官古城的命运，在数千年的历史风云变幻中，始终与国家经济命脉休戚相关。

唐会昌三年（公元843年）置建宁镇，五代后梁开平四年（公元910年）易建宁镇为盐官镇。到北宋太平兴国四年（公元979年），盐官古城已有上管、下管等八大盐场，盐业之盛可见一斑。之后，虽然盐官古城的名字一直未变，但生活在这里的人、发生在这里的事，却如同高歌猛进的潮水，悄悄发生着变化。

江南古镇比比皆是，然最富有传奇色彩的当数海宁盐官。翻看历史，盐官是最值得骄傲的。自建县伊始，这里一直是盐官州、海宁州治地，是政治、经济、文化的中心，几乎占尽了海宁一地的风流。不书盐官，何以知海宁？忽略盐官，海宁何所奇？在清代，盐官竟数次与帝王之家不期而遇，这不仅铸就了它的辉煌，也带来了盐官古城的经济繁荣。此外，从明清一直到民国二十六年（公元1937年），这里都是钱塘江南北货物的重要集散地和海河运输的中转枢纽。

穿越千年历史烽烟，盐官古城始终以其笑傲江湖的姿态，向世人展示着它独一无二的风华。

2

普天之下，莫非王土；率土之滨，莫非王臣。

天下之大，小小的盐官，既非皇城根下，又非富庶之地，自古以来就是一块多灾多难的海滨边区，可历代统治者都把目光聚焦到这块神奇的土地上，并为之倾注了无数财力、物力，使之渐渐成为国家安宁的财富保障和王权一统的权柄象征。

又是一年农历八月十八，隆重的祭潮仪式正在举行。慕名而来的八方游客犹如潮水般会集古城，他们期待着一睹一年一度天文大潮的风采。然而，对于古城盐官人来讲，祭祀潮神，祈求平安，比任何一件事情都更为重要。祭潮，自古有之，据有关记载，这项古老的仪式至今已有一千多年的历史。南宋以前，地方官员于大观亭祭祀，农历初一、十五致祭，祭品、仪注、奉礼均按朝廷太常寺严格规定。

盐官海神庙，就是一座专门为祭祀"浙海之神"而修建的宫殿式建筑，有着"江南紫禁城"之称，是国家级重点文物保护单位，距今约有三百年历史，有着不平凡的过往。在封建社会，地方一般不允许建造皇家式样建筑，但是清朝雍正皇帝却破例下旨，由国家拨款，政府要员监督，在盐官建造了这样一个规模庞大的建筑群——海神庙。盐官海神庙作为江南地区现存规模最大的敕建官式建筑遗存，已成为钱塘江流域海塘水利遗存不可或缺的一部分。从它的身上，既反映了千百年来人类根除水患潮害的美好愿望，也凝聚了钱塘江流域先人与潮患做斗争的智慧。而今，海神庙早已超越了历史功用，成为弥足珍贵的历史文化遗迹和艺术遗存。

"吾乡父老铭记古来圣贤，多治水献身之壮举，扼潮患为水利，产鱼盐为民生，遂崇拜为神，长年祭祀。"中午时分，祭祀活动在海神庙拉开帷幕，主祭人高声朗读着祭词，祭拜活动正式开始。主祭人通常由古城里有名望的长者担任，献礼、敬香、祈愿，以"乾隆"祭海神为主线，率"文武大臣"祭祀浙东海神。整个仪式通过礼与乐的结合，再现了古代历史上祭祀潮神的传统礼仪，每个环节都十分庄重且井然有序。这一切也都是先祖定下的规矩，容不得一丝马虎。古城人民共同祈求钱塘江两岸风调雨顺、永庆安澜。而今，盐官古城祭祀海神的民俗，已被列为浙江省非物质文化遗产。

　　祈求平安只是愿景，真正的防洪抗灾还要靠人们自身的力量。翻开历史，像盐官这样一个濒海古城，百姓生活与大海习性息息相关，俯仰之间，一场海啸就可以吞噬一切。宋代女诗人朱淑真就为后人记录下了这样的惨状："飓风拔木浪如山，振荡乾坤顷刻间。临海人家千万户，漂流不见一人还。"为了百姓安居乐业，自唐代开始，历代的统治者都特别重视海塘建设。盐官海塘是由古代海堤演变而来的，也称为"捍海塘"，寓意能够保护海岸平安的堤坝，所以又名"太平塘"。海塘位于盐官古城南门外，全长一千多米，始建年代不可考，只知现存的鱼鳞石塘建于公元 1736 年。盐官海塘为条石海塘，工程结构复杂，具有重要的历史价值和工程技术价值。

　　对于盐官海塘的文字记载，最早可见于《新唐书·地理志》："盐官有捍海塘堤，长百二十四里，开元元年重筑。"大唐经过贞观之治，到了开元年间，因为唐玄宗的励精图治，政治清明，经济繁荣，社会稳定，百姓安居乐业，开创了又一大治世——开元盛世。在这样的历史大背景下，重筑海塘也是顺理成章的事。虽只是以土为堤，与后来的石塘相比显得落后很多，但毕竟是中央政府主持修筑的，也是大唐盛世的一个小小缩影。明万历五年（公元 1577 年）开始筑大石塘，时过境迁，沧桑多变，虽然早期修筑的石塘今天已经看不到了，但明万历四十年（公元 1612 年）始筑、清康熙十五年（公元 1676 年）重葺的占鳌塔（镇海塔），飞檐垂铃，古朴壮观，依旧巍然屹立于钱塘江畔，俨然一镇海将军默默守护着盐官古城。

　　如果细说盐官海塘的历史，俞兆岳是一个不得不提及的重要人物。清雍正六年（公元 1728 年），朝廷查办了当时主理修建松江海塘的钦差后，委派俞兆岳全权管理海塘工程。俞兆岳到任之初，人们对他的能力是持怀疑态度的，心想：这样一个千余年都没有搞好的工程，俞大人能搞定吗？史料记载，工程期间，俞兆岳经常青衣、破帽，微服深入工地，与民工打成一片，工地上的人都以为他只是衙门中的一名小差役。沿街儿童牵其衣，扯其袖，称他为"俞伯"。修建海塘工期漫长，人员众多，承办人员对木、石、铁等材料一向有舞弊行为。工程期间，头一天出现的问题，次日钦差即行文查询，众人怀疑工地上有鬼神看顾，再无人敢作弊，实际上是俞兆岳在暗中监工。俞兆岳多次实地考察，发现海塘是由条石垒成，如果不能把众多条石连接成整体，确实难以抵御大潮的强烈冲击。可是如何才能把这些条石连接成一个整体呢？俞兆岳思考了很久，也没找到解决办法。直到有一天，他偶然看到出殡棺材上的龙凤榫头，顿时豁然开朗。俞兆岳想，如果修筑海塘的条石能用类似的榫头连接，那无数单块条石不就变成了一个整体，海塘不就更加稳固了吗？随后，他广招铁匠，锻造出一种燕尾铁榫，再在条石上凿出凹槽，嵌入铁榫连接，最后灌以米浆和石灰固定，以此加固海塘。工程完成之日，俞兆岳到工地会勘验收，人们这才知道先前那位经常往返于工地的青衣破帽小差，原来竟是钦差大臣。五年后，一场台风来袭，上海、杭州等地遭灾严重，唯有盐官一带因新塘而免受灾害，盐官海塘经受住了惊涛骇浪的考验，于是后任者开始纷纷效仿。

在过去的两千多年中，盐官古城人民与潮患的斗争从未停止过，堤坝修好了被冲垮，垮了再继续修，在无数次失败的往复中，始终坚守着希望，这使得盐官古城有了不一样的气质。

3

潮水千年激荡，小小盐官古城也飘摇在风雨岁月中。然而，生于此长于此的读书人，却从未丢掉过出仕的梦想，他们如同高歌猛进的钱塘江大潮，梦想着有一天能从这里走向心中的朝堂。

从古至今，江南秀丽山水，滋养着古城人良好的读书出仕传统。在这里，人们随便都能列举出几位头名状元或达官贵人来。今天，来到盐官，游人必定要到宰相府第风情街去走一走，看一看。这条五六百米的老街，承载着古城沉甸甸的历史文化。来到这里，人们感受到的是无处不在的人文韵味，单单一个陈阁老宅就有太多的故事。位于盐官古城小东门直街的宰相府第陈阁老宅，是清代大学士陈元龙的故居，距今已有四百余年历史。陈元龙，字广陵，号乾斋，世称广陵相国。清代相国也称阁老，故其宅谓"陈阁老宅"。海宁陈氏号称"海内第一望族"，为明清以来中国江浙四大家族之首，历史最长，发迹最早，从政人数最多，家族势力也最为显赫。三百年来，中进士者二百余人，位居宰辅者三人，官至尚书、侍郎、巡抚、布政使者十一人，素有"一门三阁老，六部五尚书"的美誉。

陈元龙，清代太子太傅、文渊阁大学士、礼部尚书转工部尚书。踏进宰相府第，无处不感受到陈氏地位的显赫和家族的辉煌。轿厅是老宅的大门，北向临河，气势森严，寓意陈家一心向着北方京城，大门内所见建筑，皆倒置为南向。陈阁老宅虽然历经战乱，现只存正路轿厅、东偏房祠堂、寝楼、双清草堂和筠香馆，但依然能看出其"皇宫内院之气派"。相传，当年乾隆皇帝六下江南，为的就是探寻自己的身世，当他得知自己身世之后，在陈阁老生前书房内挥笔赐书"双清草堂"，寓"双亲""省亲"之意。这是怎样一段让帝王和陈家"割不断、理还乱"的传奇啊！真也，假也，天地难知了。在双清草堂西侧，有一棵六百多岁的古罗汉松，至今苍翠挺拔，也许它应该知道这些故事的真伪吧。可问树，树也无言。这些民间传说着实让当局者乾隆帝的身世之谜愈加扑朔迷离，却反倒赋予了盐官古城更多的传奇色彩。

当然，撇开这些传奇故事，我们从"躬劳著训"这块皇帝御赐的匾额中，也可以读到陈家被皇帝垂青的真实历史。雍正皇帝登基之初，即赐了这块九龙御匾给当时礼部尚书陈诜的夫人查氏。一品夫人查氏是陈元龙的堂嫂，也是著名武侠小说家金庸（原名查良镛）的先祖。雍正赐匾旨在表彰查氏教子有方，为朝廷培养了人才。透过这一层层神秘面纱，世人仿佛触摸到了一些真实的存在。

如果说出仕是陈氏一脉读书人的梦想，那么对于金庸来讲，他的梦想就是指挥着文字中的千军万马，打造一个刀光剑影、快意恩仇的武侠世界。查氏家族在海宁是响当当的大族，现在查家祖宅还挂着当年康熙皇帝御笔亲题的对联："唐宋以来巨族，江南有数人家。"金庸故居就在离盐官古城不远的袁花镇，想必观潮对于江畔成长的金庸来说，就像别处小孩摸鱼、粘蝉、打弹弓一样，是再平常不过的事了。翻开金庸的作品，总能感受到于无声处听惊雷的味道，这是故乡的呼唤，也是海潮的呢喃。"大潮有如玉城雪岭，天际而来，声势雄伟已极。潮水越近，声音越响，真似百万大军冲锋，于金鼓齐鸣中一往直前……"金庸第一部武侠小说《书剑恩仇录》中，有一段有关海潮的描述，让人读之顿感排山倒海的气势扑面而来。小说中乾隆的身世之谜，他和陈家洛的各种纠葛，与盐官家喻户晓的民间故事极其吻合。其实，在盐官古城会流传这样的民间故事也不足为奇——乾隆皇帝曾六次下江南，四次造访这里。家乡的故事与家乡的潮水，为金庸的创作储备了丰富素材和无限灵感，执笔之间，他仿佛又回到盐官，伫立于海塘之上，洪雷滚滚的波涛之声响彻耳畔。

与金庸有所不同的是，从盐官古城走出的国学大师王国维，却以另外一种风度，在学术浪潮中搏击。在盐官古城的西侧，一座不起眼的两进小院，承载着王国维的少年岁月。王国维，中国近现代享有国际声誉的著名学者，于公元 1877 年 12 月 3 日出生在这里。王氏家族本是世代书香，再加上学人辈出的淳厚乡风熏陶，这一切对王国维的成长和人生道路都产生了极其深远的影响。王国维曾在盐官古城生活了十三年，后来他每年都会回来小住，这里被他亲切唤作"西城小屋"。房屋虽然很小，却承载着王国维一个宏伟的梦想。王国维的父亲王乃誉是清末著名画家，思想相当开放，王国维从小就有机会接触到新事物、新知识。七岁时，王国维开始学习传统文化，这为他日后的学术研究打下了扎实基础。当年，苦读之余，王国维也经常去钱塘江海塘走走，喜欢欣赏那些"弄潮儿"勇立潮头的英姿。那时，王国维就明白了一个道理：要想有收获，就必须不惧艰险，只有像"弄潮儿"一样，站在离海潮最近的地方，才会有不一样的收获。

一直以来，王国维正是以这种"弄潮儿"的精神，从天才少年到集大成者，在他涉足的每一个领域，都做到了极致。王国维不仅具有深厚的传统文化积淀，还潜心研究并吸收康德、叔本华、尼采等大哲学家的思想理论，学贯中西，使得自己在学术道路上势如破竹，成为中国美学的奠基人、中国史学新时代的开创者、宋元戏曲学的开山之祖。王国维还开辟了甲骨学、敦煌学、简牍学等研究领域，这些成就都是他在学术上掀起的一波又一波"壮观天下无"的文化大潮。

4

潮汐，本是一种自然现象，是人类外部世界千姿百态的物质运动，但往往会反映到人的精神世界中来，于是名人大家便赋予了它很多的遐想。

在盐官古城，潮是古城的命脉和灵魂，激荡千年。每月的农历初一到初六，十五到二十，都是盐官观潮的好时节，这里一年有一百四十多天能观赏到钱塘江大潮。盐官古城被冠以"中国潮乡"的美名，可谓当之无愧。震撼的潮观，自古至今，吸引着无数名人大家的到访。早在两千多年前，庄子就曾到此观潮赏景，在《南华经》中留下了"浙河之水，涛山浪屋，雷击霆砑，有吞天浴日之势"的描述，这也是有关钱塘潮最早的文字记载。在这里，可以看到波澜壮阔的"一线潮"，泾渭分明的"交叉潮"，惊涛裂岸的"回头潮"；在这里，潮水瞬息万变，千姿百态，各式各样；在这里，潮既是一种境界，更是一种精神。

公元 1916 年，对中华民族来讲是一个多灾多难的年份。这一年，轰轰烈烈的护国运动取得阶段性胜利，洪宪帝制终于走到了尽头，而此时孙中山先生正在《建国方略》里苦苦寻求强国之道。

这一年的 9 月 15 日，恰逢农历八月十八，雨淅淅沥沥地下了一夜，一大早停了下来，雨后乍晴，碧空万里。孙中山偕夫人宋庆龄，以及蒋介石、朱执信、张静江等随行人员若干，由上海乘火车专程来到海宁盐官，要一睹"壮观天下无"的钱江涌潮。得知孙中山到来，坊间民众倾城而出，孙中山行踪所至之处，路人如潮涌动，以争睹先生风采为快。是日下午，孙中山一行人来到海塘边，登上了新落成的天风海涛亭，一边观赏风景，一边等候潮来。一小时后，潮水如万马奔腾，排山倒海。孙中山叹为奇观，赞赏不已。当地陪同人员见他兴致高涨，便请求题词留念，孙中山微笑着应允。事后，孙中山寄来了"猛进如潮"的题词手迹，这一题词为后人所传诵。我想，孙中山先生亦如九百多年前的苏轼一样，观潮也是在观照自己的内心，他题写"猛进如潮"同样也是抒发自己内心的感受和希望，并激励后来的革命人，也才有了"世界潮流，浩浩荡荡，顺之则昌，逆之则亡"这般豪言壮语。

自古以来，文人的智慧就在于阅尽世间万物，悠然淡泊，总有自己不一样的感悟。观潮也莫过如此，纵观历代诗人词家那些有关钱塘江观潮的诗词作品，无不映射着基于时代的弄潮精神。"壮志酬宗悫，真乘破浪风。"南朝宋名将宗悫少年立志，曾说"愿乘长风破万里浪"，终成英豪。后来，宗悫的表现让才华横溢的王勃都要自谦，发出"三尺微命，一介书生。无路请缨，等终军之弱冠；有怀投笔，慕宗悫之长风"的感慨。诗人李白也曾充满哲理地写下"长风破浪会有时，直挂云帆济沧海"的诗句，意思是说，即便现在困难重重，也要坚持前行，只要有理想和抱负，相信总有一天会到达成功的彼岸！古往今来，不乏讴歌钱塘江大潮的奔腾气势，借物言志的。有的赞赏"弄潮儿"不凡技艺和无畏气概。如宋代著名隐士、文人潘阆就写下了"弄潮儿向涛头立，手把红旗旗不湿"的传世名句。意思是说，善于游泳的健儿们，手里拿着大彩旗，奋勇争先逆着水流踏浪而上，在极高的波涛之中，身形忽隐忽现，姿势变化万千，然而旗尾一点也没有被潮水沾湿。有的借讴歌"弄潮儿"的坚毅不屈，抒发自己人生感悟。如清代文学家郑板桥所写的《弄潮曲》："世人历险应如此，忍耐平夷在后头。"意思是说，人们经历艰险时应当像搏击风浪的"弄潮儿"一样毫不畏惧，只要坚持住，平坦的道路就在后面。还有的讴歌钱塘江大潮只争朝夕和惜时如金的精神，抒发时不我待的紧迫感和责任感。如苏轼在《观浙江潮》里写道："愿君闻此添蜡烛，门外白袍如立鹄。"其实，早自二千五百年前，孔子站在江边发出"逝者如斯夫，不舍昼夜"的感叹时，只争朝夕，时不我待，就已成为中华民族的共识，只有现在努力，将来才不会为当下时光流逝而哀痛。当年，乾隆皇帝六下江南，四次来此，暂且不说这位帝王跋山涉水、千里迢迢来盐官寻根认祖的说法是真是假，在这里，他也一定与历代先贤们一样，感悟到了不一样的弄潮精神和治国安邦的道理。

浩浩荡荡的钱塘江大潮，奔涌千年，逐渐形成了浙江大地上根植于两岸人民心中的家国情怀和精神动力，形成了以反哺教化、繁衍生息、娱乐陶冶、文明建设和优化发展为主的物质基础与精神财富。靠潮吃潮、观潮祭潮、咏潮记潮，盐官古城在数千年的历史实践中，也创造了光辉灿烂、极具地域传统特色的乡土文化和人文底蕴，哺育造就了一大批富有潮气、潮性和潮魂的名人贤士。

千载光阴，匆匆而逝，蓦然回首，海潮依旧。盐官古城正站在时代巨浪中，以"弄潮儿"的姿态，高歌猛进，奔向远方，一往无前。

千年梅城

诗情长

|

三江汇聚古严州，一注清流奔杭城。

古往今来，浙江建德梅城，一直是睦州、严州和建德府治所在地，被称为严州古城。梅城的悠久历史，足以让每一个建德人为之自豪。

梅城，始建于秦汉时期，归富春县管辖。公元222年，孙权被曹丕册封为吴王，正式建立吴国，而吴国的开国功勋孙韶恰巧就是建德人。为了褒奖孙韶的建树和功德，惜才爱才的孙权封其为建德侯，辖境即为孙韶的封地。公元225年置建德县，从此，历史上也就有了"建德"之名。隋仁寿三年（公元603年）设睦州府，下辖建德、寿昌、淳安、遂安、桐庐、分水六县。周神功元年（公元697年），睦州府治从崇山峻岭、山高地僻的雉山迁到梅城，这也算是女皇武则天为之后的建德做的一件大功德吧！由此计算，梅城作为县城已有近一千八百年的历史，作为州城也有一千两百余年。梅城，地处浙、皖、赣和钱塘江流域之要冲，自古以来就是兵家必争之地，在南宋尤为重要，素有"严州不守，临安必危"之说。在这里，新安江与兰江热切"相拥"，合二为一，浩浩荡荡向东北顺流而下，孕育出富有诗意的富春江。

时光回溯到公元726年，此时的梅城还属睦州治地，且已有百余年历史。隋唐时期的睦州治地与今日梅城相比，可谓天壤之别，那时的睦州还只是块"放逐之地"，唐代诗人杜牧有文字为证："万山环合，才千余家，夜有哭鸟，昼有毒雾；病无与医，饥不兼食。"虽寥寥数语，却写尽了梅城的闭塞落后和萧条贫穷。然而，按照事物发展具有两面性的辩证观点，也正因如此，梅城才保留住了其山清水秀的朴野本质。

唐开元二十年（公元732年）正月的一天，建德梅城三江口，迎来了一位衣袂飘飘的潇洒男子。他静静伫立岸边，远处青山如黛，近处渔樵暮归。此人就是从东都洛阳来此寻山问水的诗人孟浩然。孟浩然看着眼前孤舟野渡的清冷场景，回想起自己求官出仕的没落和孤身独行的凄凉，即兴写下了后人传诵的《宿建德江》："移舟泊烟渚，日暮客愁新。野旷天低树，江清月近人。"此诗先写羁旅夜泊，再叙日暮添愁；然后写到宇宙广袤宁静，感慨明月伴人更亲。一隐一现，虚实之间，两相映衬，互为补充，构成了一个特殊意境。野旷江清，秋气肃杀。诗中虽然只有一个"愁"字，却把孟浩然心中的忧愁表达得淋漓尽致。这首《宿建德江》不仅排遣了孟浩然仕途失意的忧愤，更是使得一座古城和一条江河走进人们心中。

2

打开大唐的舆图，有繁华似锦的长安，车水马龙的洛阳，烟花三月的扬州，逃难和避暑的宝地益州，当然，还有文化名城——襄阳。虽然襄阳与长安、洛阳相比小很多，可是它的地理位置却十分重要，三面环水，一面背山，历来为兵家必争之地。早在大唐建国之初，唐高祖李渊就动过迁都襄阳的念头。此外，襄阳风景优美，交通便利，岘山和仲宣楼更是十分著名，是文人墨客必经游历之处。

唐永昌元年（公元 689 年），在襄阳城南岘山脚下的涧南园里，一个男婴呱呱坠地，这便是本文的主人公孟浩然。孟家老爷自称孟子后人，这样说起来孟家也算是书香门第。于是，孟老爷便引用孟子"我善养吾浩然之气"的名句，给孩子取了个刚正而磅礴的名字——孟浩然。初听"浩然"二字时，胸中便升腾起一股正义之气，及至了解其人秉性，便觉"浩然"之气留存于世，其形大抵如此了。

孟浩然，名浩，字浩然，自小聪明异于常人，诗词歌赋样样精通。用"风流天下闻"来形容从盛唐时代走来的孟浩然，是最贴切不过的了。自古英雄多磨难，从来纨绔少伟男。孟浩然人生的第一次变数发生在唐神龙二年，也就是公元 706 年。这年孟浩然和几个同乡好友报名参加州县考试，并以第一名的好成绩顺利通过。接下来只要顺利通过省试，便有机会参加中央的考试，凭孟浩然的才华考取进士应该不成问题，可是变数就发生在省试前的这一阶段。这年，韦后和武三思诬陷张柬之、桓彦范等几位匡复大臣，八十二岁的张柬之以犯人身份发配泷州（今广东罗定），最后带着深深的遗憾永远闭上了双眼。孟浩然听闻此事，顿时对朝政感到莫大失望，他没有想到，统治者竟然已经昏聩到这种地步，自己若入朝为官，简直就是一种耻辱，于是毅然选择罢考。这次罢考对孟浩然来说可能出于一腔热血，可对于整个孟氏家族来说却是难以接受的，因为罢考之事，他与父母产生了激烈矛盾。不过对孟浩然本人来说，文不求仕的行为反倒使他在襄阳城里名气大增，多了不少仰慕者。李白也曾称赞他："吾爱孟夫子，风流天下闻。红颜弃轩冕，白首卧松云。"

罢考之后，孟浩然孤身一人搬到后山的草庐居住。这草庐是每年瓜果成熟时供采摘农人暂住的，条件十分艰苦，但是入春以后，这里花木茂盛，空气清新，倒不失为一个读书写作的好场所。孟浩然在草庐坚持每晚夜读，豆大的灯火昏昏暗暗，照得人眼睛疲累，可他始终苦读不辍，常常抱着书卷沉沉睡去。一日醒来，只见外面阳光刺眼，鸟声清脆不绝于耳，孟浩然这才意识到，昨夜不知什么时候竟然下了一场雨，木质的栏杆底部已经生出绿苔。他步出草庐，四周的鲜花已被雨水打得七零八落。于是，他自然而然地吟出那首脍炙人口的《春晓》："春眠不觉晓，处处闻啼鸟。夜来风雨声，花落知多少？"用这首诗来形容孟浩然当时的心境，似乎颇为真实，因为他那时毕竟还只是十八九岁的少年，能按照自己的意愿活着，对生活，对自然，都有着极大的热情和向往。

3

孟浩然先前主要居家侍亲读书，以诗自适，二十三岁时隐居襄阳鹿门山。"我家南渡头，惯习野人舟。"他喜爱山水，酷爱泛舟，从他居住的涧南园到鹿门山，有近二十里的水程，从鹿门山再到襄阳城，又有三十里的水程，泛舟往返非常便利。这也是他无意中开辟的一条游山玩水的"黄金线路"。就这样，孟浩然在如诗如画的山水间，自由自在地尽情享受着太平盛世带来的安定生活，体验着盛唐时代田园牧歌的快乐，这为他日后成为山水田园派诗人奠定了坚实基础。

唐开元十二年（公元724年），孟浩然的两位好友韩思复和卢馔，一个任襄州刺史，一个任襄阳令，这对他触动很大。孟浩然想，平日里隔三岔五经常聚一起的好友都去做了官，自己也是书香门第出身，比谁都不差，还是得去谋个一官半职。这样既能光宗耀祖，又能报效朝廷，还可以在工作之余游历名山大川，可谓一举多得。就这样，在"学而优则仕"旗帜的召唤下，渴望出仕的种子在孟浩然心中生根发芽，甚至疯长。

唐代，是一个让文人，尤其是诗人备感幸福的朝代。如果你诗名足够响亮，能得到达官显贵甚至皇帝本人的赏识，就可以优先获取功名，甚至可以不参加科举考试，直接入朝为官。孟浩然不愿意参加科举，却梦想着步入仕途，那么唯一的途径就是干谒。所谓干谒，就是古代文人士子为达到延誉、入幕、入仕、升迁等目的，拜谒达官显贵或者文坛名宿的行为，按照现在的说法即为走后门、拉关系、找靠山等。钱穆先生曾说，干谒之风唐人最盛，至宋犹存。纵观中国历代文人的干谒行为，既有时势所迫的无奈之举，也有别出心裁的脱俗手笔。对于孟浩然来讲，干谒的最佳人选自然是皇帝。不过，想直接向皇帝干谒，那几乎是不可能的，因为中间必须得有推荐人。很快，孟浩然就把目标锁定在宰相张说身上，可是就在他打算去拜访张说时，家中突发不幸——父亲病逝了。不好的事总是接踵而至，正当孟浩然沉浸在父亲去世的悲痛之中，另一个不利的消息传来——张说罢相了，他再一次陷入迷茫之中。

孟浩然知道唐玄宗李隆基是个明君，分得清忠奸是非，同时又喜欢有才华的贤良之士，既然没有了介绍人，那干脆就自己毛遂自荐吧。孟浩然是个性情率真、说干就干的人，当他听说唐玄宗来到洛阳，便日夜兼程赶赴洛阳觐见求仕，结果事与愿违。孟浩然不甘心失败，便在东都洛阳住了下来，以便再寻机会，可是一晃三年过去了，最终一无所获。

4

唐开元十六年（公元 728 年）深冬时节，一直隐居在鹿门的孟浩然，告别了隐居生活，满怀理想和爱国情怀，踏上了前往首都长安的赶考之路，准备参加第二年的科举考试。他要以自己的真才实学打动朝廷，但可惜的是，信心满满的他最后竟然名落孙山。科举考试的失败，对于接近不惑之年的孟浩然来讲，确实是个不小的打击，他的内心充满彷徨与迷惘。但是正因为这次科考，孟浩然有幸结识了多才多艺的王维，也算不虚此行。尽管孟浩然比王维大十来岁，但两人一见如故，很快成为知交，王维还专门为他画了张像，作为礼物赠予。后来两人都成为唐代著名诗人，王维官运亨通，官至尚书右丞，而孟浩然却终生仕途不顺，被称为"布衣诗人"。孟浩然与王维有幸在诗歌繁盛的大唐相遇相知，一生有着大量的诗文唱和，后世将他俩合称"王孟"。

尽管仕途之门并没有向孟浩然开启，但是他一直在门外徘徊，苦苦求索。唐开元二十一年（公元733年），集政治家、文学家于一身的张九龄官拜中书侍郎、同中书门下平章事（宰相），次年又迁中书令，兼修国史。已到中年的孟浩然得知后欣喜若狂，他在给好友张九龄的《临洞庭湖赠张丞相》诗中写道："八月湖水平，涵虚混太清。气蒸云梦泽，波撼岳阳城。欲济无舟楫，端居耻圣明。坐观垂钓者，徒有羡鱼情。"诗的前段描写的是八月洞庭美景，可谓气势恢宏；后段则借"欲渡无舟楫"，表达了处盛世却不能入仕济天下的羞愧，祈盼得到援引、推荐和录用。由此可见，孟浩然出仕的梦想一直在延续。

孟浩然是个咬定青山不放松的人，他虽然迷恋山水田园，但科举出仕的追求却始终没有丢。唐开元二十二年（公元734年），四十六岁的他决定再次前往长安参加科考。然而，理想是丰满的，现实却是骨感的，命运又一次跟他开了个玩笑——名落孙山。孟浩然满怀愤恨，踽踽独行，返回襄阳，他知道，梦想中的长安已经离他越来越遥远了。面对仕途的困顿，孟浩然也只有寄情于山水田园，以吟诗作赋的方式来排遣心中的抑郁。之后，他写下了许多有关山水田园、隐居逸兴以及羁旅行役的传世佳作，最终走向山野，修道归隐。

人生之路，总有一段需要独自行走。"孤独之前，是迷茫；孤独之后，是成长。"孟浩然在接连受到科考落榜和求仕无望的沉重打击之后，怀着被弃置的忧愤，决定漫游吴越，遍览山水之胜。于是，千里迢迢，孤身一人来到陌生的睦州，当他到达梅城时，天色已经渐暗，面对山水秀丽的越地，一缕新愁涌上心头。对故乡的思念、对仕途失意的感愤、对未来的迷茫顿时混成一片。他站在三江口岸，郁郁之情犹如眼前奔涌的江水，细想过往，心中的落寞和酸楚也只有向这一江之水和孤冷明月倾诉了，于是写下了那首吟诵千年的《宿建德江》。《宿建德江》一诗被选入《唐诗三百首》后，更是家喻户晓，成为国人心中的经典。

而今，孤舟依然横渡，江水依旧泱泱，孟浩然的那首《宿建德江》仍在建德梅城的街巷里回荡，铭刻在梅城人的心间。梅城，对于一千二百多年前的孟浩然来说，这里有梦，梦在田园山水，更在他出仕落寞的心里。

计将安出

定乾坤

I

　　江南杭城，西子湖畔，总有道不尽的诗情画意，荟萃人文；湖山叠翠，深情守望，总能让人浮想联翩，心意向远。

　　当清晨的第一缕阳光唤醒沉睡的西湖，近在咫尺的解放路上已是车水马龙，位于井亭桥西侧的相国井遗址，犹如一位历尽千年沧桑的老人，穿越时光的羁绊，开始默默守望这座洗尽铅华城市的新一天。

　　走进这座湖山之城，城里不仅有阳春里夹岸相拥的桃柳、夏日里接天莲叶无穷碧的荷花、秋夜中浸透月光的三潭、冬雪后疏影横斜的红梅，也有烟柳笼纱中的莺啼、细雨迷蒙中的楼台，还有历代文人雅士留下的诗词歌赋，以及底蕴厚重的历史遗迹。当人们漫步在绿柳笼烟、桃花灼灼的白堤、苏堤之上，默诵着白居易和苏东坡当年吟咏西湖的名句时，会自然而然地追念起他们治理西湖的功绩。其实，在杭州最早开启治水工程的并非白、苏二人，而是唐德宗年间的一位传奇人物——李泌。时至今日，透过依稀尚存的相国井遗迹，我们仍能触摸到他曾经的汗水、智慧和付出……

李泌字长源，唐代京兆（今陕西西安）人，出身辽东李氏大族，是中唐时期的著名政治家、学者。一千二百多年前，李泌千里迢迢来到西子湖畔，开启了他以西湖之水养民的治水工程。翻阅唐史，李泌可是个不能小觑的人物，他出身的辽东李氏大族也是书香延绵、人才济济。翻开李泌的六世族谱，几乎是清一色的大将军、柱国、国公、郡公，从这样显赫的家世来看，李泌确实是个不折不扣的贵族后裔。然而，李泌自身的光芒并没有被家族荣耀遮掩，他是大唐历史上一位难得的奇人，被后人誉为大唐最聪明的大臣。这种"最聪明"就在于他明白应该做什么，不应该做什么，什么时候该做什么，什么时候不该做什么，这种聪明属于大智慧。

据史书记载，李泌学贯儒、道，三为帝师，一为宰相，上护太子，下庇群臣，立下过扶危定倾、再造唐室之功。他宦海五十余年，适逢王朝政局大变，多次被奸臣排挤、陷害。"安史之乱"让盛唐难再，李泌审时度势，曾几度入朝追随皇帝左右，甚至一度官拜宰相，扶危定倾之后悄然退隐江湖。李泌一生崇尚出世无为的老庄之道，视功名富贵如浮云，在肃宗、代宗两朝数次坚辞宰相之位，最终远离朝堂，长年隐居于衡山。《新唐书》说他："常游嵩、华、终南间，慕神仙不死术。"在一般人看来，离开权力中心就意味着下台，再无此前的风光。但他却越远离越潇洒，事了拂衣去，深藏身与名，"潜遁名山，以习隐自适"。所以，后人常感叹李泌于静中的得意，感叹他的淡泊明志，这就是尘封在历史深处的一个真实的李泌。

李泌很小的时候就展现出非凡才智，开蒙读书之后，更是如鱼得水。李泌七岁时就能出口成章，被称为神童，他的成名旧事被写进《三字经》里："莹八岁，能咏诗；泌七岁，能赋棋。彼颖悟，人称奇，尔幼学，当效之。"这里的"泌"，说的就是本文的主角——李泌。

唐开元十六年（公元 728 年）的一天，唐玄宗李隆基在御楼大摆宴席，召集儒家名士和道教、佛教名流辩论学问，以分三教高下。只见一个叫员俶的九岁孩童，峨冠博带，慨然登台，大谈儒教之长，且旁征博引、言辞锋利，使得在场的道士、和尚一时张口结舌，不知所对。唐玄宗惊奇不已，非常高兴，遂命人将员俶叫到身边问道："还有比你更聪明的孩子吗？"员俶随口应道："我表弟李泌，今年七岁，能题诗作赋，比我更才思敏捷。"唐玄宗一听，竟有这事，立刻派人飞马把李泌接进宫来。此时，唐玄宗正和宰相张说下棋，见召见的小孩清秀机灵，在这样的场合竟毫不畏缩，不禁脱口赞道："这小孩果然不凡，将来必是国家栋梁。"他吩咐张说考考李泌的才学，张说便即兴以下棋为题，吟诗一首："方若棋局，圆若棋子。动若棋生，静若棋死。"李泌稍加思索应对道："方若行义，圆若用智。动若骋材，静若得意。"意思是说，行义事的时候，要堂堂正正；用智慧的时候，要考虑圆满周全；才华横溢的时候，要敢于有所作为；志得意满的时候，反而要能静下来。李泌的回答境界上明显高于张说，唐玄宗听后觉得对答别致、寓意深刻，龙颜大悦，连忙赏赐财物给他，并要求李泌的家人要"善视养之"，使其将来成为国家栋梁之材。

2

俗话说，三岁看大，七岁看老。很多时候幼年的受教育程度、家庭环境影响等，都会决定一个人此后的人生轨迹。李泌亦是如此，他的"方圆动静"诗成为他一生的写照。李泌成年之后，学贯儒、道，长年在嵩山、终南山和华山之间游历，史称他非常仰慕道家的神仙之术，常寻访名山，拜会仙友。后来李泌果真不负众望，大展经纶，成为辅佐肃宗、代宗、德宗三朝君王的政坛奇才。

在皇帝的关心下，七岁的李泌很快名满天下。《新唐书·李泌传》记载，李泌七岁时，唐玄宗惊于李泌之才，将其送入东宫陪太子读书，从此其与太子李亨结下不解之缘。李泌从小聪明过人，书看一遍就能背诵，小小年纪不仅可以写诗作文，而且目光敏锐，敢于直言。有例为证，宰相张九龄有两个好友：一个叫严挺之，为人耿直，经常犯颜指出张九龄的缺点；一个叫肖诚，善于察言观色，阿谀逢迎。有一次，张九龄自言自语道："严挺之为人死板，难于亲近，肖诚才柔和可亲。"李泌正巧在旁听到，马上反驳道："公起布衣，以直道至宰相，而喜欢软美者乎？"意思是说：大人您自己也是平民出身，因为正直无私的清誉而升至宰相，难道您也喜欢低声下气、缺乏节操的人吗？张九龄听闻大惊失色，连忙道谢，从此称李泌为"小友"，两位相差四十多岁的人后来成为挚友。在当时的朝堂内外，上到唐玄宗，下到张九龄、张说、贺知章等大批王公朝臣都特别喜欢李泌，觉得这孩子以后一定能成大器。

有一次，唐玄宗召李泌入宫讲解《老子》一书。老子的思想博大精深，如果参悟不透，一般人根本是讲解不好的，但是李泌讲解得很好。唐玄宗龙颜大悦，于是就让李泌待诏翰林，同时又让他做太子李亨的宾客，供奉东宫。在东宫，李泌充分发挥自己的才华本领，与太子李亨感情深厚，后来还成为太子李亨的老师。

开元盛世后期，承平日久，国家无事，唐玄宗逐渐丧失向上求治的精神。尤其是改元天宝后，政治腐败，奸臣当道，朝堂晦暗，一场酝酿已久的暴风雨即将来临。

唐玄宗宠幸杨贵妃，耽于享乐，安禄山为了荣宠拜杨贵妃为母。唐玄宗后期更是任用了"口有蜜、腹有剑"的奸相李林甫，李林甫凭借着唐玄宗的信任，排斥异己，培植党羽，专权把持朝政达十九年之久。后来，继李林甫之后上台的杨贵妃之兄杨国忠，仰仗着杨贵妃得宠出任右相，更是"不顾天下成败"，搜刮民财，公行贿赂，妒贤嫉能，骄横跋扈，不可一世。奸佞当道，朝政腐败，这让安禄山有了可乘之机。面对国事日非，李泌纵然才高八斗，也无法挽住李唐王朝这辆渐渐滑向深渊的马车，他看不惯杨国忠等人的所作所为，写诗讥讽，后被杨国忠诬陷对朝廷不敬。李泌被罢官后归隐山林，潜心研究学问。

朝政腐败，奸臣当道，加速了统治阶级内部矛盾的升级。尤其是杨国忠与安禄山之间的争权夺利，成为"安史之乱"的导火线。唐天宝十四年（公元755年）十一月初九，身兼三大兵镇节度使、独掌大军的安禄山，以"忧国之危"奉密诏讨伐杨国忠为借口，举兵叛唐。而此时正沉溺于温柔乡的唐玄宗，仍然认为这是别人厌恶安禄山所编造的假话，直到安史大军逼近长安他才如梦初醒。束手无策的唐玄宗，三十六计走为上计，趁着长安城的混乱，以亲征平叛为名，于延秋门仓皇逃走。行至马嵬坡，将士们终于忍无可忍，发动兵变，杀死杨国忠等人，又缢杀杨贵妃，唐玄宗被迫逃往四川。

一场突如其来的"安史之乱"，把李唐王朝推向倾覆的边沿，江山危若累卵。国不可一日无君，皇帝虽然逃走了，但是李唐江山还在。李泌的铁哥们、太子李亨顺势而为，于天宝十五年（公元756年）七月十三日，在朔方诸将的拥立下，在灵武（今宁夏灵武）自行登基称帝，遥尊唐玄宗为"太上皇"，改元至德，是为唐肃宗。唐玄宗李隆基得知这一消息后相当无奈，谁让他是一个逃跑的皇帝，主动放弃了原本属于他的江山和子民。

3

唐肃宗登基之后，首先想到了他的铁哥们兼老师李泌，便派人四处寻找，有意将李泌迎回朝堂辅佐自己。李泌毕竟胸怀大志，以国家兴亡为己任，此时正在结庐修道的他，闻讯后放弃隐逸生活，星夜兼程来到灵武拜见唐肃宗。李泌，这位大唐奇才波澜壮阔的一生就此正式拉开帷幕。

李泌来到灵武，身穿一件白衣长褂，脚踏一双芒鞋，现身于公众视线之中，引来不少人的好奇。李泌以一个普通人的身份，成为唐肃宗的座上客，入议国是，出陪舆辇，军士和百姓见唐肃宗和李泌同乘同行，便悄悄私语道："著黄者圣人，著白者山人。"《新唐书·李泌传》里对此有详细记载。如果说李泌出山是为唐肃宗而来，倒不如说他是为大唐社稷而来，他知道唐肃宗有个心结还未打开，因为自立为帝，终归不合皇位继承礼法。出山后，李泌首先给唐肃宗吃了一粒定心丸，说道："陛下，总有一天太上皇会回到长安的，那时他也只能做'天子父'，而别无他想，这一点您就放一百个心吧！"这个话如果从别人口中说出，唐肃宗可以不信，但是从李泌口中说出就大不一样了，对于唐肃宗来讲这就是最大的心理支持。后来，唐玄宗返回长安，果然如李泌当年预判的一样。

解开了唐肃宗的心结，接下来就是肃清叛乱。唐肃宗向李泌请教平叛策略，李泌一一给他分析当时的天下大势和成败关键，深入浅出，有理有据，让唐肃宗大喜过望。唐肃宗想授予李泌官职，但李泌自称山人，表示自己已经是修道之人，只以宾客身份来辅佐他。唐肃宗也不好强迫，只好授予李泌银青光禄大夫的散官（从三品文职散官），以"先生"尊称李泌。其间，唐肃宗朝政中遇见任何问题，都会向李泌请教后再做决定，李泌也不负所望，帮助唐肃宗筹谋规划，下了一盘大棋。李泌向唐肃宗指出，虽然安禄山占据两京，气焰嚣张，唐军士气沮丧，人心动摇，但是安禄山所到之处，肆意掠夺财宝美女，这种贪鄙心理注定他不能一统天下，此外汉人甘心从叛者寥寥，其余均属所迫，只要用兵得当，不出两年便可平定叛乱。李泌深入浅出的分析，更加坚定了唐肃宗平叛的信心。李泌还给他起草了一份《平叛策》，详细记载了平叛的步骤计划。可惜的是，一向对李泌建议言听计从的唐肃宗，因为存有"先入关中者为王"的执念，认为军事要让位于政治，所以没有完全采纳李泌的建议，以至于"安史之乱"历时八年才被平定，而此后又因平叛不彻底，产生藩镇之祸，成为大唐顽疾。

李光弼、郭子仪是唐肃宗所倚重的两员大将，但由于掌握重兵，不免引起奸佞小人的嫉恨，流言之下，唐肃宗也渐生疑心，特别是李、郭均已位极人臣，唐肃宗担心功成后无可封赏。李泌看透了他的心思，劝说道："两人报国安民，并无他志，以后封赏，按爵以报功、官以任能的先例，赏给他们二三百户封地就行了。"唐肃宗采纳了这一建议，使李、郭安心用兵，为平定叛乱建立功勋。对于这次平定叛乱，史书多归功于李光弼、郭子仪，而对首席参谋、白衣山人李泌的贡献，常常是一笔带过。实际上，李泌的功劳不亚于诸葛亮辅佐刘备，《新唐书·李泌传》里曾这样评价："独柳杞称，两京复，泌谋居多，其功乃大于鲁连、范蠡云。"可见在历史的缝隙里，仍可看到世道人心的公正。

还有一件事，更是令李泌被后人高看一眼。唐肃宗在做太子时，宰相李林甫多次进谗陷害他，双方积怨已久。唐肃宗即位后，打算将李林甫的遗骸挖出焚烧。李泌认为身为天子却念及旧恨，不能以宽广的胸怀示于天下，会使那些投靠叛军的人放弃改过自新的想法。唐肃宗大为不悦，对李泌说道："你忘了往事吗？"李泌回答道："臣考虑的不是这些。太上皇统治天下五十年，一朝失意，远避巴蜀，南方气候恶劣，而且他已年迈，听到陛下记恨旧怨，内心将会惭愧不乐。万一太上皇因此伤感得病，就是陛下以天下之广大，也不能够安抚亲人啊！"话未说完，唐肃宗便有所悟，下台阶抱着李泌痛哭道："朕没想到这些。"由此可见，唐肃宗李亨对李泌的信任和两人之间的亲密关系。

木秀于林，风必摧之。得到皇帝高看的李泌，也受到了皇帝以外所有人的抵制。李泌为平叛出谋划策，"权逾宰相"，不是宰相却干了宰相的活儿。再加上他与唐肃宗极为亲密的关系，一来二去就招来权臣崔圆和宦官李辅国的猜忌。对于"有则有，无则无，不追求有，不在乎无"的李泌来讲，自知进退之道。两京收复后，平叛大局已定，他便主动要求离开权力中心，跑到衡山当了一个仙风道骨的隐士，这就是李泌虽屡遭谗嫉却未被祸及的大智慧。

4

宝应元年（公元762年），唐肃宗李亨驾鹤仙去，太子李豫即位，是为唐代宗。唐代宗对于李泌的才学也很是钦佩，请他再度出山，然而朝中宰相元载、常衮先后猜忌李泌，把他排挤出朝堂，外放到地方任职。对此，李泌淡然处之，虽然任职之地与长安相隔千里，但是唐代宗每有疑难必会问询于他，他也是知无不言，言无不尽。该仕则仕，该隐则隐，该进则进，该退则退，也只有持道家"无我"精神和儒家"无可无不可"态度的李泌才能做得到。

李泌被贬至地方任职，道骨仙风的他尤爱青山绿水，于是便选择了远离权力中心、诗情画意的杭州。公元 781 年，李泌奉诏千里迢迢赴任杭州刺史，就是这样一位中唐奇人，从此与一座湖山名城结缘。此时的杭州虽然建城已有一百九十年，但仍是民生凋敝。如果细说杭州建城史，还得从隋开皇九年（公元 589 年）说起。隋文帝杨坚平定南陈，南北统一，废钱塘郡，改置杭州，初治余杭，次年移治钱塘，这也是"杭州"之名首次在中国历史上出现。隋开皇十一年（公元 591 年），杭州钱塘县治由灵隐山下移至柳浦西（今杭州上城一带），大臣杨素奉命在凤凰山依山筑城，城郭"周三十六里九十步"。当时杭州城的大致范围是南起凤凰山，北至钱塘门，西濒钱塘湖（今西湖），东近盐桥河。这就是杭州城最早的轮廓。

隋文帝建城之后，人们开始逐渐聚居于湖的东面，钱塘湖的地理位置开始出现在城的西面，依照中国地理命名惯例，钱塘湖开始具备改名为"西湖"的条件。《乾道临安志》记载："自陈置钱唐郡，隋废郡为杭州，户一万五千三百八十；唐贞观中，户三万五百七十一，口一十五万三千七百二十九；开元中，户八万六千二百五十八。"随着杭州城居民的逐渐增多，饮水问题遂成为一大难题，因为这片土地源于海潮的起落，水总是带着海潮的咸苦。再加上当时海水经常倒灌，导致地下水都是咸水，杭州城中根本没有淡水可以饮用。没有办法，城中百姓或到西湖取水，或到地势高的山上去找泉水，生活十分不便。也正是因为这一原因，杭州城人口始终无法繁盛，大文豪苏轼曾用"居民零落"来形容他眼里的杭州。无疑那时的杭州，绝非柳永所描绘的"东南形胜，三吴都会，钱塘自古繁华"。

大历十四年（公元 779 年）五月，唐代宗逝于长安，太子李适即位，是为唐德宗。虽然群臣为李适奉上了一个"圣神文武皇帝"的尊号，但是他接手的却是一个千疮百孔的没落帝国。正当唐德宗施行"两税法"，力图中兴时，杭州刺史李泌也开始着手一座城市的治理规划，他要彻底解决杭州居民的饮水问题。

公元781年，六十岁的李泌可谓进入人生暮年，但是他还是义无反顾地担负起"为官一任，造福一方"的重任。李泌到任后发现一个十分奇怪的现象，居民都不愿意住在城里，而是临湖靠山而居。调查发现，主要原因就是城里没有淡水，生活极其不便。作为刺史的李泌便暗下决心，无论如何也要解决百姓饮水问题，他发现西湖水清淡可口，可以养民，又有泉眼数十道潜流地下，于是决定凿井引水。但是如何才能把西湖的水引到杭州城内呢？李泌想了个办法，自涌金门至钱塘门分置水闸，挖井引水。

建中二年（公元781年）九月，李泌开始组织人员掘地沟砌石槽，石槽内安置空心竹管，引西湖水至城区，历时两年有余，终于在当时人口相对稠密的涌金门一带，开凿了六口井，这六口井分别是相国井、西井（原在相国井之西）、方井（俗称四眼井）、金牛井（原在西井西北）、白龟井（原在龙翔桥西）和小方井（俗称六眼井，原在钱塘门内，即今小车桥一带）。

李泌所开六井与普通水井不同，由入水口、地下沟管、出水口三部分组成。它采用"开阴窦"（即暗渠）的办法，将西湖东岸（涌金门至钱塘门之间）疏浚，把湖底挖成入水口，砌上砖石，外面打上木桩护栏，在水口中蓄积清澈的西湖水，有的还设有水闸，可以随时启闭。然后在城内居民聚居处开挖六口大井（池），砌以砖石，蓄积饮用水，再在西湖入水口与出水口之间开挖深沟，安上竹管，使入水口与出水口相连，将湖水引入方井，以解决城中居民饮水问题。李泌的六井工程为杭州城日后容纳更多的居民奠定了基础，从而开启了杭州城千年繁盛的序幕。

据专家考证，李泌所开六井与成都平原著名的都江堰水利工程相比，可谓有异曲同工之妙，堪称小型版的都江堰。

5

正当李泌解决了杭州居民饮水问题，将城市治理得井井有条时，唐德宗李适接手的没落帝国却狼烟四起，外有吐蕃咄咄逼人，内有藩镇割据一方。之后，又连续爆发"四镇之乱""泾原兵变"等一系列藩镇叛乱。朱泚占据长安，自称大秦皇帝，与其他五镇遥相呼应，直接威胁唐王朝的统治。唐德宗被迫逃往梁州（今陕西汉中），帝国社稷几近倾覆，生死存亡就在眼前。这时唐德宗想起了李泌，想起了这个自己爷爷和父亲都交口称赞过的人才，他派人紧急召李泌前来商议。此时，已是耳顺之年的李泌一听唐王朝再度陷入危机、德宗有难，便不远千里赶赴梁州。这一次唐德宗似乎有吸取父亲、爷爷和太爷的教训，一定要重用李泌，任命其为中书侍郎同平章事，李泌也因德宗给予的种种殊荣而受到朝野瞩目。贞元元年（公元785年），陕虢都兵马使奚抱晖鸩杀节度使张劲，并与李怀光的部下勾结，令唐德宗忧心忡忡。李泌再次出手，在不动兵戈的情况下，单骑去与叛军首领达奚抱晖对峙，圆满解决陕州问题。李泌还以高瞻远瞩的战略构想，以天下为棋盘，各国为棋子来博弈，精心构建了被后世称为"贞元之盟"的反吐蕃联盟，联合回纥、南诏、大食、天竺，平定吐蕃心腹大患，可谓厥功至伟！

贞元五年（公元789年）三月，李泌在长安宅中去世，享年六十八岁，唐德宗追赠他为太子太傅。中唐历史舞台上一颗璀璨巨星就此陨落，让大唐天空黯然失色。李泌一生波澜壮阔，始终与那个跌宕起伏的王朝命运紧紧联系在一起。《新唐书》说："泌出入中禁，事四君，数为权倖所疾，常以智免。"从玄宗朝的聪颖早慧到肃宗朝的主理军机，从代宗朝的避世归隐到德宗朝的力挽狂澜，李泌都是"权逾宰相"而从不越位，功成名就后又都悄然归隐，"潜遁名山，以习隐自适"，在名山大川深处做他的隐士，既无得意时的忘形，也无落魄时的潦倒，正如他少年时所说："静若得意。"

同样，李泌以"功成不必在我"的境界开凿了六井，开启西湖之水养民的时代。"自唐之李泌下迄两宋，凡杭州的贤有司，几莫不致力于导湖浚井。"

自李泌之后，先后又有白居易、钱镠、陈襄、苏轼等历朝历代杭州主政者多次修复六井，不断为其注入活力。《旧唐书》评价："改杭州刺史，以理称。"《新唐书》则说："徙杭州刺史，皆有风绩。"虽然两部唐书都未详载李泌在杭州任上的具体作为，但都给予了高度评价。白居易在他的《钱塘湖石记》中曾这样写道："其郭中六井，李泌相公典郡日所作，甚利于人。"李泌任后两百多年，文坛巨匠苏轼来到杭州刺史任上，继续接力修复六井。苏轼对李泌筑六井的意义做出了更为详细的解释，他在奏报皇帝的《杭州乞度牒开西湖状》中写道："杭之为州，本江海故地，水泉咸苦，居民零落。自唐李泌始引湖水作六井，然后民足于水，井邑日富，百万生聚，待此而后食。"

岁月匆匆千余载，唯有此处忆相逢。功名富贵如敝屣，计将安出定乾坤。

而今，千年已逝，李泌当年开凿的六井大都湮没在历史烟波中，仅存相国井遗址，但让世人永久铭记的不仅仅是李泌解决杭人卤饮之苦的为民情怀，还有他辅佐四朝君王，扶危定倾，再造唐室的卓越才能，以及他崇尚出世无为、视功名富贵如浮云的高尚品德。

一片冰心在西湖

I

江南好，风景旧曾谙。

毓秀江南，风情万种，总有时光磨灭不去的历史记忆，伴随着微醺缠绵的春风，悄悄潜入世人的梦里。一千二百多年前的白居易应该对此深有体会，要不然他怎会在离开杭州多年，晚年隐居在洛阳履道坊时，犹忆江南旧游，创作出《忆江南》呢！

那是一千二百多年前一个莺飞燕舞的初春，钱塘西子湖畔，湖面春水新生，白堤春草刚绿，堤岸春花渐开，树上春莺争鸣，空中春燕衔泥。长长的白沙堤犹如春姑娘手中舞动的彩练，不仅搅热了一湖碧水，还搅得西湖之畔"乱花渐欲迷人眼"。一大早，西湖白沙堤上，游人踏春赏景，络绎不绝。一位五十多岁的中年男子，手捋胡须，骑马由孤山方向一路悠闲行来，衣袂飘飘，好不惬意。此刻，满目的西湖绝妙山水早已写入他的胸怀，男子俨然一副"胸中元自有丘壑，盏里何妨对圣贤"的神态，随口吟出那首千年传唱不绝的《钱塘湖春行》："孤山寺北贾亭西，水面初平云脚低。几处早莺争暖树，谁家新燕啄春泥？乱花渐欲迷人眼，浅草才能没马蹄。最爱湖东行不足，绿杨阴里白沙堤。"男子独行闲吟，沉浸在春光美景之中。从此，这首诗便伴随着微醺春风，飘荡在西湖千年时光里。我想，这应该是大唐帝国长庆三年（公元823年）的春天，西湖之畔，白堤之上，最为浪漫的一幕。而对于这种浪漫，也只有当你走在春天的白堤上，看着澹澹湖水在你身边涌动、如丝烟柳在你眼前飘逸，才能够完全体味诗人当时的情感与心境。

此时的白居易已经离开帝都长安一年有余。诗人与常人的区别，往往就在于他们无论处于何时何地，面对何种艰难困苦，都会用一种独特、浪漫的心境去诠释，或抒怀，或明志，或记事，或思人，以此寄托自己的情感，消除心中的忧郁。当年诗人白居易千里迢迢从帝都长安赴任杭州刺史，肯定也是带着这种浪漫而来的。

上有天堂，下有苏杭。

江南就像是一个梦，一直储存在白居易的记忆里，"苏杭"是他从小的向往。早在建中元年（公元780年），白居易的父亲白季庚在彭城（今江苏徐州）任县令时，母亲就曾带着他来江南投靠亲戚，躲避战乱。就在那时，他与杭州不期而遇，自此喜欢上了这座因水而兴的江南名城。在来杭州赴任的路上，白居易还回忆起他儿时记忆中的杭州："余杭乃名郡，郡郭临江汜。已想海门山，潮声来入耳……"浪漫归浪漫，但是年届半百的白居易，作为京官外放，心情还是有些五味杂陈的，他禁不住感慨道："退身江海应无用，忧国朝廷自有贤。且向钱塘湖上去，冷吟闲醉二三年。"

即便如此，杭州对白居易仍具有魔力般的吸引力，他想到了那里汹涌澎湃的钱塘一线潮，想到了那里碧波荡漾的西湖。

2

大唐长庆二年（公元 822 年）七月十四日，唐穆宗发布了一道极为普通的人事任命：白居易出任杭州刺史。按常理说，这种州官的任命在中国几千年历史上可谓司空见惯，但对杭州和白居易来说却是意义非凡。正是这份人事任命，从此将一座城与一个人紧紧联系在一起，在千年时光中演绎出治水养民和诗情并重的千古佳话。中书舍人白居易外任刺史的主要原因是越级言事。中书舍人，外表看似光鲜，实际就是中书省掌制诰（草拟诏旨）的小小官员而已。白居易人微言轻，越级言事，多次上疏谏言当时河北的军事状况而未被采纳。这一次，还未等到别人来弹劾，他就主动请求到外地任职。当然，对于这次自己外任的去向，白居易也是经过仔细斟酌、深思熟虑的，他想到了自己念念不忘的江南名城——杭州。

"朝从紫禁归，暮出青门去。勿言城东陌，便是江南路。扬鞭簇车马，挥手辞亲故。我生本无乡，心安是归处。"这首《初出城留别》记录了白居易离别长安时的心情。由于京杭运河受阻，白居易由商山道经襄阳、汉水辗转至杭州，赴任道上行行止止，寄情山水，至长庆二年（公元 822 年）十月朔日终于抵达杭州。这一路，五十一岁的白居易足足走了三个多月，长途跋涉虽然辛苦，但自己的外放请求得到批准，心情倒比七年前被贬江州时好得多。

西湖是有幸的，得到了历代大诗人的吟诵，当然白居易也不例外。白居易喜欢这里的山山水水，喜欢这里的三秋桂子、十里荷花，尤其欣赏杭州的那颗明珠——西湖。白居易寄情山水，在杭州写下了许多优美的诗歌，其中就有那首千年吟诵不绝的《钱塘湖春行》。这首诗既写出了西湖的怡人风光，又营造出舒缓和谐的春日氛围，与苏东坡的《饮湖上初晴后雨》相比更加具体，也更有意境。千年已逝，诗情常青。而今，人们依旧喜欢吟着这首《钱塘湖春行》，去西湖，去白堤，寻找诗人的踪影。为官一任，造福一方，这也是诗人白居易的为官之道，一个"民"字在他心中重千钧。作为刺史的白居易，不仅公务上鞠躬尽瘁，还要忙里偷闲，利用业余时间进行自己的诗歌创作。"心安是归处。"他要让自己的治世抱负像莲花一样，盛开在杭州这片山水之间，像"三秋桂子"一样，清香弥漫江南大地。

杭州，一座傍水而生、因水而兴的城市。

西湖在给这座城市带来灵秀与荣耀的同时，也让它饱受痛苦和灾难。白居易经过实地仔细考察发现，杭州靠近钱塘江，遇有大潮时海水会倒灌，城中居民主要依靠六口水井解决用水问题。而这六口井还是唐德宗时杭州刺史李泌组织开挖的，并不是地下水，而是由暗渠将西湖之水引入井里，以供城中居民饮用。四十多年过去了，水井年久失修，暗渠淤塞，居民饮水成了大难题。"其郭中六井，李泌相公典郡日所作，甚利于人，与湖相通，中有阴窦，往往堙塞，亦宜数察而通理之。"白居易在他的《钱塘湖石记》里详细记载了这些。于是，白居易决定组织整修水井和暗渠，最终解决了杭州城里人的用水问题。

3

然而，随着白居易调研的不断深入，他还发现了更为严重的问题，那就是西湖堤坝不够高，平时的蓄水不够用，雨水多了还要漫出去。另外，遇有钱塘江大潮时，海水还会漫过堤坝，从而影响西湖水质。当然，这只是一方面，也都是历史遗留问题，细心的他还发现了另一方面的问题："湖中有无税田约十数顷。湖浅则田出，湖深则田没。田户多与所由计会，盗泄湖水，以利私田。"这些在白居易的《钱塘湖石记》里也都有详细记载。白居易查明情况后勃然大怒，严惩了那些腐吏，完善了相关管理制度，严禁任何人私自放水。

治标更要治本。为解决西湖蓄水量不足的问题，白居易做出一个大胆决定，组织民工兴修西湖堤坝，把西湖四周的堤坝加高数尺。更难能可贵的是，他在治理西湖时，并非一味筑坝提高水位。他知道一旦遇到暴雨，湖水泛滥冲毁堤坝，就会发生更大的水灾。为此，白居易制定了一套严格的西湖管理规制和精密计算方法，以确保西湖水位始终保持在规定水准线上。

江南杭州，春季多雨，秋季干旱，治水是为了更好地利用西湖之水，这一点白居易比前几任刺史理解得更透彻，执行得也更到位。西湖作为杭州唯一的淡水资源，在农田灌溉上有着无可替代的作用。白居易认为如果堤坝修筑得合乎规格，雨季及时蓄水，旱季及时放水，精密管控，那么西湖附近的一千多亩农田就再也不会有荒年了。经过反复测量，他发现西湖放水时，湖面水位每降低一寸，就可以灌溉田地十五顷之多，每一昼夜可以灌溉五十多顷。为此，每次放水灌溉田地前，白居易都要挑选两个得力干将，命他们分别站在农田和湖边，根据农田面积，约好放水时间，算好放水量，限量放水，精确灌溉。

为了保障钱塘至海宁盐官一带的农田灌溉，白居易还提出从钱塘到海宁盐官镇，应该依靠运河灌溉农田，放湖水入河，河水入田，按照盐铁转运使的要求，先量好河水的深浅，等农田灌溉完后，再恢复到运河原有水位。由此可见，白居易治理西湖真的是煞费苦心，可谓成于治理，精于管理。白居易这些治理西湖的方法举措，都详细载入他长庆四年（公元 824 年）三月十日所作的《钱塘湖石记》一文里。这篇《钱塘湖石记》不仅记录了白居易兢兢业业治理西湖的一段史实，更饱含了他作为地方官对百姓的谆谆公仆心。为示后人，白居易还专门把这篇《钱塘湖石记》刻在石头上，矗立在西湖边。

4

"唯留一湖水，与汝救凶年。"

长庆四年（公元 824 年）五月，白居易被朝廷召回长安任太子左庶子、分司东都。杭州百姓闻讯，扶老携幼，自发赶来，夹道相送，洒泪饯别。面对依依难舍的父老乡亲，年过半百的白居易眼睛湿润了，他由衷地为认识一座城、一片湖而高兴，更为认识眼前这些朴实无华的乡亲而欣慰。同时，身为杭州刺史的他又备感惭愧，因为还有很多乡亲由于税重生活还比较贫穷，由于旱田多而饱受饥荒。于是，白居易作了首《别州民》留别杭州百姓："耆老遮归路，壶浆满别筵。甘棠无一树，那得泪潸然？税重多贫户，农饥足旱田。唯留一湖水，与汝救凶年。"后人为了纪念白居易，就把西湖上那座他当年加固的堤坝称为"白公堤"。然而，让白居易想不到的是，他在杭州做了一任刺史后，很快又被调往苏州任刺史，在苏州同样留下了一座"白公堤"。由此，苏杭"白公堤"成为中国历史上的一段佳话。

其实，白居易在杭州刺史任上留下的又何止一泓湖水呢？还有他清正廉洁的佳话。据唐代笔记《唐语林》记载，白居易离开杭州刺史任时，把自己三年来没有用完的俸禄，全部捐献给了杭州地方公库，留给下任刺史以备不时之需。尽管这件事情白居易在诗文中只字未提，也或许只是坊间传闻，但是若非白居易清正廉洁，又怎会有这样的传闻呢？对此，还有一事可为佐证，就是他为官二十多年，晚年卜居洛阳履道坊时，竟然凑不足买房钱，只能以两匹马抵偿。

晚年归隐洛阳后，白居易内心深处的那片心灵风景从未荒芜，这片风景里有江州的浔阳江头，有风雅钱塘的西湖白堤，有姑苏城外的山塘河道，还有洛阳伊河的龙门八节滩……这些风景是他诗词歌赋的灵魂，由此也就诞生了千古绝唱《长恨歌》和《琵琶行》，诞生了"汴水流，泗水流，流到瓜洲古渡头""一道残阳铺水中，半江瑟瑟半江红"等水灵灵的诗文。

当然，晚年的白居易犹忆江南旧游，还为后人留下了那首吟诵不绝的《忆江南》："江南好，风景旧曾谙。日出江花红胜火，春来江水绿如蓝。能不忆江南？……"

驿寄梅花

泪沾襟

I

杭州西湖，自古就有钱塘湖、武林水之称。

"处处回头尽堪恋，就中难别是湖边。"长庆四年（公元824年）五月，白居易奉诏调回长安，他在恋恋不舍离任之际，还专门作了一首《西湖留别》，为湖正名，西湖之名由此而来。

这一年，对于大唐来讲注定是个不平凡的年份。其间，发生了三件不得不提的大事。首先，这一年正月二十二日夜，沉浸在长生不老虚无缥缈梦幻中的唐穆宗，终因服用方士金丹病发而卒，享年三十岁。唐穆宗李恒，作为大唐第十三位皇帝，在位只有短短四年。其间，他荒于朝政，奢侈放纵，导致河北三镇再度叛乱。白居易得到唐穆宗驾崩的消息，悲痛万分，他朝着长安方向长跪不起，回想起了元和十四年（公元819年），正是这位喜好方士金丹的皇帝，因欣赏他的才华，先后任命他为主客郎中、知制诰、中书舍人等职。而今，短短四年，时过境迁，物是人非。虽然宫阙之上歌舞声乐依旧绕梁，但盛唐气象却早已消失殆尽。唐穆宗主政期间，内有权臣争权夺利，明争暗斗，外有藩镇割据，狼烟四起，这都是垂暮王朝无法医治的最大顽疾。就是面对这样的政治残局，穆宗皇帝政务荒怠，不听劝谏。白居易面对这样一个"粉丝"，万般无奈之下，才屡屡越级言事，最终请求外放。穆宗驾崩，太子李湛柩前即位，是为敬宗，自此大唐王朝进入残年暮景。放眼天下，曾经的王朝乐土，内外交困，百病丛生，积重难返，病入膏肓，苟延残喘，大唐就像一辆失控的老破车，正加速滑向毁灭的深渊……

第二件事，这一年的十二月，倡导文学革新运动的著名思想家、文学家韩愈病卒，大唐痛失一代文宗。韩愈，年长白居易四岁，单从年龄上来讲，两人应该没有什么代沟。韩愈出生于河南河阳（今河南孟州），与白居易的出生地河南新郑（今河南新郑）相距也就百余公里，算是地地道道的河南老乡。如果按照家庭背景和出身来论，两人又都是不折不扣的"官二代"，都是靠科举入仕，同朝为官，两人先后还都担任过知制诰之职。白居易和韩愈一样性格耿直，都痛恨官场腐败，敢于面对现实，写一些讽喻作品。两人又同是杜甫的崇拜者，喜欢结交文友，且有着共同的朋友。但遗憾的是，白居易与韩愈终其一生也只是普通交情，并没有成为好朋友。尽管这样，对于贵为文坛领袖、朝廷高官的韩愈，白居易一直是发自内心地敬重、推崇、膜拜，这一点在他的诗里不难看出，如《和韩侍郎苦雨》《同韩侍郎游郑家池吟诗小饮》《久不见韩侍郎戏题四韵以寄之》《和韩侍郎题杨舍人林池见寄》《酬韩侍郎张博士雨后游曲江见寄》等诗作都与韩愈有关。而他的偶像韩愈，却只在一首《同水部张员外籍曲江春游寄白二十二舍人》中提到了他，这也是让后人百思不得其解的一段文坛历史。清人编辑的《唐宋诗存》里，唐代李白、杜甫、白居易、韩愈四人入选，宋代苏轼和陆游两人入选，唐代入选的四人中白居易居然排在韩愈之前，其他人都是按照年龄排序，由此可见白居易在诗坛的影响力。

2

第三件事与白居易自己有关。公元 824 年底，在浙东（今浙江绍兴）任观察使的元稹，编辑完成了《白氏长庆集》，这也是白居易与元稹的诗篇唱和结集。

俗话说："人生得一知己足矣。"可这话说起来简单，做起来却非易事，就是这么一个简单的"足"字，道尽了白居易与元稹历经艰难困苦的考验和知己难求的辛酸，两人最终成为志同道合的挚友。"得一知己"在文人身上尤其不易，文人相轻，文人间的交情远不如江湖汉子大块吃肉、大碗喝酒般痛快豪爽。可出生于乱世的文人们，未敢忘记国忧，一直都在苦苦用自己的文学创作来反映社会，泄导人情。在大唐文学的浩瀚天空中，白居易与元稹，两个才情相当且文学主张相同的人，犹如并肩翱翔的鲲鹏，共同开启了轰轰烈烈的新乐府运动，提出"文章合为时而著，歌诗合为事而作"的创作宗旨。相同的文学理念、共同的价值追求，奠定了两人坚实的友情基础；心怀天下、忧国忧民的相同政见，使两人惺惺相惜之谊更加浓厚。"诗筒"成为两人联系友谊的纽带，白居易与元稹共同演绎出高山流水觅知音的佳话，由此后人把他俩合称为"元白"。

在中国古代科举制度中，通过最后一级中央政府考试者被称为进士，又称殿试及第。贞元十六年（公元 800 年）初春，又是三年一次的进士大考。春寒料峭的长安，赶考的学子从四面八方会集于此，似乎都想用自己的满腔热忱，驱赶走严冬残留的最后一丝寒意，让帝都长安多一份难得的生机。备战三年的白居易，与那些学子一样，心中安邦治国的宏伟抱负，如同春天里肆意滋长的草木。皇天不负有心人，二十九岁的白居易这次终于考取进士第四名。"十年寒窗无人问，一举成名天下知。"唐代新中进士，都有在大雁塔内题名的习俗，故以"雁塔题名"代称进士及第。激动不已的白居易，在长安慈恩寺的大雁塔内写下"慈恩塔下题名处，十七人中最少年"的诗句，以表达内心的喜悦之情。

也正是这次长安之行，白居易与元稹初次相逢，他们都为对方的文采风流所深深折服，况且又都反对宦官专权，提倡轻徭薄赋，拥有一腔安邦治国的宏伟抱负，两人志趣相投，相见恨晚。三年之后，贞元十九年（公元 803 年），白居易与元稹同时通过吏部"书判拔萃科"的考试，一同当上了秘书省校书郎。所谓校书郎，实际就是校勘整理皇家图书典籍的九品小官，薪俸也很微薄。尽管白居易对此并不十分满意，但与他过去长期漂泊、居无定所的生活相比，也总算是过上了安稳日子。

唐都长安，初名大兴城，始建于隋朝，唐时易名长安城，寓意"长治久安"。长安城分外郭城、宫城、皇城三大部分，面积约八十四平方公里，外郭城两市一百一十坊，是当时世界上最大的城市。初到长安的白居易，在城东常乐坊租了四五间茅屋，又雇了两个用人看门做饭，日子过得也算是逍遥自在。正所谓"茅屋四五间，一马二仆夫。俸钱万六千，月给亦有余"。作为校书郎，白居易不需要坐班，他每月只需去秘书省两三次，处理一下公务即可，平日无事就待在家里，写诗作赋打发日子，倒也自在快活。白居易租住的茅屋前面有片竹林，之前由于无人打理，已近凋零枯萎。文人爱竹，不可居无竹，白居易也不例外，他喜爱竹子耿直贞浩的品格，于是亲自动手加以修复，经过一番精心培育，竹林终于恢复清秀之态。

3

元和二年（公元 807 年）十一月，白居易因诗受到唐宪宗赏识，被任命为翰林学士。第二年五月，又被任命为左拾遗。左拾遗，是古代的一个官职，主要职能是捡起（皇上）遗漏的东西（政策决策失误），意思是国家有遗事，拾而论之，是国家的重要谏官。唐代行政法典《唐六典》规定，左拾遗设在门下省，序在左散骑常侍、谏议大夫、左补阙之后。左拾遗同左补阙共同"掌供奉讽谏"，凡发布诏令办理政务，有与时势不相适应，与正道不相符合的，大则朝堂进谏，小则封书上奏，并负责向国家推荐贤才良臣。

白居易十分珍惜这个报效国家的机会，决心竭尽平生才识，力图做到朝廷得失无不明察，天下利弊无不陈说，有缺漏必规劝，有过失必进谏。正是这种决心与信心，才使得他不顾仕途命运，将自己一次又一次置身于宦海的惊涛骇浪之中。中唐时期，朝廷里最大的毒瘤就是宦官，宦官掌握着朝廷的最高权力，甚至连皇帝的废立都在他们的掌控之中，这也是白居易最为痛恨的。

"可怜孤松意，不与槐树同。"

元和四年（公元 809 年），元稹拜监察御史，奉命出使川蜀。初登官场的元稹，与白居易一样，意气风发，一心为民，大胆劾奏不法官吏。元稹接手的第一桩案件就是查办泸州监官任敬仲贪污案，并由此抽丝剥茧，揪出了剑南东川节度使严砺的扰民贪赃案。"奉使东蜀，劾奏故剑南东川节度使严砺违制擅赋，又籍没涂山甫等吏民八十八户、田宅一百一十一、奴婢二十七人、草千五百束、钱七千贯。时砺已死，七州刺史皆责罚。稹虽举职，而执政有与砺厚者恶之。使还，令分务东台。"《旧唐书·元稹传》对此有详细记载。

虽然贪官严砺已死，但所辖的七州刺史皆受到责罚。元稹的出使"名动三川，三川人慕之"，得到了民众的充分认可和崇高赞誉。白居易曾作诗称赞元稹："其心如肺石，动必达穷民，东川八十家，冤愤一言伸。"然而，元稹这一举动，深深触动了朝中旧官僚阶层及藩镇集团的利益。这种利益关系盘根错节，由来已久，要想完全打破这种利益格局，单凭元稹一人又谈何容易。为此，元稹受到严砺朋党和宦官集团的排挤，回朝不久便被派往东都洛阳御史台任职。即便遭受如此严重的打压，元稹仍然坚持为官初心，秉公执法，不向贪腐低头。元和五年（公元810年），元稹又因弹奏河南尹房式（开国重臣房玄龄之后）的不法事，得罪了高官，被召回长安述职罚俸。

"木秀于林，风必摧之。"作为监察御史的元稹，打击贪腐从不手软，只是冤家路窄，举步维艰。元稹在回京述职途经华阴县时，在敷水驿与宦官仇士良、刘士元发生冲突，虽然元稹占理在先，但由于宦官权势熏天，唐宪宗也不敢得罪，于是颠倒黑白，以"轻树威、失宪臣体"为由，认定元稹有罪，将其贬为江陵士曹参军，这便是历史上著名的"敷水驿事件"。敷水驿事件看似偶然，实则是在暮气沉沉的中唐必然会发生的事情。

身为左拾遗的白居易，看到好友元稹受屈，立马挺身而出，接连三次上疏朝廷，为元稹鸣冤，坚决反对朝廷不分青红皂白处罚元稹。白居易向宪宗皇帝指出，处罚元稹有三不可：第一个不可是元稹一心报国，他在这次事件中根本没有错，把他贬出去，以后朝廷大臣就会寒心，有谁还肯为朝廷出力呢？第二个不可是这次事件完全是太监无理取闹，朝廷还这样袒护他们，以后太监的气焰就会更加嚣张。第三个不可是元稹身为监察御史，之前他已经查办了剑南东川节度使，而节度使之间又都是互相勾结的，现在把元稹贬到荆南节度使管辖的江陵去，他们必定会打击报复他。白居易要求朝廷公正处理此事，以还元稹公道，可毕竟人微言轻，他的仗义执言不仅没有说服唐宪宗，还惹得龙颜大怒，最终，元稹还是被贬外放。通过敷水驿事件，白居易与元稹之间肝胆相照的真挚友情足见一斑。

4

白居易与元稹感情深厚、心有灵犀。据说，元稹离开长安到外地赴任，有一天，白居易与友人游玩慈恩寺后，在酒楼饮酒叙谈。席间，白居易一阵惆怅，停杯叹道："可惜微之（元稹）不在，想必现在他已经到了梁州了吧！"随即，他即兴在墙壁上题了首《同李十一醉忆元九》："花时同醉破春愁，醉折花枝作酒筹。忽忆故人天际去，计程今日到梁州。"元稹排行老九，故称"元九"。这事倒也寻常，但令人啧啧称奇的是这一天元稹刚好到达梁州（今陕西褒城），晚上元稹做了个梦，梦见与白居易等人畅游曲江、慈恩寺。元稹怅然而醒后，写诗道："梦君同绕曲江头，也向慈恩院院游。亭吏呼人排去马，忽惊身在古梁州。"这两首诗，一首写于长安，一首写于梁州，一首写居者之忆，一首写行者之思，一首写真事，一首写梦境，却不约而同地写在同一天，如同当面唱和，这不能不说是灵犀相通、心心相印。

公元815年，耿直的元稹不为朝臣所容，又被贬为通州司马。同年，白居易也被贬为江州司马。之后，白居易自请外放，出任杭州刺史，元稹也来到相距百余里的浙东（今浙江绍兴）任观察使。同是天涯沦落人，两人依靠互通书信倾诉衷肠。据后人统计，两人来往书信累计有一千八百多封，互赠诗篇接近千余篇。驿寄梅花，鱼传尺素，唱和三十年，诗篇千首，恐怕也只有白居易与元稹这对"极品"好友了。

白居易与元稹最后一次见面是在东都洛阳，当时元稹从越州回长安路过洛阳，专程探访闲居于此的好友白居易。老友相见，分外激动，把酒言欢,彻夜长谈。人生无处不别离,而白居易与元稹的终别最后落在洛阳。离别之际,元稹写下了《过东都别乐天二首》,其一是:"君应怪我留连久,我欲与君辞别难。白头徒侣渐稀少,明日恐君无此欢。"其二是:"自识君来三度别,这回白尽老髭须。恋君不去君须会,知得后回相见无。"诗中,元稹念叨着说自己年纪大了,朋友也不多了,担心这是最后的相见。

却不料一语成谶,公元831年,六十岁的白居易正赋闲于东都洛阳,七月二十二日,元稹病逝于武昌,白居易惊闻噩耗,悲恸不已!当元稹灵柩运回老家陕西咸阳途经洛阳时,他挥泪写下祭文:"呜呼微之!始以诗交,终以诗诀,弦笔两绝,其今日乎!呜呼微之!三界之间,孰不生死,四海之内,谁无交朋?然以我尔之身,为终天之别,既往者已矣,未死者如何? ……与公缘会,岂是偶然?多生已来,几离几合,既有今别,宁无后期?公虽不归,我应继往,安有形去而影在,皮亡而毛存者乎?"这对"始以诗交,终以诗诀"的至交好友,就这样阴阳相隔。

八年之后,年近七十岁的白居易在午夜梦回时,依然思念昔日的挚友元稹。他含泪写下《梦微之》:"夜来携手梦同游,晨起盈巾泪莫收。漳浦老身三度病,咸阳宿草八回秋。君埋泉下泥销骨,我寄人间雪满头。阿卫韩郎相次去,夜台茫昧得知不。"千年之后的今天,后人读起两人的往来诗词,仍能深深感受到他们之间同患难、共进退的深厚情谊。

长恨歌罢

琵琶行

|

公元 824 年，从杭州回到洛阳履道坊宅园的白居易，在经历了自求外放的三年后，表面上看，似乎该放下的都已放下，可是他内心深处却总有一丝莫名的惆怅挥之不去。在历经宦海跌宕起伏和人生坎坷曲折之后，白居易心中归隐和怀旧的情愫越来越重。年过半百的他，时常忆起自己的家乡新郑，那里是黄帝故里、华夏故邦，是夏都、商都，也是他跌跌撞撞从苦难困境中出发的地方。白居易少小立志，他知道自己虽然不能选择出身，但可以顽强地创造人生，让自己的人生更加精彩。

大历七年（公元 772 年）正月二十日，对于河南新郑白家来讲，是一个添丁进口的大喜日子。从白居易降生的那一刻起，父亲白季庚就一直琢磨着给孩子起一个有意义的名字。白家"世敦儒业"，白居易的祖父白锽，十七岁就明经及第，曾任河南府巩县县令，父亲白季庚，早在唐玄宗天宝末年就擢明经第，德宗建中初年被任命为彭城县令。白家可说是不折不扣的书香门第、官宦之家。饱读儒家经典的白季庚，忽然想到了《中庸》中的两句话："君子居易以俟命，小人行险以侥幸。"于是就为孩子选取"居易"两字为名，字乐天，言外之意就是希望白居易能够处在平安境地，快快乐乐地生活，一生干啥都容易。或许是受父辈们的影响，白居易从小就天资聪明，敏悟过人，有过目不忘之能。据《新唐书·白居易传》记载，白居易生下来七个月时，就认得"之""无"两个字，而且百试不误。家里人很惊奇，认为是祖坟上冒青烟，白家以后要出大人物了！果然，唐代中晚期，诗坛上出现了一位蜚声海内外的"诗魔"——白居易，成语"略识之无"也就流传了下来。

生逢乱世，"白居"何易？白居易出生时，虽然"安史之乱"早已平定，但是长达八年的战火蹂躏，对李唐王朝来说是一场空前浩劫。《旧唐书·郭子仪传》中对此有详细记载："宫室焚烧，十不存一。百曹荒废，曾无尺椽，中间畿内，不满千户。井邑榛棘，豺狼所嗥，既乏军储，又鲜人力，东至郑、汴，达于徐方，北自覃怀，经于相土，人烟断绝，千里萧条。""诗圣"杜甫也曾有诗曰："寂寞天宝后，园庐但蒿藜。我里百余家，世乱各东西。"这一切都说明"安史之乱"使民众皆处于无家可归的状态中。

"安史之乱"，成为大唐帝国惨痛的转折点，它使得辉煌无比的盛唐瞬间似大厦倾塌，虽然历经数载平定了叛乱，收复了河山，可昔日那个傲然于世的东方帝国再也回不来了，这是唐人心中永远的痛。此后的中唐，一直处于藩镇割据、边疆动荡的内忧外患之中，地方割据势力越来越根深蒂固。白居易出生不久，战火的硝烟就弥漫到他的家乡新郑，使得民不聊生，百姓处于水深火热之中。在白居易两岁的时候，担任县令的祖父白锽不幸去世，四年后，祖母也因为思念过度而去世，这个时候，担任彭城县令的父亲白季庚，正率领着军队奋起反抗地方割据势力。

建中三年（公元 782 年），白居易十一岁，这一年淮西节度使李希烈杀害了大唐名臣颜真卿，还串联王武俊、李纳、田悦、朱滔等叛臣拥兵自立为王，战火燃遍了半个天下。《旧唐书·李希烈传》这样评价：希烈生性残暴，临战在阵上杀人，血流于前，而饮食照常，所以人们怕他，为他尽力。

李希烈叛军在河南一带烧杀抢掠，先后攻下汝州（今河南临汝）和汴州（今河南开封）。一年之后，果然应验了老子那句话"大军之后，必有凶年"。河南遭遇大饥荒，百姓靠吃蝗虫度饥，无奈之下，白居易跟着母亲逃往徐州，白季庚便将家人暂时安置在靠近徐州的宿州符离县（今安徽符离）。可是不久战火就蔓延到徐州一带，白季庚只好安排母子二人继续逃往江南。就这样，白居易跟随母亲先后投奔了在江南做官的叔叔和堂兄。千里迢迢，跋山涉水，这是白居易第一次离家远行，正是这次他初识了梦中江南。出身官宦家庭的白居易，青少年时饱受了动荡之痛。国家不幸诗家幸，也正是那个不幸的时代，才造就了白居易的非凡诗名。漂泊期间，白居易曾经写下一首诗作《自河南经乱，关内阻饥，兄弟离散，各在一处。因望月有感，聊书所怀，寄上浮梁大兄、于潜七兄、乌江十五兄，兼示符离及下邽弟妹》，详细回顾了自己青少年时代的动荡生活。诗作的大意是说，河南一带战乱，关中一带遭遇大饥荒，在这样动荡环境下，我们白家的兄弟姐妹都离散了，大家四处逃命，各在一方。晚上，我看着天上的月亮非常感慨，就把自己的感慨写成了这首诗，寄给分散在各地的兄弟姐妹。

2

宿州，素有"淮南第一州"之称，是楚汉文化和淮河文化的重要发源地，白居易曾先后在这里生活了二十二年。宿州厚重的历史人文，滋养着白居易，也为他的诗文人生奠定了坚实基础。"离离原上草，一岁一枯荣。野火烧不尽，春风吹又生"的千古名句，就是白居易十六岁时在宿州符离县写的。白居易功成名就之后，每每提及宿州符离县，都以"故居""故园"相称。

"学而优则仕。"这是古代大多数文人的追求和人生轨迹，官宦家庭出身的白居易更是如此。他天资聪颖，再加上深受父亲的影响，从小便立志入朝为官，报效朝廷。成功的道路上，虽然天赋是重要条件，但并不是充分条件，充分条件是白居易自身的刻苦努力和坚忍不拔。白居易在父辈的影响下，为实现自己"学而优则仕"的人生目标，非常刻苦。他在写给好友元稹的信中曾详细回忆了自己刻苦学习的情景。他说自己五六岁的时候，就学习写诗，九岁时就对写诗所需的音韵知识烂熟于心，融会贯通，十五六岁时知道有进士科考试后，为了参加考试，他更加发愤图强，白天练习写赋，晚上练习书法，中间还要抽出时间练习写诗。因为长年累月地刻苦读书，他口舌生疮，手肘生茧，眼睛近视，背也驼了，成了一副未老先衰的沧桑面容。

顾况，唐代著名诗人，是白居易崇拜的偶像。贞元三年（公元787年），十六岁的白居易从江南千里迢迢来到帝都长安，初次参加科举考试。当然，他这次来长安还有一个重要的目的，就是去拜访一下自己无比佩服的偶像——大诗人顾况。白居易带着自己的诗稿来到顾况府上。顾况看来的是位年轻人，又听说名字叫"白居易"，就哈哈大笑起来，说："长安百物皆贵，居大不易。"意思是说，长安物价非常昂贵，吃饭都成问题，恐怕"居"大不易啊！可当顾况翻开诗稿，读到"离离原上草，一岁一枯荣。野火烧不尽，春风吹又生"时激动万分，大声说道："有句如此，居天下亦不难，老夫前言戏之尔。"后来，顾况经常向别人夸赞白居易的诗才，白居易的诗名也由此慢慢传开了。如顾况所言，三十年后，白居易的好朋友元稹在白居易诗集序言里写道，白居易的诗非常受欢迎，当时鸡林国的商人来大唐经商，会到处收购白居易的诗，目的是回去之后献给自己国家的宰相。据说，这位宰相非常喜欢白居易的诗，献一首诗可以得一百两银子，由此可见当时白居易诗作的风靡程度。

贞元十六年（公元800年），这是改变白居易命运的一年，二十九的白居易第二次走进长安考场，顺利及第。他激动地登上大雁塔，提笔写下"慈恩塔下题名处，十七人中最少年"的诗句，以表达自己少年得志的喜悦。"雁塔题名"始于唐代，当时每次科举考试之后，新科进士除了戴花骑马遍游长安之外，还要前往雁塔登高，留诗题名，象征从此步步高升、平步青云，这在当时也是一项很高的荣誉。就是因为这一年同登科第，白居易与元稹在长安结识，后来又一起被分配到秘书省当校书郎，于是就有了元稹所写的"同年同拜校书郎，触处潜行烂熳狂"的诗句。六年之后，白居易与好友元稹为了应对更高层级的考试，两人几个月不出居所，闭门谢客，专心研习当时社会和政治的各种问题，然后再就每个问题写成一篇文章，编撰成《策林》七十五篇。这本细致扎实的学习笔记，其中不少条目内容见识卓越，体现了白居易早期的政治态度和诗歌见解。也就是凭这本内容翔实、包罗万象的"学霸"笔记，制科考试时，两人再次同登金榜。

3

　　成为伟大的诗人不是白居易的梦想，出将入相才是他的追求，白居易立志要当政治家，要治国平天下。唐宪宗元和元年（公元806年）四月，三十五岁的白居易被任命为盩厔（今西安周至）县尉。在盩厔短短一年半的县尉生活，给白居易的诗歌创作、政治理念奠定了坚实的基础。其间，他创作诗作近百首，当然，最为著名的还数那首《长恨歌》。这是一首长篇叙事诗，全篇一百二十句。《长恨歌》形象地叙述了唐玄宗与杨贵妃生生死死、永无尽头的爱情。"天长地久有时尽，此恨绵绵无绝期。"《长恨歌》的主题就是"长恨"，白居易借历史人物和传说，创作了一个哀凄宛转的动人故事，通过艺术形象塑造，再现了现实生活，感染了千百年后的读者。

文章合为时而著，歌诗合为事而作。其实，自小经历颠沛流离生活的白居易，比任何人都更能理解劳苦大众的辛酸。白居易虽然身在官场，但每当面对社会黑暗时，他总是会发自内心地为百姓鼓与呼，因此写下了大量关爱人民、讽喻黑暗的诗歌。

白居易还与好友元稹一起倡导新乐府运动，提倡诗人写诗要"惟歌生民病，愿得天子知"，要敢于直面现实，揭露腐败，鞭挞丑恶。白居易有很多脍炙人口的诗歌都是以穷苦百姓为主人公的，这也是他作为诗人的最高境界。"可怜身上衣正单，心忧炭贱愿天寒。"他的《卖炭翁》通过描写烧炭老人的困苦和遭遇，深刻揭露宫市的腐败本质，对统治者掠夺人民的罪行给予有力鞭挞与抨击。"税重多贫户，农饥足旱田。"他的《别州民》使读者深深感受到百姓生活的水深火热，天下大旱，统治者却仍旧加重税收。"足蒸暑土气，背灼炎天光。"他的《观刈麦》描写了麦收时节的农忙景象，对造成人民贫困之源的繁重租税提出指责，读之能让人感受到农民收麦时天气的炎热和劳动的艰辛。这些现实主义题材诗歌，涉及诸多政治、社会问题，令百姓苦不堪言的生活跃然纸上，让人深感怜悯。

莫愁前路无知己，天下谁人不识君。白居易的才华始终没有被世俗淹没，他在盩厔做了一年半的县尉后，很快就受到朝廷的重视。于是白居易就被借调到朝廷任进士考官、集贤校理，授翰林学士。唐代的翰林学士，并不是正式的官职，一般都是借调性质的，也叫作"差遣"。翰林学士的主要任务是为朝廷起草重要诰命，譬如任命将帅、册立太子、册封宰相的文书等。从唐德宗时期开始，翰林学士实际就成了皇帝最亲密的高级顾问和机要秘书。所以，宫廷举行宴会时，翰林学士的排位往往在宰相之后、一品大员之前。因此，中唐时期翰林学士被称为内相，意为宫内宰相。当时含白居易在内共有六位翰林学士，后来除了白居易没有做到宰相，其他五人全部官至宰相。所以，白居易晚年曾感慨道："同时六学士，五相一渔翁。"

文章憎命达，忧愤出绝唱。贬谪，是指古代官吏因过失或犯罪而被降职，流放到远离京城的地方工作，这也是朝廷对不满意官员的一种惩罚。公元815年，四十四岁的白居易正在太子左赞善大夫任上。所谓太子左赞善大夫，实际就是东宫太子府的属官，负责规劝提醒太子，也是个闲职，不管政治上的事。这一年，白居易却被一场震惊朝野的谋杀案改变了命运。六月初三凌晨，宰相武元衡在上朝途中遇刺身亡，面对如此重大的谋刺事件，朝廷上下对事件的起因和幕后指使者尽管心知肚明，却无一人出头，纷纷自保。此时，作为太子左赞善大夫的白居易义愤填膺，他再也看不下去了，便不顾个人安危，接连上疏朝廷，请求"急请捕贼，以雪国耻"，严缉凶手。白居易"一意孤行"的举动触怒了执政权臣，于是，他们就给他定下了一个宫官"不当先谏官言事"的罪名。同时，那些憎恶他的人还不忘落井下石，拿他四年前去世的母亲做文章，诬陷说："白居易的母亲是因为看花坠井而死，可他还作《赏花》《新井》这样的诗歌，有伤名教，有悖人伦，是不孝的大罪。"就这样，白居易被革去太子左赞善大夫一职，贬到了距离长安很远的江州（今江西九江）任司马去了。

白居易带着官场泼给他的脏水和诬陷，郁郁寡欢地离开了长安，在飒飒秋风中踏上了奔赴江州的路途。同在这一年，与白居易一样被贬出京的还有柳宗元和刘禹锡，柳宗元为柳州刺史，刘禹锡为连州（今广东连州）刺史。柳宗元和刘禹锡两人看似官职提升了，可是他们与白居易一样距离政治中心长安越来越远。

权贵们的中伤，使得白居易有口难辩、悲愤莫名。赴任路上，他的心情比秋风还要凄凉，自己"越职言事"完全是忠于朝廷，却反遭贬谪，内心十分委屈，可是君臣之纲不可违，打掉牙也只能往自己肚子里咽。在唐代，司马是个闲职，每个地方都设置司马，名义上是刺史的副手，实际上是用来安置贬谪的官员。白居易形单影只，远离亲人，再加上司马本身就是闲职，在三年半的江州任上他基本无所作为。当然，那时的局势也不允许他有所作为。也正是江州三年多的孤苦难言，才洗净了白居易身上的紫陌红尘和浮躁喧哗，生活把他历练得更加成熟。从此，白居易不再锋芒毕露，思想也由"兼济天下"转变到"独善其身"。处理政务之余，他寄情无言山水，借山水之景抒情，以吐胸中块垒，写出了流传千古的绝唱《琵琶行》。

4

一千二百多年前的一个萧瑟秋夜，月光如雪，洒在江州大地上。白居易到浔阳江头送别客人，当他伫立在秋风瑟瑟的江畔时，看到如银的月光洒在茫茫江面上，一切都显得那么冷清孤寂。触景生情，白居易想起了千里之外他一心一意效忠的庙堂，想起了天各一方的亲人，而今距家千里，孤苦一人，今夜朋友也要沐浴着清冷月光离去，心底顿时五味杂陈。白居易站在江畔，心想：如果此时能有一桌美酒佳肴，与朋友把酒言欢，旁边再有音乐伴奏，那岂不是人生一大快事？想到此，白居易苦笑着摇了摇头，他知道这种美事也就是想想而已，因为大家即将"醉不成欢惨将别"。

正在此时，浔阳江面上忽然传来天乐般的琵琶声……于是，大家把船慢慢靠了过去，"寻声暗问弹者谁？琵琶声停欲语迟……千呼万唤始出来，犹抱琵琶半遮面……"白居易恳请弹琵琶的女子为大家演奏一曲。琵琶女弹完之后，在白居易等人的询问下诉说了自己的凄苦身世。琵琶女说自己年轻时曾是长安名妓，生活幸福快乐，现在人老珠黄，流落到这里，嫁作商人妇。琵琶女的一番诉说，再次勾起白居易的深深回忆，他想起自己也是从京都被贬到偏远的江州，失落感同样是无以言表。就这样，素昧平生的两个人，一个琵琶女，一个朝廷命官，却因命运安排，巧遇在浔阳江畔。琵琶女嫁作商人妇，离开了长安，商人重利轻别离，把她独自一人抛在船上。白居易因为效忠朝廷，勇敢提意见而受到打击，被贬江州，虽然满腹才华，却失去了为朝廷尽忠效力的机会，心里同样充满失落感。

一场秋夜江畔送客时的邂逅，成就了白居易的千古绝唱《琵琶行》，同时也留下了"同是天涯沦落人，相逢何必曾相识"的感慨。读之仿佛闪回到一千二百多年前的江畔月夜，再次听到茫茫江面传来的忽而激昂、忽而低沉的琵琶声。"大弦嘈嘈如急雨，小弦切切如私语。嘈嘈切切错杂弹，大珠小珠落玉盘。间关莺语花底滑，幽咽泉流冰下难。冰泉冷涩弦凝绝，凝绝不通声暂歇。别有幽愁暗恨生，此时无声胜有声。银瓶乍破水浆迸，铁骑突出刀枪鸣。曲终收拨当心画，四弦一声如裂帛。"

感人心者，莫先乎情。在白居易看来，情才是诗歌的根本。《琵琶行》全诗八十八句，共六百十六字，一件事，两三个人，用情紧密串联，声随情起，情随事迁，"无不达之隐，无稍晦之词"。之后，《琵琶行》广为传诵，连唐宣宗李忱也写诗称赞："童子解吟《长恨》曲，胡儿能唱《琵琶》篇。"对于白居易来讲，被贬江州也成为他人生中重要的分界线，从此他开始采取明哲保身、随遇而安的处世态度。

在中国历史上，白居易算是一位多产诗人，苏东坡曾评价他："乐天长短三千首。"白居易的诗风质朴简练，表达直率；直书其事，切近事理；内容真实，有案可稽；文字流畅，易于吟唱。更主要的是他还特别喜欢提炼民间口语、俗语入诗，深受大众喜爱，他的诗可以说是风行天下。据说，有一位叫葛清的"超级粉丝"，对白居易的诗作喜爱到如痴如狂的程度，他甚至把白居易的诗作文在自己身上。会昌六年（公元846年），唐武宗驾崩，唐宣宗李忱登基为帝。李忱即位后，在决定宰相人选时，他首先想到的是白居易，但下诏时白居易已经在洛阳去世八个多月了。唐宣宗哀伤不已，于是赠白居易尚书右仆射，谥号为"文"，还专门写了首《吊白居易》："缀玉联珠六十年，谁教冥路作诗仙。浮云不系名居易，造化无为字乐天。童子解吟《长恨》曲，胡儿能唱《琵琶》篇。文章已满行人耳，一度思卿一怆然。"唐宣宗在诗里哀叹说：您（白居易）写诗文才六十年，应该继续做大唐的诗人，怎么就这样匆匆告别，去另外一个世界当诗仙了呢？在白居易去世五十年后，晚唐诗人张为在《诗人主客图》中，也把白居易称为中晚唐诗人流派"六主"之首"广德大教化主"，为全书领军人物。

"苟利国家生死以，岂因祸福避趋之。"白居易忠实践行着为君、为臣、为民、为物、为事而作，不为文而作的诗文创作理念，在以诗歌国度著称的大唐，从九五之尊到贩夫走卒都能吟诵他的诗，我想这就是对他文学成就的最高褒扬。白居易，犹如历史天空中划过的绚丽彩虹，无时无刻不让后人感受到唐诗的灿烂与华美。

千年一梦
是江南

|

　　"江南好，风景旧曾谙。日出江花红胜火，春来江水绿如蓝。能不忆江南？"这是白居易晚年退隐东都洛阳后写下的一首感怀江南的诗。此时，尽管白居易已经别去江南二十多年，但他依旧思念弥漫着"三秋桂子"清香的江南山水。

　　上有天堂，下有苏杭。长庆四年（公元824年）五月，年过五十的白居易，卸任杭州刺史，恋恋不舍地离开杭州回到东都洛阳。一别江南去，相思依旧长。此时的白居易不但没有感觉到快乐和轻松，反而内心深处多了份莫名的惆怅和牵挂，他感觉自己就像是空中摇曳的风筝，仿佛被一根无形的丝线牵着，时常梦回江南。

白居易少年时代就向往江南的苏杭名城，对于他来讲仅仅担任杭州刺史是远远不够的，他的内心深处还埋藏着另外一个愿望，那就是寻找机会到苏州去任职，也不枉自己宦海跌宕一生。苏杭不仅有他喜欢的厚重人文和山水诗情，更有他崇拜的贤达偶像。当时的苏州刺史是韦应物，这可是一个有故事的人。韦应物是中唐时期著名的大诗人，他的诗恬淡高远，以善于写景和描写隐逸生活而著称，因出任过苏州刺史，世称"韦苏州"。而当时的杭州刺史房孺复，也是一代大名士，文采风流，十分了得。这两位刺史都是白居易崇拜的偶像。在白居易看来，追随这样的风流人物的足迹肯定是不会错的，所以，对于已经担任过杭州刺史的白居易来讲，如果能有机会再到苏州任职，那人生就更圆满了。后来，白居易在文章里专门记录了这些想法。

冥冥之中，自有天意。宝历元年（公元825年）三月，五十四岁的白居易突然收到命令，被朝廷任命为苏州刺史，从此"诗魔"白居易与江南名城苏州就有了一次邂逅。得知自己出任苏州刺史的消息后，白居易是非常兴奋的，但是兴奋之余多少还是有些顾忌，因为自己毕竟是五十多岁的老人了，有些迟暮之感。白居易平时有个习惯，每每遇到宠辱忧欢，总喜欢往郊外跑，去亲近一下大自然，放飞一下心情，以此释放心中压力，排解胸中抑郁。有诗为证："宠辱忧欢不到情，任他朝市自营营。独寻秋景城东去，白鹿原头信马行。"这是白居易在长安为官时写下的一首《城东闲游》，诗中记录了他的这种生活习惯。赴任苏州刺史的消息，让他既惊喜又忧虑。恰逢阳春三月，洛阳城外百花正盛，他特意选了个阳光明媚的日子，专程来到城东赏花、散心。

千年后的我们，今天能有机会了解古人的所感所悟，完全得益于他们的勤奋，他们用笔记录下许多美好，让后人有机会走进他们的内心世界，聆听他们的心声。这一次城东之行，白居易写下了一首《除苏州刺史别洛城东花》的五言律诗："乱雪千花落，新丝两鬓生。老除吴郡守，春别洛阳城。江上今重去，城东更一行。别花何用伴，劝酒有残莺。"意思是说，千朵落花像大雪似的纷飞，我的两鬓又新增添了几丝白发。没想到这个年纪还要去当苏州刺史，在这个春天里告别洛阳城。这已是我第二次去江南任职了，临行之前再独自到城东去赏赏花、散散心，树上的老黄莺也会劝我再饮上一杯酒。从中我们不难读出，白居易对于此次远行，心里还是有些五味杂陈的。就这样，白居易告别亲朋，怀着复杂的心情踏上了苏州赴任之路。

2

人需要经历伤痛之后才会更加坚强、坦然。尽管白居易生活中有百般不如意，仕途上屡屡经历打击，然而他并没有因此一蹶不振。白居易在苏州刺史任上也是"居而不易"，他在释放闲适心情，游山玩水的同时，不断深入社会底层，体察民间疾苦。他总想着在有限的为官之年能为百姓做些实事，即便在身体有恙的情况下，仍旧尽心尽力，鞠躬尽瘁。他曾在写给好友元稹的诗里专门提到这一点："清旦方堆案，黄昏始退公。可怜朝暮景，销在两衙中。"

山塘街，是苏州古城最知名的街道之一。山塘街将阊门和虎丘连接在一起，总长度三千六百米，约七里长，故又叫"七里山塘"。说起这条街的由来，可与苏州刺史白居易大有关联。尽管苏州是一座水城，河道密布，但是白居易通过考察调研发现，实际上苏州有很多河道早已年久失修，淤塞废弃，水运并没有像人们想象的那样方便。要致富，先修路，当然，那时苏州的"路"就是纵横交错的河道。于是，白居易身先士卒，发动群众掀起了一场轰轰烈烈的河道整治运动。布衣芒鞋，战天斗地，一身泥浆一身汗，白居易带领着群众，硬生生从苏州城西阊门开掘出一条新河道至虎丘山下，从此苏州阊门便与大运河连了起来，大大方便了交通运输。为了防止河水泛滥，治水经验丰富的白居易，命人用挖出的河泥在河岸上筑成起一条坚固的堤坝，可谓一举两得，从此这条依河而筑的堤坝就叫"山塘堤"，亦称"白公堤"。时过境迁，后来因为交通方便，河道两边鳞次栉比地建起民居，山塘堤也就演变成了今天苏州古城的繁华街区，所以苏州人把山塘堤又叫作山塘街。千年之后的今天，当我们徜徉于姑苏老城，领略着粉墙黛瓦江南水乡的古朴风韵，转身遇见那份不经意的美好时，有谁又会想到时光深处竟蕴含着白居易不可磨灭的贡献呢？

白居易赴任苏州刺史的第二年五月，眼病复发，这少年时因为刻苦读书而落下的眼疾折磨了他一生。白居易在《眼病二首》里曾经这样写道："散乱空中千片雪，蒙笼物上一重纱。纵逢晴景如看雾，不是春天亦见花。"由此可见白居易眼疾的严重程度。后来，白居易还在《眼暗》中写道："早年勤倦看书苦，晚岁悲伤出泪多。眼损不知都自取，病成方悟欲如何？"可是屋漏偏逢连夜雨，白居易本来眼睛就不好，再加上工作劳累过度，身体每况愈下，肺病复发，咳嗽不止，后来骑马又摔伤了腰。多种病痛折磨着白居易，让他实在是难以为继，只好向朝廷请病假。就这样，宝历二年（公元 826 年）八月，白居易告病，离任苏州刺史。屈指数来，尽管白居易在苏州刺史任上只有短暂的一年多时间，但他心里始终装着百姓，殚精竭虑，治水安邦，使得苏州百姓都十分敬仰他。白居易离任北归时，苏州百姓闻讯纷纷自发赶来相送，真可谓"两悲啼泪湿衣裳"。大诗人刘禹锡曾为此专门写下《白太守行》，记录了当时群众送别白居易时的情景："闻有白太守，抛官归旧溪。苏州十万户，尽作婴儿啼……"想想，这是何等的悲情！

后来，苏州人民为了纪念白居易，在虎丘山上专门为他修建起一座祠堂。世间万物最终都无法抵御岁月和风雨的侵蚀，唯有群众心中无字丰碑无法抹去。我想，白居易作为一代文宗、一方长官，他更深谙其中道理。白居易在出任苏杭两地刺史，释放闲适心情，徜徉山水时，仍不忘肩负的职责，治水安邦，可谓治郡能吏。

3

宝历二年（公元 826 年），五十五岁的白居易回到东都洛阳，此时，历经宦海沉浮、身心疲惫的他萌生了退隐之意。同年十二月，唐敬宗被宦官刘克明杀害，宦官王守澄又杀了刘克明，拥立十八岁的江王李昂为帝，改年号为"大和"。唐文宗李昂为人恭俭儒雅，勤勉听政，致力于王朝复兴，是唐代中后期诸帝中较为勤政的。博览群书的唐文宗李昂，是白居易的超级"粉丝"。百闻不如一见，一见不如一起干。大和元年（公元827年），白居易被文宗皇帝召回长安，拜秘书监，配紫金鱼袋，穿紫色朝服（三品以上官员所用服色），后又转任刑部侍郎，封晋阳县男。在旁人看来，文宗皇帝给予了白居易足够的尊重和荣耀，但这些都无法动摇退隐之意渐浓、已近花甲之年的白居易了，因为朝堂之上亦无他所留恋的。大和二年（公元828年）三月，白居易百日假满，罢刑部侍郎，改授太子宾客、分司东都，这也是一个可有可无的闲职。从此，白居易告别权贵倾轧、朝局复杂的帝都长安，拖着多病之躯回到了东都洛阳履道坊的宅园，这个宅园还是他四年前被派到洛阳任太子左庶子时买下的，预做终老之地。

"大隐住朝市，小隐入丘樊。丘樊太冷落，朝市太嚣喧。不如作中隐，隐在留司官。"五十八岁的白居易，在洛阳履道坊宅园里写下这首《中隐》诗作时，已另辟蹊径选择了"中隐"，那就是既不在朝廷为官，不居住帝都长安，因为帝都太复杂，也不退隐偏远山林，因为山野太冷落，而是自己请求去东都洛阳当一个闲官。这样既可以享受做官的好处，又可以避开政治矛盾的中心。古往今来，又有多少士大夫在出仕与归隐之间徘徊、纠结？而白居易这种所谓"达则兼济天下，穷则独善其身"的"中隐"思想，也是面对险恶宦海不得已而为之的。之后，白居易虽历任河南尹、同州刺史、太子少傅等职务，但也都是有其名而无其实的，只是他作为达官显宦退休之前的特殊待遇罢了！其间，白居易都未曾再离开过洛阳，一直隐居在履道坊宅园。

　　"安史之乱"后，宦官势力日渐强大，尤其是唐德宗委任宦官掌管禁军且成为定制后，宦官的势力变得不可抑制。其实，唐文宗也是由宦官拥立的，一晃十年过去了，二十八岁的唐文宗目睹了宦官们的所作所为，深觉宦官专权成了他复兴大业的拦路虎、绊脚石，他不甘为宦官所控制。大臣李训、郑注二人揣知文宗有反抗之心，便与文宗密谋诛灭宦官，以夺回皇帝应有的权力。大和九年（公元835年）十一月二十一日，唐文宗以观露为名，将宦官头目仇士良骗至禁卫军后院欲斩杀，被仇士良发觉，双方激烈对战。结果李训、王涯等一大批朝廷重臣被宦官杀害，另有千余人因受牵连而被杀，长安陷入一片混乱，这便是震惊朝野的"甘露之变"。

　　抱定"中隐"思想的白居易，似乎有先见之明，"甘露之变"时他正挂着闲职，隐居在洛阳，侥幸躲过此劫。白居易听闻"甘露之变"，长安城内宦官作乱，为此专门作了一首《九年十一月二十一日感事而作》："祸福茫茫不可期，大都早退似先知。当君白首同归日，是我青山独往时。顾索素琴应不暇，忆牵黄犬定难追。麒麟作脯龙为醢，何似泥中曳尾龟。"记录了当时他的所感所思所悟。

　　"甘露之变"成为中国历史上第二次宦官专政时代的开始，此后大唐的军政大权一直由宦官牢牢掌握，包括君主的废立。《资治通鉴》载："自是天下事皆决于北司（宦官），宰相行文书而已。宦官气益盛，迫胁天子，下视宰相，陵暴朝士如草芥。每延英议事，士良等动引训、注折宰相。"反抗失败的唐文宗遭到软禁，处处受制于宦官，开成五年（公元840年），唐文宗忧郁成疾，郁郁而终，享年三十二岁。

4

　　会昌二年（公元842年），白居易以刑部尚书致仕，领取半俸，晚年他在洛阳履道坊宅园居住了整整十八个年头。履道坊，也称履道里，是隋唐洛阳城里坊之一，始建于隋朝，位于洛阳城外郭城的东南隅。这座宅园最初的主人是京兆尹杨凭，这杨凭可是位不能小觑的人物。《新唐书·杨凭传》这样记载："杨凭，字虚受，一字嗣仁，虢州弘农人。少孤，其母训道有方。长善文辞，与弟凝、凌皆有名。大历中，踵擢进士第，时号'三杨'。"杨凭善文辞，与弟弟杨凝、杨凌皆有才名。杨凭先后做过湖南和江西观察使、刑部侍郎、京兆尹等显赫官职，他的女婿是唐代著名文学家、思想家、唐宋八大家之一的柳宗元。杨凭去世后，杨家便将履道坊的宅子卖给了田家，田家又转手卖给了白居易，当时白居易资金不足，还添上了两匹马。

　　据相关资料记载，当时白居易的履道坊宅园是一个三合一的院落。府第居北，适合起居，方便生活。南园开阔，利于游赏。西园精致，适于宴客。榭在水边，亭在岛上，池中立阁，渠边升楼，花间建廊，如诗如画。整个宅园水域面积就有五亩左右，几乎占了宅园面积的三分之一，是个难得的水景园林。我想，当初的履道坊宅园，应该就是白居易一生都在追求的人生桃花源。晚年的白居易，在这里抚琴吟诗，赏花饮酒，观月听风，笑看人生。"壮岁不欢娱，长年当悔悟。"但是，当看着自己的挚友一个个离去，面对年复一年日复一日的衰老和疾病折磨，他开始叹老，在他的《叹老三首》中曾详细描述了自己身体衰老的状况：

"晨兴照清镜，形影两寂寞。少年辞我去，白发随梳落。万化成于渐，渐衰看不觉。但恐镜中颜，今朝老于昨。"

"死生无可无不可，达哉达哉白乐天。"

会昌四年（公元 844 年），七十三岁的白居易做出一个大胆的决定——治理伊河，他要让这条"洛阳的河"真正成为造福百姓的"幸福河"。白居易晚年经常到伊河之畔的香山游玩，有时也会借宿在龙门东山香山寺。伊河自古就能行船，不但上河、下河都能通舟筏，而且局部还有商埠码头，从头到脚都是"洛阳的河"。"安史之乱"后，洛阳往长安漕运不通，货船与运粮船减少，伊河上游放下来的多是竹筏、木筏，弄好了是浪里耍游龙，弄不好就是阎王来索命。伊河水势大，有险滩，其中龙门口的八节滩最为凶险，这里河底卵石隐身，河面怪石探头，七扭八拐，黑压压一线，航行条件恶劣。民间有谚语云："八节滩，鬼门关，十船路过九船翻。"为了能够把控住船筏，船夫和筏子工即使在冬天也得跳入水中，推挽牵拉，护船过滩，十分辛苦。这些白居易都看在眼里，痛在心里。于是，他下定决心治理龙门八节滩。没有钱，他就去游说洛阳城内的那些富绅贵胄募捐。钱还不够，他就与香山寺的僧人们商量，摆出功德箱，让善男信女施舍赞助。最后，在白居易捐献出皮袄和稿费之后，才算凑够经费，终于完成了这项造福民众的治水工程。为此，白居易还为后人留下了两首《开龙门八节滩诗》："铁凿金锤殷若雷，八滩九石剑棱摧。竹篙桂楫飞如箭，百筏千艘鱼贯来。振锡导师凭众力，挥金退傅施家财。他时相逐西方去，莫虑尘沙路不开。""七十三翁旦暮身，誓开险路作通津。夜舟过此无倾覆，朝胫从今免苦辛。十里叱滩变河汉，八寒阴狱化阳春。我身虽殁心长在，暗施慈悲与后人。"

在第一首诗中，白居易分别就开凿的过程，凿通后河道畅利无阻的繁忙景象，工程得以实施的财物来源等做了简要交代。在第二首诗中，他抒发了"誓开险路作通津"的雄心壮志。治理伊河，开通龙门八节滩，实则也是反映白居易"兼济天下"的人生观。

5

龙门香山寺，位于古都洛阳城南十三公里处的香山西侧，始建于北魏，与龙门石窟隔伊水相望。唐武则天称帝时曾重修该寺，并常前来游幸，在香山寺中石楼坐朝，留下了"香山赋诗夺锦袍"的佳话。晚年的白居易，与龙门香山寺结下了不解之缘。大和五年（公元831年），白居易的挚友元稹去世，第二年白居易就将为元稹撰写墓志铭所得的六七十万润笔费，全部用于重修香山寺。为此，白居易撰写了《修香山寺记》，他在文末写道："凡此利益，皆名功德。而是功德，应归微之。必有以灭宿殃，荐冥福也。予应曰：呜呼！乘此功德，安知他劫不与微之结后缘于兹土乎？因此行愿，安知他生不与微之复同游于兹寺乎？"意思是说："凡是这种有益的事情，都叫作功德，而这个功德，应该属于元稹，肯定会为他消弭宿业，积下阴德。我回应道：'啊！有这个功德，又怎么知道在以后的轮回里不会和元稹在这里结缘呢？我有这样的愿望，元稹又怎么会不来和我再续前缘呢？'"

此后，白居易便成为香山寺的常客，"交游一半在僧中"。伊河悠悠，香山寺与龙门石窟遥相对望，白居易耳濡目染，开始笃信佛教，号香山居士，后皈依佛教，成为如满禅师弟子。临终，他嘱咐家人："葬于香山如满师塔之侧。"会昌六年（公元846年）八月十四日，一代大诗人白居易终于走到人生尽头，慢慢闭上了那双阅尽世事沧桑的眼睛。按照遗愿，家人将其葬于香山。

而今，后人已将白居易的墓地扩大成占地四十多亩的白园，与龙门石窟隔伊水遥遥相对，构成一幅意涵丰厚的文化风景图。白园乐天堂大门两边的对联韵味深长，上联为："西湖筑白堤，龙门开八滩，倡乐府，诗讽谕，志在兼济天下。"下联是："履道凿园池，香山卧石楼，援丝竹，赋青山，乐于独善其身。"白居易晚年看似信守"穷则独善其身"的人生哲学，但终归未忘民瘼，仍牵挂着世间百姓的冷暖。

伊河清幽，龙门威严。始凿于北魏孝文帝时期的龙门石窟，历经一千四百余年，依旧与香山乐天堂深情对望。那尊比照武则天容貌仪态雕刻的卢舍那大佛，高大壮美，蒙娜丽莎般的笑容千年不变，而在神秘笑容前走过的"诗魔"白居易早已魂归极乐，他不灭的诗情，也仿佛随着清澈灵动的伊河之水，穿越千山，流向那承载着他梦想的浔阳江畔、钱塘西湖和姑苏七里山塘，脍炙人口的《忆江南》穿越时空，回响依旧……

岁月深处

唱挽歌

|

　　泱泱历史长河，静静流淌在岁月深处，使得建德梅城的历史和文化越来越深邃、厚重。如果细数那些与建德梅城结缘的名人先贤，北宋名臣范仲淹是一位不得不提及的重量级人物，他与众多名士贤达一样，就像是浩渺苍穹中的点点繁星，照亮了梅城千年的夜空。

　　范仲淹，字希文，苏州吴县人，是活跃于北宋仁宗、英宗两朝的名臣。北宋景祐元年（公元 1034 年），范仲淹这位骨子里秉持"宁鸣而死，不默而生"的诤臣，被贬任睦州知州。北宋时睦州郡也称桐庐郡，也就是今天的建德梅城镇。由此，范仲淹便与梅城有了后人所传颂的不解之缘。范仲淹在睦州任职的时间虽然十分短暂，算起来也就十个多月，但是他在睦州重修严子陵祠、兴办教育的事迹却传颂至今，成为古城街巷美谈。

穿越风尘回溯到千年前的北宋，它与汉唐无二，都是封建君主专制制度下的王朝。在这样的王朝之中，有一个机构我们不得不提及，那就是声震朝野的谏院。谏院，是宋代设立的舆论机关，小小一方院落，地方虽然不大，却承载着对宰相和皇上监督、批评、纠错的重任。宋代朝廷中设立的谏官和御史，通称台谏，但两者分工不同。御史，主要负责组织广大官员收集民间意见；谏官，则负责议论施政的得失，为皇帝决策提供参考，有时还要纠正皇帝的错误决策。谏院有知无不言、言者无罪的风气，谏官们也常常与宰相意见相左，因此，谏院也就成为监督朝廷官员的重要力量。由此看来，谏官责任重，谏院权限大，可以对朝廷百官的任用以及各种政事进行讨论，并且提出自己的意见建议，但是谏院的监督有时也会让朝廷施政处于议而不决的状态，这样无形中为皇帝的决策制造了更多矛盾。

仁宗皇帝亲政后，他念及范仲淹当初为自己"仗义执言"的过往，觉得范仲淹是"自己人"，遂下诏调范仲淹回京，并拜为右司谏。然而，这位宽厚和善的皇帝想错了，范仲淹根本不是谁的人，在范仲淹的词典里从来就没有"站队"一词，只有"站对"，那就是站在对的一边。从此，范仲淹跌宕起伏的人生命运便与这小小的谏院紧紧地联系在一起，他的仁治道义和强国梦想在这里随着岁月更迭日益坚定。当然，在大宋谏院里命运沉浮的又何止范仲淹一个，还有后来一生与王安石"斗法"

的司马光等人。初入谏院，范仲淹秉公直言的性情与谏院的监督职责可以说是高度契合，他清楚地知道自己作为谏官，肩负着监督朝廷和宰相的重任，一切都必须以国家利益为指归，坚持国家利益至上，审慎对待名利，这既是使命，更是责任，由不得半点私心和杂念；而且，还必须时刻保持清醒和敏锐，瞪大眼睛专门挑皇帝和宰相的毛病，甚至是"唱反调"。这是他作为台谏官的本分，也是大宋王朝政治生活中最宝贵的传统。从进入谏院那时起，范仲淹就如同汪洋大海中一叶孤舟，随时准备迎接暴风骤雨，他将自身命运与王朝政治紧紧地联系在一起。范仲淹立身孤高，谏言无忌，以至于屡言屡贬，他那句"宁鸣而死，不默而生"的千古名句就是其性格的最好写照。

台谏制度，由宋太祖制定，本是宋代监督朝政的优良传统，但是经过仁宗皇帝废后一事，人们却看到这种监督机制形同虚设的另一面，看到皇帝、宰相、重臣与台谏官之间错综复杂的矛盾和你死我活的斗争。范仲淹心里也知道，没有任何人、机构和制度可以硬性约束皇帝，皇帝掌握着每一个人的生杀予夺大权，这也是秦始皇建立帝制以来华夏政治的最大"秘密"。然而，范仲淹作为右司谏、谏院的领袖人物，必须尽到自己该尽的责任，这既是朝廷赋予的政治责任，更是天下苍生赋予的神圣使命。

宋景祐元年（公元1034年）的春天，范仲淹进京还未满一年，又将远离京都开封，远离自己一直都看好的那位年轻皇帝，尽管心中有万般无奈和委屈，但他没有丝毫犹豫。这次被贬谪，就是因为自己力谏反对废后，惹恼了看似天性仁厚的仁宗皇帝。这天一大早，四十六岁的范仲淹收拾妥当，轻车简从，带着家人踏上了远赴睦州的路。千里之外的睦州，范仲淹虽然没有去过，但他的心情并没有人们想象的那样落寞，他内心十分清楚自己此次任职的睦州，如果回溯到三百多年前的唐代，就是一块"放逐之地"，是朝廷发配罪人之所。至于自己这次千里赴任知州，是被贬还是被流放，范仲淹内心是再清楚不过了，以他四十六年的人生阅历，对这些起起落落应该是承受得起的，更何况他对自己行为的后果也是有充分思想准备的。出了京城，范仲淹停住脚步，转过身朝着京都开封深深鞠了一躬，这一深躬不是对朝堂权力和虚荣地位的留恋，而是他内心深处对仁宗坚决废黜郭皇后的百思不解和对谏官们的隐隐担心。对范仲淹来讲，贬谪的打击是沉重的，他知道这次别离，自己与朝堂不光是实际距离远了，更重要的是他在宋仁宗心中的地位似乎也悄悄发生了重大变化，甚至可以说是到了那种可有可无的境地。

景祐元年（公元1034年）年底，范仲淹临危受命，调任苏州知州，次年，因治水有功，被调回京师，任开封知府。虽然经历了这一上一下、一进一出的磨难，但范仲淹的本性依旧难改。这一次，他把斗争的矛头对准了当权宰相吕夷简。景祐三年（公元1036年），范仲淹向宋仁宗进献百官图，指名道姓直斥吕夷简任人唯亲、把持朝纲，对宰相的用人原则提出尖锐批评，并向仁宗皇帝谏言，劝说皇帝制定制度，并亲自掌握官吏升迁之事。耿直单纯的范仲淹哪是吕夷简的对手，吕夷简老谋深算，是吃人不吐骨头的老狐狸，他明白要想让范仲淹消停，就必须让其消失。于是，吕夷简反诬蔑范仲淹"越职言事、勾结朋党、离间君臣"，致使范仲淹第三次遭到贬谪，被发配至鄱阳湖畔的饶州。这都是后话，暂且不提。

2

　　范仲淹携妻带子，风餐露宿，车马不停，一路南行。自己熟悉的中原广袤大地，历历在目的清嘉风物，以及那个沉浸在白色迷雾中的王朝，都渐渐消失在身后，渐行渐远。

　　穿平原，渡江河，越山岭，江南的翠绿越来越浓郁，像是一群群调皮的孩童，争先恐后地扑向范仲淹的怀抱。他忽然想起自己故乡的模样，想起母亲带着他历经的艰难困苦，不免心有戚戚。范仲淹两岁丧父，母亲带着他改嫁到山东朱家，寄人篱下，含辛茹苦，才将他抚养大。对于自己的身世，范仲淹最初是根本不知道的，中举做官之前，他的名字一直叫"朱说"。真实身世也是后来在他再三追问之下，母亲无奈才泪流满面地告诉他的。范仲淹祖籍邠州，相当于今天陕西彬州一带，后来祖辈移居苏州吴县。千里之外的吴县，作为范仲淹的出生地，也只是在他梦中出现过。吴县地处长江之南，风光景致应该与眼前的翠绿一样吧！

　　扑面而来的生机盎然景象让他不只想到吴县老家，还想到与眼前风景形成强烈反差的渐行渐远的朝廷，这使得范仲淹内心深处徒增了一份惴惴不安，这种不安虽然是莫名的，但他明白那是自己内心的某种不舍和牵挂所引发的。范仲淹想到了病逝的母亲，天圣四年（公元1026年）的八月，在范仲淹看来似乎比任何一个年份的八月都燥热，甚至有些窒息，相依为命的母亲谢氏因病撒手人寰，这对范仲淹来讲无疑是一场致命的打击。当时范仲淹任兴化县令，受皇恩正在负责修堰工程，为了守孝他不得不辞官回乡。他又想起了天圣六年（公元 1028 年）自己第一次进入开封，第一次跨入梦寐以求的神圣朝堂时的情景，这一切至今历历在目，恍若昨日。

有理想的人自带光芒。范仲淹二十七岁中进士后，最初的十几年都是在地方任职，但他的视野从不局限于一县一州，时常就全国性时政问题发表一些高屋建瓴的观点，在社会上的影响力与日俱增。天圣五年（公元 1027 年），范仲淹还在为母守丧，可他内心依旧记挂着朝廷，还写了份洋洋万言的《上执政书》，进谏朝廷，阐述关于改革吏治、裁汰冗员、安抚将帅等一些重要事项的想法。天圣六年（公元 1028 年）十二月，在重臣晏殊、王曾两人的极力推荐下，范仲淹应召入京，被任命为秘阁校理，主要负责皇家典籍的校勘和整理工作，这虽不是什么重要岗位，但对于喜爱读书的范仲淹来讲，可是件一举两得的好事。

勇气，是范仲淹无法改变的生命底色；正直，是范仲淹出仕为官的政治底牌。生性耿直的范仲淹，从进入官场的那一天起，就始终秉承有益于朝廷社稷之事必须秉公直言，纵有杀身之祸也在所不惜的观点，他"宁鸣而死，不默而生"的性格就是这样铸就的。范仲淹入京的第二年，天圣七年（公元 1029 年）冬至，二十岁的仁宗皇帝突然做出一个惊人的决定，准备率领百官在会庆殿为主持朝政的太后祝寿。范仲淹得知后，认为这样做混淆了家礼与国礼，十分不妥，于是就上奏仁宗说："皇帝有侍奉亲长之道，但没有为臣之礼。如果要尽孝心，于内宫行家人礼仪即可，若与百官朝拜太后，则有损皇上威严。"谏言仁宗放弃朝拜事宜，范仲淹可谓苦口婆心，忠心可鉴。但奏疏报到内廷，范仲淹并没有得到自己所期望的答复，反如泥牛入海，音信皆无。范仲淹执念未消，又决定直接上疏太后，请求太后还政于仁宗，这也是其他官员想都不敢想的事，可他却敢冒天下之大不韪。奏疏入宫，依旧是石沉大海，范仲淹连个水花都没有看见。

范仲淹提出让垂帘听政的刘太后还政于皇帝，先不说作为实权人物的刘太后有没有做武则天第二的野心，可是一旦还政问题公开化，就相当于把太后架到权力的火炉上炙烤。此时，宫廷内到底是怎样一番暴风骤雨，宫廷外的范仲淹虽不曾知晓，但他分明已经感受到了来自宫墙内"山雨欲来风满楼"的危险气息。对于自己此次上疏，范仲淹已经做好了舍生取义的充分准备，不管结果怎样，自己"侍奉皇上当危言危行，绝不逊言逊行、阿谀奉承，有益于朝廷社稷之事，必定秉公直言，虽有杀身之祸也在所不惜"的立场，没有丝毫动摇和改变。

天圣八年（公元 1030 年），一场酝酿已久的暴风骤雨终于来临。这一年，对于范仲淹来讲可说是"乌云压境""四面楚歌"，那些来自各方面的有形的、无形的，已知的、未知的压力，让他越来越透不过气来，他最终决定请求离京为官。这个想法正合朝廷之意，顺水推舟，遂任命他为河中府通判。离京之前，范仲淹闭门谢客，其实他也明白，在这个时候也不会有什么重要客人造访的。他要让自己静一静，好好把纷乱的思绪理一理，想一想自己此次入京两年多时间里，朝廷上上下下所发生的一切，他不得不重新从另外一个视角来审视心中的朝堂和自身的价值。次年，范仲淹又被调任陈州通判。在走马灯似的赴任、调任路上，范仲淹没有像常人那样改变自己的处世之道，仍然是身"处江湖之远"，心不改忧国忧民本色。在此期间，范仲淹得知朝廷欲兴建太一宫和洪福院，认为大兴土木，劳民伤财，建议停工；他主张削减郡县，精简官吏，并多次上疏陈述中央直接降敕授官的危害，认为这不是太平治世的政策；还建议朝廷不可罢免职田，认为"官吏衣食不足，廉者复浊，何以致化"。

三年之后，也就是明道二年（公元 1033 年），太后驾崩，二十四岁的仁宗亲政。仁宗皇帝对范仲淹到地方赴任后屡次上疏的情况还是了解的，虽然这些建议未被朝廷采纳，但个中原因仁宗最清楚不过了，当然，他更清楚范仲淹对自己、对朝廷、对国家的一片忠心，这也是范仲淹打动他的根本。

3

范仲淹从出仕起就为自己做了人生规划，要么当良相，治理国家，要么做良医，治病救人。

对于仁宗皇帝亲政后的第一个决定就是召他入京都，并任命为右司谏，范仲淹是万万没想到的。对此，他有些愕然，甚至有些摸不着头脑。

宫廷中多年怨气弥漫，厚度早已盖过皇宫房梁上的尘土，长期隐忍的仁宗皇帝，终于登上属于自己的政治舞台，他已不再是那个在太后垂帘前唯唯诺诺、人云亦云的木偶了，他有血有肉、血气方刚，他要雷霆出击，他要让朝廷大臣，甚至天下民众领略一下自己的威严。此时，他想到了那位曾经误伤过他、让他既爱又恨的郭皇后，他要用郭皇后来杀鸡儆猴。皇帝有意废黜郭皇后的消息如同挣脱牢笼的小鸟一样飞出深宫，立刻引起朝廷内外一片哗然。上任右司谏不久的范仲淹，闻之差点惊掉下巴。范仲淹首先想到的是事件背后牵涉国家安危和皇帝声誉，他害怕年轻气盛的皇帝在错误的道路上越走越远。此刻，朝廷中那些阿谀奉承之人、尸位素餐之官，正围绕在皇帝身边，这也让他忧心忡忡。范仲淹没有忘记谏官职责和台谏本分，他的体内似乎有一股热浪正推着他往前走，不管是刀山还是火海，他都要试一试。范仲淹上疏劝说仁宗皇帝："皇后不可废，宜早息此议，不可使之传于外也。"然而这番语重心长的劝说并未使仁宗皇帝打消废后的念头，此时的皇帝已有自己的主见，也可以说是血性勃发。

范仲淹知道郭皇后也不是没有过错，入宫以来，郭皇后仰仗刘太后的权势，严密监视仁宗行踪，惹得仁宗十分愤怒，只是不敢明言而已。而今，刘太后驾鹤西去，郭皇后失去靠山，再加上宰相吕夷简乘机煽动谏官范讽进言："后立已有九年，尚无子，义当废。"仁宗皇帝这才起了废后之意。为了制止皇帝的错误行为，谏院官员们集体联名向仁宗进谏，再加上范仲淹那份"皇后不可废，宜早息此议，不可使之传于外也"的奏疏，确实让仁宗在"废"与"不废"之间有些犹豫。

大宋王朝看似风平浪静，但朝堂斗争从来没有停止过，不管你见与不见，始终暗流涌动。此时仁宗皇帝、郭皇后、吕夷简和范仲淹一干人等，正在上演着历史风云中熟悉的那一幕幕。范仲淹第一次上疏未果，于心不甘，他又与御史中丞孔道辅、谏官孔祖德率众台谏到垂拱殿门，联名上疏，以"后无过，不可废"，力劝仁宗收回成命。吕夷简是个心狠手辣的人，为了达到废掉郭皇后的目的，甚至利用职务之便，命令有司不再接受谏官的奏疏。在吕夷简的再三干涉和游说下，宋仁宗最终下定了废后的决心，下诏："皇后以无子愿入道观，特封其为净妃、玉京冲妙仙师，赐名清悟，别居长宁宫以养。"

范吕之争，至此积怨已深。在这次仁宗废后事件中，牺牲的又何止被废黜的郭皇后一个？吕夷简赶尽杀绝，借机打压，范仲淹、御史中丞孔道辅及谏官孔祖德等联名上疏之人，贬的贬，罚的罚，范仲淹再一次陷入仕途低谷。作为好朋友的梅尧臣虽然爱莫能助，但还是写了一首《啄木》诗和一篇《灵乌赋》赠他，委婉地劝范仲淹要学做报喜之鸟，不要像乌鸦那样报凶讯而"招唾骂于邑闾"。范仲淹执拗，立即写了同题《灵乌赋》回赠梅尧臣，并斩钉截铁地表示，自己"宁鸣而死，不默而生"，尽显为民请命的凛然大义。

尽管范仲淹在开封任期短暂，但他对宫墙内诡谲多变的政治风云和不见鲜血的博弈厮杀也是早有领教。他知道这是一场暗箭不断、折损无数的大戏，是情感与理智、道义与权势、死者与生者、皇帝与太后、宰相与台谏你来我往，甚至是你死我活的激烈争锋，而自己就是这场战斗中身不由己的一员，这是无法改变的残酷现实，也是自己多舛跌宕的命运，更是大宋王朝无法改变的政治局面。而今，千里赴任，自己暂时远离政治斗争的旋涡，可以争取更多的时间为迎接更为猛烈的战斗做好更加充分的准备，如此说来也算是一大幸事。范仲淹是默默离开京都开封的，来送别的人寥寥无几，这是人们对变幻莫测的政治风云心有余悸的外在表现，范仲淹没有怨天尤人。"居庙堂之高则忧其民，处江湖之远则忧其君"，这是他深入骨髓的人生宗旨，他无法违背。

一路南下，山明水秀，草木葱茏，风光旖旎。范仲淹没有其他文人雅士游山玩水的闲情，此刻他想的是要早一天到达任职的睦州。心情迫切的另外一个原因，是因为睦州有他魂牵梦萦的精神偶像——严光。一路马不停蹄，舟车交替，晓行夜宿，距离睦州府城越来越近，轻舟欢快地划开微波荡漾的富春江，也划开了他纷扰的思绪。两岸青山连绵，徐徐入画，面对此情此景，范仲淹倒真的羡慕起千年前在此归隐的严光老先生来，自己一直推崇的"不以物喜，不以己悲"，从某种角度上看与偶像严光所倡导的思想也是一脉相承的。启程之前，范仲淹就已经对此行做了个初步规划：到了睦州，除了修建校舍、兴办教育这些念念不忘的民生大事，还有一件重要的事就是要去拜谒一下严光老先生……

范仲淹弃舟上岸，到了州府，放下行囊，便急不可耐地直奔严子陵钓台而去。此时的严子陵祠堂早已破败不堪，残垣断壁上绿苔斑斑，荒草丛生，颓败不堪。见此情景，范仲淹想到先生向来高风亮节，为世人所敬仰，心中不免黯然神伤。他立即召集本地贤绅，全力以赴组织修缮，还特意派自己得力的助手章岷推官主持修缮工程，以确保工程质量。严子陵祠很快被修葺一新，范仲淹专门请人为严子陵画像，邀大书法家邵竦书写匾额，自己还亲笔写下了著名的《桐庐郡严先生祠堂记》，抒发对严光先生的敬仰之情。范仲淹在文中写道："盖先生之心，出乎日月之上；光武之器包乎天地之外。微先生不能成光武之大，微光武岂能遂先生之高哉！而使贪夫廉，懦夫立，是有大功于名教也。某来守是邦，始构堂而奠焉。乃复为其后者四家，以奉祠事。又从而歌曰：云山苍苍，江水泱泱，先生之风，山高水长。"此事传遍朝野，其文一时洛阳纸贵。

钓台巍巍，青山不老，江水滔滔，斯人常在。一代大儒和一代净

臣，跨越千年实现了精神上的守望。范仲淹为建德梅城翻开了文化史上
灿烂的一页，使得严光归隐故事不仅仅停留在山水之间，还走进了世世
代代建德人的心里，他为后人拨亮了严光"高风亮节"之灯。

4

千年已逝，人非物亦非。而今，人们行走在时光沉淀过的梅城街
巷，仿佛看到了千余年前那个为兴办教育奔走在街头巷尾，衣着简朴的
范先生，耳畔也仿佛传来阵阵清脆悠长的读书声。

范仲淹在睦州任职期间，不仅修葺了严子陵祠，为后人留住熠熠生
辉的精神瑰宝，还按照自己一直畅想的宏伟规划，创办了建德历史上第
一所官办书院——龙山书院。回望范仲淹走过的人生历程，他对读书有
着超乎常人的认知和体会。"满朝朱紫贵，尽是读书人。"科举制度打破
了阶层限制，使权力不再由贵族把持，给范仲淹这样的贫寒儒生们一个
向上的机会。这种光荣与梦想，在那个时代里也不断刺激着读书人的进
取之心。范仲淹两岁时就失去父亲，家中贫困没有依靠，母亲被迫改嫁
长山朱氏。大中祥符二年（公元 1009 年）前后，范仲淹跟随继父生母
回到继父的故乡淄州长山。此后，他在长白山醴泉寺读书，每天饭食仅
是一碗稀粥，艰难程度可想而知。范仲淹每次都是先把粥冷却凝固，再
分成四块，早晚各两块，配以盐拌韭菜末食之。"划粥割齑"成了他励
志苦读的真实写照。

幼年丧父乃人生之大痛，当范仲淹知道自己是范姓之子时，不异于遭到当头棒喝。事情是这样的，因为朱氏兄弟奢华浪费而不知节俭，范仲淹多次劝阻。有一天，朱氏兄弟被劝说得不胜其烦，便脱口而出："我们用的是朱家的钱，与你何干？"范仲淹闻听此言十分疑惑，自己不也是朱家子孙吗？疑骇之下，他四处打听自己的身世，最后才知道自己是姑苏范氏之子。范仲淹是个烈性男儿，他毅然决定自立门户，并当即离开朱家，负琴携剑，求学南京。他决心发愤读书，学成迎母，这一年，范仲淹二十三岁。如果说前往长白山醴泉寺是范仲淹自觉读书的表现，那么多年后他到南京应天书院求学，则可以视为为了自立而读书了。这期间，许多人从范仲淹的身上，仿佛看到了颜回的影子。他生活甘于清苦，不改其乐，昼夜苦读，夜里上下眼皮打架打得厉害，就用冷水洗洗脸，提提神，接着读。

由于与朱氏决裂，范仲淹在应天书院求学时，生活一度没有着落，时常有一顿没一顿。《范文正公年谱》上说他："询知世家，感泣去，之南都，入学舍，扫一室，昼夜讲诵。其起居饮食，人所不堪，而公自刻益苦。"还说："公处南都学舍，昼夜苦学，五年未尝解衣就枕。夜或昏怠，辄以水沃面。往往馇粥不充，日昃始食。"老师和同窗们见范仲淹如此孜孜求学，倦怠时以凉水浇脸，饥饿时以稀粥为食，日夜与诗书相拥，五年未解衣就枕，都十分同情他。南京留守的儿子与范仲淹同窗，就把范仲淹苦读的事情告诉了父亲。留守很受感动，让儿子送些美食给他，但被范仲淹婉言谢绝了。范仲淹解释说不是不感谢你们的深情厚谊，只是自己喝粥习惯了，也不觉得苦，一旦享受了丰盛的饮食，以后喝粥就索然无味了。这充分表现了范仲淹自甘清贫、清苦亦乐的豁达。

在范仲淹看来，饭可以不吃，书不能不读，虽然经常连顿稀粥都吃不上，但有书读的时光对他来讲比做任何事都幸福。据说，有一次宋真宗临幸南京，万人空巷，应天书院的师生也蜂拥而出，争睹圣颜，只有范仲淹岿然不动，继续读书。有人回来后问他为什么不去一睹皇帝风采，范仲淹头也不抬，回了一句："今后见皇帝的机会多着呢！"可见其抱负远大。

范仲淹一生勤读不辍，特别是在青少年时代，虽然多次迁居，但每迁一地，都留下了他读书的遗迹，也留下了许多让人感动的苦读故事。在安乡时，范仲淹曾就读于当地太平兴国观。清代翰林张明先诗言"荒台夜夜芭蕉雨，野沼年年翰墨香"，以"书台夜雨"这清寂而优美的诗意，概括了范仲淹这段少年苦读生活。十年寒窗，范仲淹"大通六经之旨"后，在"学而优则仕"的历史背景下，走上了科考从政之路。知识的积累让他的抱负越发远大，他经常对自己说："读书人应当在天下人忧之前先忧，在天下人乐之后才乐。"

大中祥符八年（公元 1015 年），二十七岁的范仲淹进士及第，即奉母侍养，完成了他人生第一个理想，也开始了他偃蹇动荡、赤心报国的仕宦生涯。在常人看来，此时富贵触手可及，一介寒儒就此改变命运，很多人走到这一步，都会沾沾自喜，开始收割胜利果实，拼命敛财谋位，疯狂补贴年轻时的辛苦付出。但是，范仲淹却感觉更苦了，如果说以前的苦是身苦心乐，如今的苦却是身心俱苦。放眼望去，整个大宋王朝着实病得不轻：内有官僚阶层利益勾结，因循守旧；外有边境政权厉兵秣马，不时侵扰，而朝廷只会花钱买平安。范仲淹虽然只是一个小小的地方官员，但他执着上疏，针砭时弊，力陈改革，而迎接他的却是一次次贬谪，而且一次比一次惨。尽管范仲淹的执着在现实中屡屡碰壁，甚至头破血流，但他至死都不曾后悔。在日复一日的自我砥砺中，理想之灯从未熄灭，奋斗脚步从未停止。《宋史》评价他："每感激论天下事，奋不顾身，一时士大夫矫厉尚风节，自仲淹倡之。"一个能影响时代风气的人，尽管在当时是失败的，但在后人眼里他又何尝不是成功的呢？

5

范仲淹不仅是一位忠心耿耿的政治家，还是一位卓有建树的教育家。他曲折的成长经历，不仅锻造了他坚忍不拔的性格，而且使他对读书和兴办教育比常人多了份特殊感悟。

公元 1026 年，范仲淹为母亲服丧，回到应天府。时任应天府留守的晏殊邀请他协助主持应天府学教务工作，这也是范仲淹人生中第一次走上讲台。从那时起，师德师风就在范仲淹心中深深扎下了根，他率先垂范，为人师表，在他的影响下，应天府书院的学风焕然一新。

在睦州任知州时，已近中年的范仲淹对教育又有了更深层次的认识。他认为，一个地方的发展，人才十分重要，而人才的培养，关键就在于教育。到睦州后，他身体力行，组织开展了一场广泛深入的调查研究，结果发现偌大一个睦州府城只有一所学堂，就设在孔庙里面，学堂规模不大，环境更是不理想。于是他便大兴土木，修建校舍，在睦州兴仁门外的文昌阁前建起一所书院——龙山书院，这也是建德历史上第一所正规的官办学校。千百年来，建德人一谈起教育，就会想到范仲淹创办的龙山书院，并引以为豪。尽管史书对此记载不详，甚至有些专家学者对范仲淹修建龙山书院的事情存疑，但范仲淹重视教育却是不争的事实。他一生勤于教育，无论是担任地方行政长官、指挥边防军事，还是参政中央、掌握枢机，都时时不忘人才培养。兴学育人可以说是范仲淹奋斗终生的事业，他身体力行推动兴学之风的发展，致力于士风民风的改变。

在教育上，他继承了孔子的教育思想和理念，以儒家经典为主要教育内容，并提出培养专业性实用人才的主张。当了宰相之后，范仲淹更是将教育改革列为朝政革新的最重要内容之一，要求所有州县兴办官学，一时间各地学堂林立如雨后春笋。他的积极提倡和躬身实践，直接影响到庆历兴学，奠定了宋代之后中国九百余年地方教育规模与体系。后来王安石主持的熙宁、元丰兴学，其中不少举措就是继承发展自范仲淹的。

爱学习的人总喜欢思考和实践，同样，学识渊博的范仲淹好像与生俱来就具备治水能力。通过史料不难发现，范仲淹在治水方面确实颇有建树。最早在睦州时，他就开始了自己的治水实践。睦州城背靠乌龙山，面临三江口，水患不断，民不聊生。范仲淹经过详细考察后，便率领民众在城东修起一座横跨南北的堤坝，把龙山来水及三江口的洪水挡在城外。范仲淹当年修的这座堤坝与杭州西湖上的白堤、苏堤类似，被后人称为"范公堤"。此外，他还主持疏浚东、西两湖，使之成为睦州城内两处胜景。也许是范仲淹的治水能力让宋仁宗刮目相看，在其任职睦州知府约十个月后，就被调任苏州知州。据史料记载，明道二年（公元 1033 年）苏州发大水，持续的暴雨造成洪水泛滥，导致大片农田被淹，灾民超过十万户。宋仁宗调任范仲淹或许就是奔着治理洪水去的。宋时苏州西临太湖，东接东海，北面是长江，地势险要，易被洪水包围。范仲淹上任伊始，就对水患成因进行了深入调研，他遍访当地德高望重之人，察访水道，终于找到了苏州地区水患频发的关键所在，提出"修围、浚河、置闸"三措并举的治理策略。范仲淹率领民众疏通河渠，兴修水利，疏堵结合，将洪水排入东海和长江，苏州水患逐渐平息。

"在布衣为名士，在州县为能吏，在边境为名将，在朝廷则又孔子之所谓大臣者。求之千百年之间，盖不一二见，非但为一代宗臣而已。"这是金末元初一代文宗元好问眼中的范仲淹。纵观范仲淹跌宕起伏的一生，确实如此，他无论在什么岗位，都力求做到极致。康定元年（公元 1040 年）前后，西夏进犯北宋边境，消息传至京师，朝野震惊。这时宋仁宗又想到了范仲淹，认为他精明强干，胸有韬略，可以御敌，于是起用并提拔他为龙图阁直学士，与韩琦一起任陕西经略安抚副使。范仲淹兼任延州（今陕西延安）一把手后，将军政事务打理得井井有条。在防守边塞的战争中，他"号令明白，爱抚士卒"，胸有谋略，军中捷报频传，军威大振，连宋仁宗都不得不称赞说："若仲淹出援，吾无忧矣。"

任何朝代，政治斗争都是残酷无情的，卷入其中的人，都会被淹没在岁月悲歌中，范仲淹也是如此。尽管他志存高远、忠诚正直，渴望建功立业，却一入官场深似海，再回头已是百年身。皇祐四年（公元 1052 年），六十四岁的范仲淹拖着病躯到颍州赴任，此时他已感觉大限将至，便向宋仁宗呈上早已准备好的遗表，念念不忘社稷长远、邦国兴衰。他以将死之言规劝仁宗："伏望陛下调和六气，会聚百祥，上承天心，下徇人欲。明慎刑赏，而使之必当；精审号令，而期于必行。尊崇贤良，裁抑侥幸，制治于未乱，纳民于大中。"他还对"事久弊则人惮于更张"深感忧虑，对自己"功未验则俗称于迂阔"深表遗憾，至于自己身后之事，却只字未提，表现出他一生坚守大忠和大节的凛然正气。范仲淹经天纬地之才用之未尽，忧国忧民之志屈而未伸，他的遗憾是泣血的，正如他的同僚韩琦在《范文正公奏议序》中所感叹的："不幸经远而责近，识大而合寡，故其言格而未行，或行而复沮者，几十四五。"范仲淹是未了之英雄，至性之君子！

范仲淹一生奔波，生前有褒扬有指责，有贤名有讥讽，可谓毁誉参半：他入仕的推荐人晏殊就曾责备他"好奇邀名"，当朝宰相吕夷简也说他"务名无实"。但是，范仲淹死后的千百年来，士大夫和老百姓却给了他昭若日月的评价：朱熹评论他"天地间气，第一流人物"。范仲淹为睦州人办的许多好事、实事，至今还为建德梅城人津津乐道，这也是他"居庙堂之高则忧其民，处江湖之远则忧其君"最真实的写照，"先天下之忧而忧，后天下之乐而乐"精神的具体体现。

近千年来，建德梅城百姓寻觅范仲淹遗迹的脚步从未停止，20世纪90年代，古镇人民为纪念他树起了思范坊，范仲淹的形象已深深融入梅城的山水大地，人们对他的敬仰和怀念历久弥新！

庆历梦残

空遗恨

|

接连几天的阴雨，让宋仁宗赵祯有些寝食不安。福宁殿外的这场雨看起来似乎没有一点停歇的意思，雨丝如幕，在秋风的裹挟下，空中升腾起团团水雾，远远眺去，宫殿楼宇沉浸在一片朦胧烟雨的氤氲里，一切都好像罩上了一层轻纱，虚无缥缈。

宋仁宗感觉眼前的一切有些模糊，甚至不太真实，此时他想到了自己十三岁刚登基时的场景——崇政殿中皇帝宝座后有面朦胧的锦幔帘幕，帘幕后坐着的是皇太后刘娥。那时，龙椅之上的宋仁宗不知道自己该是个怎样的角色，也不知道自己该如何扮演这个角色。每次上朝，都是皇太后攥着他冰冷的小手，坚定地从后宫走向朝堂。而今，十余年过去了，那个牵他手的刘太后早已去世，皇帝宝座后面的锦幔帘幕也已撤掉，宋仁宗开始亲政，该怎样扮演一个君主，一切都要由他自己决定了。

"为人君，止于仁。"渐渐长大的赵祯，立志做一个像父亲一样的仁德君主，但是接踵而来的天灾人祸，却让朝堂之上的他有些惴惴不安。所谓天灾，当然就是黄河连年洪灾，两岸民不聊生；人祸，指的是大宋与大辽和西夏的战事。燕云十六州没有收回不说，在宋夏之战中大宋接连失利，辽国也趁火打劫，要求增加岁币。大宋王朝虽然表面上歌舞升平、莺歌燕舞，但实际上危机四伏。尤其是"冗兵""冗官""冗费"之弊，愈来愈深，衰败的趋势不可逆转。直到有一天，枢密院的官员告诉宋仁宗，大宋的军队总数已经超过一百二十万人，国家赋税十之七八都用于养兵时，宋仁宗再也坐不住了。如梦初醒的他决定改变这一切，他要让自己继承的大宋家业长久经营下去。要实现这一目标，唯一的出路就是来一场彻底的变革，这就是"庆历新政"。

说到"庆历新政"，范仲淹是必须浓墨重彩书写的一位关键人物。庆历年间，宋仁宗和范仲淹，一个是至高无上的大宋天子、新政的最高决策者，一个是忠心耿耿的朝廷重臣、新政的坚定推动者，君臣二人为了帝国的强大，开始了一场轰轰烈烈的改革运动。

范仲淹作为仁宗时代一名起起落落的老臣，早在天圣五年（公元1027年），就曾向朝廷上过万言《上执政书》，奏请改革吏治，裁汰冗员，安抚将帅……这事宋仁宗一直记忆犹新。后来，在晏殊、王曾两位重臣的推荐下，范仲淹开始逐渐进入朝廷的视线。这一年十二月，宋仁宗召范仲淹入京，任命他为秘阁校理，负责皇家典籍的校勘和整理工作。

宋仁宗对范仲淹的正直人品印象尤其深刻，他知道范仲淹信奉的是"侍奉皇上当危言危行，绝不逊言逊行、阿谀奉承，有益于朝廷社稷之事，必定秉公直言，虽有杀身之祸也在所不惜"。早在刘太后垂帘听政时，天圣七年（公元1029年）冬至，二十岁的仁宗准备率百官在会庆殿为刘太后祝寿，一起朝拜太后。范仲淹知道后，认为这样做混淆了家法与国礼，就勇敢地站出来谏言宋仁宗放弃朝拜事宜。范仲淹对宋仁宗说："在内宫行家人礼仪没有问题，但在朝堂上与百官一起朝拜太后，就有损皇帝的威严了。"在朝廷一干重臣的眼里，范仲淹的确是个多事的人，刘太后听政期间，他曾几次上疏太后，请求其归政于宋仁宗，典型的哪壶不开提哪壶，这样的事情也是别的大臣想都不敢想的，但范仲淹却敢冒天下之大不韪。对此，宋仁宗既感激范仲淹勇敢站出来为自己讲话，也钦佩他的正直品格。

明道二年（公元1033年），刘太后驾崩，宋仁宗亲政，很多大臣附和宋仁宗，开始议论太后为政时的一些过错，但范仲淹却劝仁宗道："太后秉政多年，难免有些失误，不管如何，太后至少对您有养护之功，您应该原谅她的过失，以成全其美德。"最终，宋仁宗还是接受了范仲淹的建议。

这一年的冬天，因为郭皇后误伤了宋仁宗，宋仁宗遂起了废后的念头，与皇后有过节的宰相吕夷简和谏官范讽合谋，趁机在仁宗面前煽风点火，说："后立已有九年，尚无子，义当废。"但朝中也有不少人认为废后不合适，朝臣们对此议论纷纷。这时，又是范仲淹站出来语重心长地劝说宋仁宗尽快打消废后的念头，他上奏说："皇后不可废，宜早息此议，不可使之传于外也。"这一次，固执己见的宋仁宗没有听取他的建议。范仲淹心有不甘，又与御史中丞孔道辅、谏官孔祖德率众台谏到垂拱殿门，联名上疏，以"后无过，不可废"，力劝仁宗收回成命。但是，在吕夷简的再三干涉和撺掇下，宋仁宗最终还是下定废后的决心，范仲淹也因此受到牵连，被贬黜到千里之外的睦州（今浙江建德）任知州，又一次跌入仕途低谷。

2

纵观范仲淹外放任职的经历，不管是担任河中、陈州的通判，还是担任睦州、苏州的知州，他都为官一任，造福一方，在所到之处修水利，建郡学，劝农桑，始终未改"居庙堂之高则忧其民，处江湖之远则忧其君"的为官品质。景祐二年（公元 1035 年），范仲淹因在苏州治水有功，被调回京师，在经过几个岗位的短暂锻炼之后，被任命为开封知府，这为他施展才华提供了更为广阔的政治舞台。范仲淹在开封知府任上的动作可谓不小，他大力整顿官僚机构，革除弊政，开封府"肃然称治"。当时，人们赞誉称颂道："朝廷无忧有范君，京师无事有希文。"也正是因为这次开封府大刀阔斧的改革实践，再加上他在朝廷和地方都任过职，当过谏官，做过学官，经历过边关风云，宋仁宗才认定范仲淹就是自己推行新政改革得力帮手的第一人选。

宋仁宗赵祯，一生创下了大宋王朝的两个第一，这也是他自己万万没有想到的。

宋仁宗十三岁即帝位，在位四十二年，是两宋时期在位时间最长的皇帝。宋仁宗刚继位时，年号为天圣，后改年号为明道。刘太后死后，改年号为景祐，之后又先后改年号为宝元、康定、庆历、皇祐、至和、嘉祐。年号更改如此频繁，这在中国历史上也是绝无仅有的。由此可见，宋仁宗是一位很容易接受新生事物且很有想法的皇帝。宋仁宗亲政时，大宋已经开国七十多年，王朝墨守祖宗家法，政尚循谨，表面上歌舞升平、莺歌燕舞，但浮华奢靡背后却潜伏着种种危机，尤其是"冗兵""冗官""冗费"之弊愈积愈深，衰败的趋势不可逆转。

像宋仁宗这样有想法的皇帝，为延续大宋国祚，想推行新政改革，一点儿都不稀奇，况且此时的大宋，面临的不光是内忧，还有外患，确实已经到了不改不行的境地。

当时间的钟摆回拨到一千多年前，彪悍善骑射的契丹人驰骋在广袤的大草原上，建立起一个强大的草原帝国——契丹。公元938年，日渐强大的契丹把燕云十六州收入囊中，将疆域扩展到了长城沿线。契丹是马背上的草原帝国，辽太宗耶律德光的目光，从来就没有仅仅局限在苍茫大草原上。公元947年，耶律德光率军南下，逐鹿中原，攻占汴京（今河南开封），于汴京登基称帝，改国号为"辽"，改年号为"大同"。彼时，大辽可谓兵强马壮，能征善战，是大宋的头号劲敌。大宋建国之初，为收复燕云十六州，先后两度北伐，皆被辽军击败，此后大辽威胁大宋政权长达一百六十多年。

燕云十六州，又称幽云十六州、幽蓟十六州，指的是中国北方以幽州（今北京）和云州（今山西大同）为中心的十六个州，即今北京、天津北部（海河以北），以及河北北部、山西北部地区。燕云十六州在中国历史上具有十分重要的战略意义，是中国北方与中原地区的一道地理屏障，历来就是兵家必争之地。

公元 1004 年，大辽萧太后与辽圣宗耶律隆绪以收复瓦桥关为名，亲率大军深入宋境，这时距离大宋建立才四十多年。大宋君臣惊慌失措，纷纷建议迁都避敌，唯有宰相寇准坚决反对南迁，并主张宋真宗亲征。宋真宗畏敌如虎，次年初在澶州（今河南濮阳）与大辽订下"澶渊之盟"。宋辽达成协议，约定为兄弟国，大宋每年送给大辽岁币银十万两、绢二十万匹。宋辽以白沟河为边界，双方各守疆界，互不骚扰。双方于边境设置榷场，开展互市贸易。大宋用岁银、绢匹安抚好辽国，从此两国和好长达一百二十年之久。

宋仁宗作为大宋第四位皇帝，即位后十分珍惜来之不易的和平局面，他对下属宽厚以待，让百姓休养生息，使大宋达到一个发展的顶峰。然而，仁宗亲政不久，在大宋的西北，也就是今天的陕西、宁夏一带，又崛起了一个党项族政权——夏，大宋称它为西夏。

遥望历史烽烟深处，西夏王朝的身影，如梦如幻，忽远忽近。西夏是一个神秘的王朝，也曾经是大宋的小弟，悄然崛起后，它急切地想摆脱大宋的影响，树立自己的民族形象。公元 1038 年，首领李元昊穿上白色龙袍，站在高高的筑台之上。他雄视天下，对宋、辽称帝，废去了大宋皇帝赐给他的姓，而改用党项姓氏"嵬名"（即拓跋），废止了大宋王朝给他的"西平王"封号，以党项语"兀卒"（青天之子）自称，改元"天授礼法延祚"，建国号为"夏"，史称"西夏"。

西夏开国皇帝李元昊，犹如一颗光芒闪耀的新星，开始登上历史舞台。次年他写信给北宋朝廷，要求承认其皇帝地位，字里行间不断挑战宋仁宗的底线。仁宗大怒，他当然不愿意当初的小弟与自己平起平坐，于是颁布诏书，剥夺了李元昊所有官职与爵位，停止互市。宋仁宗的这一决定立刻引起西夏的不满，年轻气盛的李元昊决定举兵进攻大宋西北边境地区，他要让这位比自己大七岁的仁宗皇帝尝尝他拳头的厉害。

三川口，顾名思义就是延川、宜川、洛川三条河流汇合的地方，在延州一带，即今天陕西延安市的西北。

千年之后的今天，站在当年大宋与西夏两军对垒的三川口黄土地上，秋风裹挟着尘土掠过黄土塬，掠过我的耳畔，眼前仿佛又浮现出千年前铁马冰河的悲壮场景。战马奔驰，大地颤抖，山河共鸣，黄土飞扬，遮天蔽日，抗争与不屈的鲜血，为脚下这片黄土地徒增了一份深深的苍凉。

公元 1040 年正月，好战的李元昊派遣军队进攻大宋的三川寨，两军在延州三川口发生一场恶战。战斗以宋败夏胜收场，宋军被西夏军队斩杀五千余人，史称"三川口之战"，又称"延州之战"。"三川口之战"为西夏的生存与发展奠定了军事基础。当战报上报到朝廷，宋仁宗为之震怒，他确实没有把李元昊这个小弟放在眼里，但是更让他意想不到的是自己的军队竟然如此不堪一击，恼羞成怒的宋仁宗，随即命令宋军不惜一切代价攻击李元昊军队。

公元 1041 年，宋仁宗指令环庆路马步军副总管任福，率领近十万大军迂回至李元昊军队后方展开进攻。李元昊在好水川（今宁夏隆德西北）发挥骑兵优势，采用设伏围歼战法，包剿、歼灭宋军万余人。李元昊在接连取得"三川口之战"和"好水川之战"胜利后,气焰愈发嚣张,频频攻掠大宋西北边境,大宋被迫完全采取守势。公元1042年,西夏军进攻宋泾原路,在定川寨(今宁夏固原西北)再次将宋军打败,斩杀宋军近万人。

3

宋夏之战,大宋节节败退,可谓元气大伤。在范仲淹看来,其实这场战争,完全是可以避免的,早在宋夏之战爆发前的十几年,他就对边疆问题进行过深入研究。

公元1025年,三十七岁的范仲淹就在《奏上时务书》中写道:"圣人之有天下也,文经之,武纬之。此二道者,天下之大柄也。"意思是说,治理国家要遵循"文经武纬"之道,"防之于未萌,治之于未乱"。范仲淹在奏疏中还提醒仁宗:"今自京至边,并无关险。其或恩信不守,衅端忽作,戎马一纵,信宿千里。若边少名将,则惧而不守,或守而不战,或战而无功。再扣澶渊,岂必寻好!"意思是说,如果国家不注重国防建设,那么从东京汴梁(今河南开封)到边疆,一马平川,无险可守,一旦那些异族不讲信用,撕毁和约,故意挑衅,带领军队一路南下,根本无险可挡,数日之内,铁骑便可深入大宋腹地。而边关缺乏名将,敌人一来,上至将军下至士兵,皆两股战栗,望风而逃,就算勉强守住城池,也都不敢出兵战斗,即便硬着头皮迎战,也是一败涂地。如果事情发展到这个程度，难道陛下想重演一次大驾临幸澶渊城的情景吗？当年范仲淹提出这个振聋发聩的警告时，距离西夏铁骑蹂躏边关还有十五年，距离北宋灭亡还有一百零二年。

边事吃紧，国家危难。此时，宋仁宗想到了十五年前就边疆问题专门上疏给他的范仲淹。公元 1040 年阳春，宋仁宗将范仲淹召回京师，任命他和韩琦并为陕西经略安抚副使，配合安抚使夏竦共同负责西北战事，后又任命范仲淹兼任延州（今陕西延安）知州。当年六月，范仲淹赴任延州，肩负起防御西夏的重任。

范仲淹达到延州后，做的第一件事就是深入各地巡察，这一巡察，让他心里拔凉拔凉的。经过兵灾之后的延州，满目疮痍。延州城的直接门户金明寨（今陕西安塞南）已被敌人焚毁，附近三十六寨原有的数万兵马早已被扫荡殆尽。延州以北的军事重地，东西四百余里，也被西夏抢劫焚烧一空。而延州城的守军对外号称有两万六千，却多年未训，兵不知战，将帅无谋。当范仲淹问他们如果敌人分数路进攻，该如何应对时，这些将帅只会说两个字："出兵！"至于出兵以后如何打仗，一概不知。

公元 1041 年仲冬，范仲淹向朝廷上奏了《上攻守二策状》，全面阐述了自己"积极防御"的军事思想。他首先分析了敌我双方的优劣势，认为西夏居绝漠之外、长河之北，依远而险，对宋作战，为的是攫取财物作为官禄和军资，故抄掠无度。其兵马精强，呼啸而来，奔腾而去，云集云散，聚散快捷。而北宋戍边的士兵都是东兵（内地士兵），来此荒芜之地，多年难得更替，因思念家乡亲人，少有斗志。范仲淹在奏疏中还说道："如果各路大军征讨元昊，则兵分将寡，气不完盛。大军深入沙漠腹地，风沙迷茫，不辨南北，后勤补养很容易被敌人抄掠。而元昊的巢穴在黄河以北，如果没有汉代卫青、霍去病那样的名将，根本不能远袭。"因此，范仲淹主张积极防御，寻觅战机，扬长避短，以守为主，守中有攻，攻守兼备，这样才能达到"用攻则宜取其近，而兵势不危；用守则必图其久，而民力不匮"的战略目的。

范仲淹清醒地认识到战争的残酷，他在得到宋仁宗的首肯后，开始了自己宏伟的边关防御计划，这个计划总结起来就是：修城寨、置营田、饬军队、募乡勇、选名将、抚羌人。

第一，是修建城寨。范仲淹镇守延州后，便将修筑城寨作为战略要地的首要军务。他先后组织修复了金明寨、承平寨等十二座城寨，招募很多弓箭手，加强战备，以保证有"经久之利，而无仓卒之患"，凭借守险优势挫败了李元昊的第二次入侵。范仲淹任庆州知州后，又夺取金汤寨、白豹寨和后桥寨等战略要地，还先后修建了二十九座城寨，并在后桥寨构筑了著名的大顺城，成为北宋王朝对抗西夏的重要军事基地。

第二，是营建屯田。范仲淹知道千里运粮草物资不但劳民伤财，还会给国家财政带来沉重负担，事实上这也是宋军多次征讨失败的主要原因。由于后勤保障不利，再加上军官克扣军粮、中饱私囊，边关将士们吃不饱、穿不暖。士兵饿得面黄肌瘦，有的甚至连盔甲都没法穿，连战马都无法骑，还谈什么打仗保卫边疆？为此，范仲淹组织军民大力营建屯田，让士兵们自给自足。"兵获羡余，中粜于官。人乐其勤，公收其利。则转输之患，久可休矣。"同时，号召有条件的士兵举家搬到戍边之地，营田劳作，规定收获的粮食大部分归个人家庭所有，久而久之，很多士兵把父母妻儿接到边疆，共同守卫家园。

　　第三，是整饬军队。范仲淹军发现边关将士实在是不堪一击，除了疏于训练、游惰无度外，还有一个更重要的原因就是兵分三六九等。每次打仗之时，根据官阶大小逐次出兵，先派遣老弱病残士兵出战，当炮灰，随后其余部队跟上。可想而知，这种打法唯一的后果就是惨败而归。范仲淹叹道："将不择人，以官为先后，取败之道也！"范仲淹开始实行精兵政策，淘汰老弱病残，选取精兵一万八千人，分成六支作战部队，每队三千人，由六位都监统率。同时，加强军事训练，没用多久，范仲淹治下的军队便军容整肃，焕然一新。

　　第四，是招募乡勇。乡勇其实就是乡兵，也就是现在的民兵，是从当地百姓中招募组成的临时性武装力量。由于乡勇善射，范仲淹就让他们担任弓箭手，加以训练之后，这些土生土长的乡勇在宋夏战争中发挥了比正规军更大的作用。原因很简单，外寇入侵，家园被毁，每一个热血青年都会同仇敌忾，拼命保卫家园。另外，乡勇熟悉当地地形，经常给敌人以出其不意的攻击，因此，西夏大军不怕大宋的正规军，反而畏惧边地的乡勇。

　　第五，是选拔名将。范仲淹知道要士兵打胜仗，将官的表率作用非常重要，而出谋划策，运筹帷幄，更需要文武全才的将官。在范仲淹守边的几年中，他不断发掘和提拔优秀将领，让他们在战争中经历血与火的洗礼，从而培养了一大批优秀的将才，最典型的就是他的左膀右臂种世衡和狄青。种世衡善于安抚，谋略超群，擅筑城安边，且侠肝义胆，创立种家军，为大宋立下汗马功劳，范仲淹曾评价他是"国之劳臣也"。大将狄青出身寒门，年少入伍，因脸有刺字，善于骑射，人称"面涅将军"。在战争初期，为了破除士兵的畏惧心理，狄青亲冒矢石，头戴铜面具，冲锋陷阵，犹入无人之境，被西夏军称为"狄天使"。最后狄青凭借累累战功，当上了枢密使。宋仁宗曾评价他："青有威名，贼当畏其来。"对于其余各级将官，范仲淹也都是人尽其才，不断向朝廷推荐，为他们打开了一条报国扬名之路。可以说，北宋中后期名将辈出，与范仲淹的努力是分不开的。

第六，是招纳藩部。宋代，有很多少数民族部落世代生活在边关地区，其中人数最多、力量最强大的就是羌族。在延州，范仲淹就派遣种世衡招纳羌族，取得了很好的效果。在主理庆州期间，范仲淹还亲自去羌族部落，与首领坦诚相见，并立下规约，调解部落之间的仇杀，让这些不可小觑的力量转变成了实实在在的战斗力。范仲淹充分实施统一战线政策，安抚招纳当地藩部，使其与宋军一起筑就坚不可摧的防御体系。

4

就在宋夏对峙中，一代文杰范仲淹逐渐显现出他独特的军事才能，除了擅长审时度势的防御战术，他还是位敢于舍生取义的将才。定川寨一战，北宋付出了数十名战将阵亡、万余名士兵战死的沉重代价，李元昊趁势率领十余万大军突入内地，关中震动。千钧一发之际，范仲淹率六千人向西夏军主力逼近。按理说，六千对阵十万，这显然是凶多吉少，可是李元昊听闻来者是范仲淹后，便选择了撤军。原来，李元昊突入内地的目的只是大肆劫掠一番，顺便消灭一些疲弱的宋军。然而向来沉稳、从不出战的范仲淹这次选择了出战，这说明他是来拼命的，是要置之死地而后生，精于算计的李元昊不想打一场得不偿失的恶仗。从某种程度上来说，正是范仲淹的威名最终迫使李元昊撤兵。尽管范仲淹从未经历大战，但他经略西北的军事成就，却远胜同时期的其他文臣武将。当时西北就有民谣称："军中有一韩（韩琦），西贼闻之心胆寒；军中有一范（范仲淹），西贼闻之惊破胆。"

从公元 1040 年到公元 1043 年，范仲淹在西北战场重地陕西一待就是三年多。他审时度势，坚持防御战略，即使千军万马如泰山压顶，依旧岿然不动。他在势单力孤的艰难时刻，仍然斗志昂扬，不以毁誉悲戚为念。范仲淹有条不紊地全面推行"积极防御、屯田久守"的方针，强力推动军事改革，全面加强军事战备。因为戍边有功，朝廷不断给他加官晋爵，但他连续五次上疏拒绝。因为军事失利，朝廷又迁怒于他，罢官免职，范仲淹却坦然接受，毫不在意。他稳中求胜，不邀虚名，终于扭转了大宋在战争初期被动挨打的不利局面。

长达三年之久的宋夏之战，最终北宋告败。公元 1043 年，北宋与西夏达成和平协议，史称"庆历和议"，这才让宋王朝得以喘息。但是，宋王朝付出的代价却是每年要支付给西夏七万余两白银以及其他物资。当然，作为陕西经略安抚副使的范仲淹，也因此被贬官调职。离任之际，他面对塞外的清寒，写下了《渔家傲·秋思》："塞下秋来风景异，衡阳雁去无留意。四面边声连角起。千嶂里，长烟落日孤城闭。　　浊酒一杯家万里，燕然未勒归无计。羌管悠悠霜满地。人不寐，将军白发征夫泪。"这首词描绘出一幅寥廓荒僻、萧瑟悲凉的边塞鸟瞰图：放眼望去，茫茫戈壁，绵延千里，暮霭沉沉，日落千嶂，荒芜的大漠里，只有孤零零的城门紧闭。面对失败，欧阳修、韩琦等朝臣宿将痛心无比，也纷纷上疏请罪。

在宋夏战争的影响之下，"澶渊之盟"后一直相安无事的契丹也试图背弃原有的和平条约，向大宋索要更多的好处，于公元1042年遣使求关南之地，并且"聚兵幽、蓟，声言南下"。最终，宋仁宗遣富弼为使，"岁增银、绢各十万两、匹"才得以解决。因为宋夏之战，大宋军费逐年递增；因为契丹撕毁原定盟约，大宋给契丹的好处也增加了许多。这些白花花的银子从哪儿来？肯定是从老百姓那儿来，因此农民的负担不断加重，逐步造成了"富者有弥望之田，贫者无卓锥之地。有力者无田可种，有田者无力可耕"的局面，社会矛盾日益尖锐，农民负担严重，地方矛盾斗争也不断加剧。于是，从公元1041年开始，农民起义和兵变在各地相继爆发，正如欧阳修所说："一年多如一年，一火强如一火。"

战争就是战斗力的试金石。通过宋夏之战，大宋军队的战斗力问题被充分暴露，那就是军队的最高指挥权掌握在皇帝手中，指挥权和训练权相剥离，从而导致宋军出现"兵不识将，将不识兵"的局面，进而大大影响了军队之间的协同作战。同时，正是因为这种军事政策，许多宋军将领无法有效施展指挥才能，进而导致宋军在战场上无法做到快速机动作战。大宋王朝在与西夏的战役中失败，犹如一盆凉水，让宋仁宗醍醐灌顶，他意识到要挽救王朝，唯有进行改革。

改革势在必行还有一个很重要的原因，那就是大宋立国后，为维护中央集权、防止地方割据，朝廷进一步加强中央集权，削弱官员的权力，实行一职多官。同时，由于大兴科举、采用恩荫制、奉行"恩逮于百官者惟恐其不足"等笼络政策，以及大多官员贪恋权位，行政效率低下，官僚机构庞大而臃肿，"冗员"问题十分突出。再加上宋初实行守内虚外策略，奉行"养兵"之策，至宋仁宗时，全国总兵力已达到一百二十余万，军事体系之庞大前所未有，养兵费用竟达到全部赋税收入的十分之七八。同时，为了防止武将专权，大宋在军队中推行"更戍法"，让禁军分驻京师与外郡，以半年为期内外轮换，定期回驻京师。此法带来的结果是"兵无常帅，帅无常师"，虽然有效防止了将领专权，但也大大削弱了军队的战斗力，从而形成"冗兵"。军队和官员的激增，导致财政开支剧增，使得本来就拮据的朝廷财政更加入不敷出，再加上统治者大兴土木、修建寺观等，形成严重的"冗费"。

5

冗员、冗兵、冗费，三者紧密联系在一起，最终形成北宋积贫积弱的局面。欧阳修曾上疏要求改革吏治，尹洙也在奏疏中指出"因循不革，弊坏日甚"。在日渐高涨的改革呼声中，宋仁宗推行改革的意向也更加坚定了，"遂欲更天下弊事"。大宋王朝的最高统治者终于开始行动了，沉闷多年的政治氛围也开始变得活跃起来。宋仁宗首先从广开言路做起，选拔主张改革的人做谏官，由此，轰轰烈烈的"庆历新政"便在以范仲淹为代表的改革人物推动下徐徐展开！

公元 1043 年，李元昊请求议和，西北边事稍宁，宋仁宗召范仲淹回京，授枢密副使，又擢拔欧阳修、余靖、王素和蔡襄为谏官（俗称"四谏"）。七月，枢密副使韩琦上疏请求改革朝政，以应对内忧外患，宋仁宗采纳了韩琦的建议。之后，在欧阳修等人的举荐下，范仲淹又改任参知政事，就是副宰相。这个举荐正合宋仁宗之意，他知道范仲淹当过谏官，也做过学官，最重要的是经历过边关磨炼，履历和人望都不错，确实是宰相的最合适人选。宋仁宗心想，如果让范仲淹与富弼联手，自己所推行的新政不就更有把握了吗？于是，他升任富弼为枢密副使，也就是排名第二位的军事领导人。宋朝的宰相，原则上不管军事，只管民生工作，军事由直属皇帝的枢密院来管。主持改革的范仲淹、富弼虽然都不是正职，但仁宗皇帝信任他们，寄予他们厚望。

天章阁，天禧四年（公元 1020 年）建，取"为章于天"之义。其设立之初是为了"保祖宗之法"，里面收录并存放着皇帝御用的书籍、物品等。宋仁宗即位后，天章阁除了用以收藏真宗御书外，还安奉北宋历朝皇帝画像与继位前的旌节。庆历三年（公元 1043 年）九月，宋仁宗为宣示自己改革朝政的决心，特意开天章阁，召宰辅重臣一起拜谒宋太祖、宋太宗遗像。他在天章阁接见大臣，向他们询问御边大略、军政要事，这也是对大臣们最高规格的待遇。南宋文学家岳珂曾称："仁宗之问边事，神宗之议官制，皆在焉。"

在天章阁，宋仁宗与范仲淹、富弼、韩琦、欧阳修等重臣共同商量改革问题，讨论紧急军务，最后商定由范仲淹负责对西夏的军务，由富弼负责对辽国的军务。然后，宋仁宗赐给范仲淹、富弼等两府辅臣笔札，让他们详细条陈有关时政的建议。范仲淹、富弼等不敢再辞，也不愿仓促应对，诚惶诚恐地请求退而列奏。于是，数日后各自上疏，提出改革朝政的建议。范仲淹上奏了《答手诏条陈十事》，作为"庆历新政"的纲领性文件，提出十项以整顿史治为中心的改革主张；富弼也以远见卓识"上当世之务十余条及安边十三策"。几起几落的范仲淹终于有了用武之地，与富弼一起成为新政红人。宋仁宗将范仲淹的十条举措颁发全国，以告示天下。

据《宋史·范仲淹传》记载，范仲淹《答手诏条陈十事》提出的改革核心内容是：明黜陟、抑侥幸、精贡举、择官长、均公田、厚农桑、修武备、减徭役、覃恩信、重命令。

第一条就是"明黜陟"。这条主要是针对官僚机构的改革，提出要严明官吏的升迁，这也是最核心的一点。赵宋皇帝善待文臣，不仅大幅提高了进士录取的人数，还采取高薪养廉的办法，不断提高各级官吏的俸禄，这也是冗官、冗费产生的主要原因。范仲淹首先要求朝廷两府辅臣以身作则，"非有大功大善"，不要随意奖赏升迁。所谓"两府"就是宰相府（中书省）和枢密府。其他官员，如无特殊贡献，地方官要任满三年，京官则要任满五年，才能进入升迁磨勘（考核），回到京师任职或迁转。

第二条是"抑侥幸"。也是针对官僚机构的一条改革举措，提出要控制恩荫授官，限制官僚乱进。在古代，每逢皇帝生日这样的盛大节日，皇帝都会大赦天下和赏赐群臣。奖赏太过，是宋室长期存在的问题。为节省朝廷开支，范仲淹提出先减少或免除对高级官员的赏赐，同时建议改革门荫制度。一般官员取得门荫资格，要在任职两年后才能行使"荫子"特权，从而推迟"荫子"的时间，以减少靠"门荫"做官的人数。另外，在北宋朝廷馆阁任职的官员都是清要官，所谓清要官就是处于官僚集团核心位置的五品以上官员，由于清要官平日里与皇帝、宰辅重臣接触比较多，易于升迁，所以"大臣不得荐子弟任馆阁职"，以避免任人唯亲。范仲淹提出的"抑侥幸"举措，也正对应宋仁宗最想解决的问题，但是这条建议直接触动了权贵们的利益，也是官员们最抵触，反对最强烈的。

第三条是"精贡举"。这是主要针对科举考试的一项改革措施。要求所有举子每年必须在学校出勤达到三百天以上（以往百日即可），这样便于了解掌握举子们平日里的品行和学业。把原来进士科只注重诗赋，改为重策论，重在"应世致用"；把明经科只要求死背儒家经书词句，改为要求阐述经书的意义和道理。考试要循名责实，不可仅凭一日文字之短长，考官可以结合举子平日学问、品行确定等级。

第四条是"择长官"。主要是慎选各路监司等地方长官。为了避免宦官或其他皇帝亲信假借皇帝名义干涉朝政，新政改革官员任免程序，官员升迁严格依照政绩，加强考察，奖励能员，罢免不才，做到公平公正。并主张由各级长官保荐下属，这样就杜绝了磨勘外的不公正的举荐，也避免了个别官员任人唯亲。范仲淹强调宰辅的集体负责和任免程序的公正，具有十分重要的现实意义。

第五条是"均公田"。大宋立国以后，开始恢复各级官员的职田，也就是"公田"，官员升迁或罢免后公田收回。宋仁宗天圣年间下诏罢天下职田，朝廷另拨钱粮作为俸禄补偿。但由于补偿不足，许多官员开始利用权力收取贿赂。所以，范仲淹建议朝廷均衡官员职田的收入，制订各级官员职田数额，"自此人有定制，士有定限"，这样可以督促官员廉洁从政，对于那些贪污受贿的坚决予以惩办或撤职。

第六条是"厚农桑"。奖励农耕是封建社会的基本国策，范仲淹建议，农民可以根据需要种田，政府要加强水利基本建设，提高各地的粮食产量。同时，加强农桑立法，奖励农桑，以农业的好坏作为考察官吏、黜陟官吏的重要依据，应该说"厚农桑"是应对"冗费"非常有效的措施。

第七条是"修武备"。宋代以募兵为主，军队分禁军、厢军和番兵三类。禁军是常备武装，训练有素，武器精良，平日屯聚京师四周，负责对外征战和内部平叛。从禁军淘汰下来的老弱士兵被充实到厢军继续服役，负责维护地方治安，担负官府的工程建设任务和衙门差事等。番兵则是居住边地的部落民兵，范仲淹建议把游牧部落的青壮年依照厢军的体制组织起来，用于边地守卫。"澶渊之盟"以后，国家承平日久，武备松弛，禁军缺乏训练，尤其是数十万军队屯居京师附近，浪费人力、物力。范仲淹在西北作战时，对西夏全民皆兵的做法十分认可，他认为唐代的府兵制继承了古代寓兵于农的传统，值得肯定和恢复。所以，他主张北宋也实行"三时务农，一时教战"的政策，这样可以省去专门养兵的费用。

第八条是"减徭役"。主要说的是要关心民间疾苦，减轻人民负担。北宋的赋税制度沿袭前朝，其扰民最重者应数徭役，以至于很多地方官逼民反。为了减轻徭役，范仲淹提出减少地方官署的数量，将一些人口少的县降格为镇，地方官衙和其他朝廷派驻衙门可以合署办公，以减少不必要的开支。同时，建议让厢军担任各个衙门的差役，让那些不该服役的农夫返乡耕种，以此来缓解农家的困顿。

第九条是"覃恩信"。重点强调的是朝廷信用问题。朝廷诏书赦令下达后,要加强贯彻落实,对拒不执行或阳奉阴违者,要绳之以法。范仲淹提出给各路转运使增加按察权力,对所属州县官员有监察之权,朝廷也要不定期地派监察御史或按察转运使到州县进行巡视,以确保政令畅通。

第十条是"重命令"。强调朝廷要谨慎发布命令,发布命令前必须详议,"删去繁冗",审定成熟后再颁布天下,防止朝令夕改。这也是范仲淹针对仁宗朝政令不一、反复无常的弊端提出的批评。

6

范仲淹的十条建议得到了宋仁宗的首肯,从庆历三年(公元 1043年)九月开始,一项又一项新政轰轰烈烈地从开封推向全国,动静虽然很大,但推进工作却是举步维艰。比如说"择长官",就是要审查地方长官,中央派出大员去审查地方长官,去挑他们的毛病,但地方上势力盘根错节、官官相护,困难可想而知。

一个好汉三个帮,范仲淹、富弼、韩琦等推行的新政,不仅得到了谏官王素、欧阳修、余靖、蔡襄等人的鼎力支持,同样也受到了一些忧国忧民正直之士的讴歌。宋代理学"泰山学派"的创始人石介对此特别赞赏:"此盛事也,歌颂吾职,其可已乎!"他还专门写下一篇《庆历盛德诗》,将范仲淹为首的革新派大大褒扬了一番。石介支持新政、赞誉新政也就罢了，可是他把夏竦等人捎带着贬损了一番，说他是大奸，这下彻底惹怒了蜗居在亳州的夏竦。

夏竦，字子乔，江州德安县（今江西德安）人，北宋时期著名政治家、文学家，世称夏文庄公。在范仲淹不得志时，夏竦见他是个难得的人才，在自己任陕西四路经略安抚招讨使时，保荐范仲淹任副使，使范仲淹与韩琦成为自己的左膀右臂。夏竦读了此诗之后，恨得咬牙切齿，有了生吞活剥石介的心思。其实，夏竦在西北戍边时也曾上疏宋仁宗，对冗兵、冗官现象提出过改革建议，他与范仲淹、富弼等人并非政见不合，而是纯粹出于权力之争。石介的《庆历圣德诗》一出，倒把夏竦推到了保守派的阵营，夏竦由此怀恨在心。后来石介因韩琦的推荐当上了集贤院学士，夏竦趁机向宋仁宗告状，称新派人士互相援引，结为朋党。

大臣结党，是宋仁宗最为提防和忌讳的，当年刘太后垂帘听政时，宋仁宗就在朝堂上目睹了寇准、丁谓两党你死我活的斗争。后来，刘太后在临终时还专门将一张关系图交付给他，这张图上清晰注明了朝中官员的姻亲、师友关系，嘱咐他要时刻提防朋党乱政。所以，在仁宗看来"防朋党如御外寇"。当年范仲淹被贬饶州任知州时，大臣余靖上疏替范仲淹辩解，也被以朋党的罪名贬官。之后，尹洙又站出来说："余靖与范仲淹相交时间不长，够不上朋党，我跟范仲淹的情义在师友之间，也应该连坐。"于是，宋仁宗毫不客气地将尹洙也贬黜。所以，对于朋党，宋仁宗处置起来从来都是毫不手软的。

随着新政的逐步实施，既得利益者与革新派之间的矛盾日益突出。因为恩荫减少，磨勘严格，原来那些怀有侥幸想法的人开始牢骚满腹，于是毁谤新政的言论逐渐增多，指责范仲淹等是"朋党"的议论也越来越盛。出于对权力的嫉妒，夏竦及其死党也兴风作浪，借机造谣，诬陷范仲淹、欧阳修等人结党营私，把持朝政。夏竦还要人模仿石介的笔迹给富弼写信，说革新派要另立新君。最后，石介被贬到濮州（今山东鄄城）任通判，在就任途中病逝。

这些议论传到宋仁宗耳朵里，让他很不爽。既得利益者攻击范仲淹等人是"朋党"，实际上是抓住了关键要害，充分利用了皇帝忌讳朋党专权的心理，借机打压革新派。此时，宦官蓝元震也煽风点火，给宋仁宗打小报告，举报范仲淹等人结党。宋仁宗虽然对于蓝元震的报告不完全相信，但他优柔寡断、生性多疑，眼见范仲淹等人身边确实聚集了一群志同道合者，言论上又授人以柄，这使得他不得不怀疑革新派的意图，以至于怀疑新政本身。

有一天，宋仁宗试探性地问范仲淹："自昔小人多为朋党，亦有君子之党乎？"其中，自然有警示的意味。但范仲淹对仁宗皇帝内心的疑虑和对朋党问题的严重性估计不足，他显然没有意识到宋仁宗的用意，毫不顾忌地解释道："臣在边时，见好战者自为党，而怯战者亦自为党。其在朝廷，邪正之党亦然，唯圣心所察尔。苟朋而为善，于国家何害也？"范仲淹用"人以群分、物以类聚"的比喻回答了仁宗的提问，这就进一步加深了宋仁宗对他的怀疑。

屋漏偏逢连夜雨。正当宋仁宗暗暗担心范仲淹是不是真的在拉帮结派，想要架空自己时，欧阳修居然激情澎湃地撰写了一篇《朋党论》，上疏陈情，进呈仁宗。欧阳修在文章中提出：朋党自古有之，人君应该分清是"君子之朋"，还是"小人之朋"。他把凡是支持改革的划为"君子之党"，把反对改革的划为"小人之党"，文章锋芒毕露。范仲淹和欧阳修的朋党言论没有打消宋仁宗的疑虑，在他看来朋党就是朋党，与小人之朋、君子之朋并没有太大关系，尤其是欧阳修这种"非黑即白"式言论，反而坐实了保守派的污蔑和宋仁宗的怀疑。看了这篇《朋党论》，宋仁宗再也坐不住了，他决定先下手为强。

面对宋仁宗的动摇，范仲淹主动上疏，声称西北边塞再次告急，请求外出巡边。在范仲淹看来，此举无疑是以退为进，他想试探一下宋仁宗的真实想法——宋仁宗如果真的想把新政推行下去，那么势必会挽留他；如果不挽留，那就说明宋仁宗心中确实是对他有了"想法"。结果宋仁宗"爽快"地批准了他的请求，任命他为陕西、河东宣抚使，仍然保留参知政事的头衔。不久，同样作为改革派中坚力量的富弼，也被外放为河北宣抚使，也保留了枢密副使的官职。轰轰烈烈历时一年多的"庆历新政"，就这样被欧阳修一篇文章终结了。

庆历五年（公元 1045 年）正月，反对新政的声音愈加激烈，范仲淹又请求出任邠州知州，宋仁宗准奏。此时范仲淹心中的苍凉胜过边塞的寒冷，这一年十一月，因为身体原因，范仲淹再次上表请求出任邓州知州，得到了批准，从此告别了争权夺利的朝堂生涯。从庆历三年（公元 1043 年）八月，到庆历五年（公元 1045 年）正月，以范仲淹被外放陕西为标志，历时仅十四个月的"庆历新政"最终宣告无果而终。

当上帝关了一扇门，一定会为你打开一扇窗。这句话在欧阳修和范仲淹两人的身上也是应验的。庆历五年（公元 1045 年），欧阳修被贬滁州，因为新政遇挫而心灰意冷的他，自认为政治抱负难以实现，于是写下传世名篇《醉翁亭记》，寄情山水的背后隐藏着难言的苦衷，三十九岁的欧阳修自号"醉翁"以自嘲。庆历六年（公元 1046 年）正月，五十八岁的范仲淹由"处庙堂之高"的参知政事贬任"处江湖之远"的邓州知州。范仲淹抵达任所邓州，重修览秀亭、构筑春风阁、营造百花洲，并设立花洲书院，闲暇之余到书院讲学，使邓州文运大振。这一年九月，范仲淹应至交好友岳州知州滕子京之请，为重修岳阳楼而创作了《岳阳楼记》。文章通过描写岳阳楼的景色，以及阴雨和晴朗时带给人的不同感受，充分体现了范仲淹"不以物喜，不以己悲"的处事态度及豁达胸襟，表达了他"先天下之忧而忧，后天下之乐而乐"的爱国爱民情怀。

滚滚长江东逝水，浪花淘尽英雄。穿越时光隧道，我们仿佛又看到那位胸怀满腔报国之志，被保守派撞得头破血流仍不低头的白发老人，在他主导的"庆历新政"昙花一现时，心情激荡，大笔一挥，笔意潇洒，写下了："庆历四年春，滕子京谪守巴陵郡。越明年，政通人和，百废俱兴。"为一个时代画上了一个句号。同时，"政通人和，百废俱兴"，也成为他"庆历新政"永远残缺的一个梦想。新政梦残空遗恨，从此范公归凡尘。此时距离北宋立国刚好八十六年，而让人没有想到的是，距离北宋王朝的覆灭，居然也只有八十一年。

事如春梦
了无痕

|

"八月十八潮，壮观天下无。鲲鹏水击三千里，组练长驱十万夫。"

这是九百五十多年前，熙宁四年（公元1071年）的一个秋天，阳光明亮灼人，三十五岁的苏轼第一次伫立在钱塘江畔，吟出这首脍炙人口的赞美钱塘江大潮的诗篇，可谓语言豪放，气势磅礴，意境深远。

鲲鹏，是中国古代传说中奇大无比的神兽。战国时期，哲学家、文学家庄周在《庄子·逍遥游》里说，"鲲"是一种大鱼，生活在北方的大海里，可化为鹏鸟。"鹏"是一种大鸟，双翼如同遮天蔽日的云。

"鲲"变化成"鹏"而后迁往南方。苏轼正是借助"鲲鹏"之说，来描写钱塘江大潮的壮观。诗作的大意是说，农历八月十八日钱塘江潮水最大，也是天下最壮观的，此时的钱塘江大潮就像传说中鹏鸟的翅膀拍击在水面上，激起三千里波涛；像十万个人不停地向前奔跑，浩浩荡荡，形成一条巨大的白练。

以心观物，以物观心。我们每个人心中都有一条奔腾的江河，任何艰难险阻，都阻挡不住前行的脚步。由诗不难看出苏轼澎湃的心潮，那个初秋，苏轼既是在观潮，也是在观照自己的内心。与其说他用鲲鹏来形容气势如虹的钱塘江大潮，倒不如说是在抒发自己心中壮志未酬的情怀。他这条来自北宋朝堂的"鲲"，虽然到了南方，却依旧无法舒展忠君报国的"羽翼"，更不知何年何月才能实现自己的"鲲鹏"之志。

江风徐来，轻柔拂面，衣袂飘飘。苏轼静静遥望着钱塘江大潮奔涌而来的方向，轰鸣之声不绝于耳，虽然暂时陶醉于眼前壮观美景里，可官场被贬的落寞，忠诚反被误解的委屈，以及背井离乡的孤独，这些都如同一根根芒刺，不时刺痛着他，使他内心久久难以平静。苏轼回想起自己从出仕起就立下的忠诚朝廷至死不渝的誓言，如同眼前汹涌澎湃的钱塘江大潮一样雄壮，任何时候、任何困难前都不曾动摇过，可这些又有谁能懂呢？而今，经历被贬劫难，又身处距京师千里之遥的江南杭州，他发现自己的内心仍无时无刻不在牵挂着那个让他爱得疯狂却早已千疮百孔、满目疮痍的大宋王朝。这既是一种深入骨髓的爱，也是一种至死不渝的忠。

滚滚钱江潮，势不可挡，但终究还是被接踵而来的后浪拍在江岸上，如同朝堂上变化着的一切。而今，千年已过，时过境迁，苏轼当年即兴吟唱的《催试官考较戏作》，不仅让后人记住了"八月十八潮，壮观天下无"的壮美景象，更是让人们记住了毓秀江南杭州和当年那位才华横溢的苏通判。

2

远处，江帆点点，时隐时现。潮水裹挟而来的凉爽江风，拂过苏轼的脸颊，此刻他的头脑似乎比之前清醒了许多，朝堂上的往事历历在目，一幕幕浮现在眼前，而且越来越清晰，一切仿佛就发生在昨天。

苏轼想起了父亲苏洵，想起了父亲从小就经常对他讲起的那番话：之所以给他起"轼"这个名字，就是希望豁达率真的他能像车前扶手一样，默默奉献，扶危救困。如果用现在时髦的话讲，就是功成不必在我，功成必定有我。苏洵"二十七，始发奋"，发奋虽晚，却很用功，学识和品行始终影响着儿子苏轼。嘉祐元年（公元 1056 年），苏洵带着儿子苏轼、苏辙，从偏僻的故乡四川眉山启程，沿江东下，赴京参加一场改变命运的朝廷科举考试。这一年，苏轼才二十岁，但报效朝廷的种子已深深根植于他的内心，苏轼心甘情愿做君王的车前扶手，为他所称颂的朝廷保驾护航。京城初试，苏轼声名大噪。三年京察，入第三等，为百年第一，授大理评事、签书凤翔府判官。后因母亲病故离京，四年后还朝，任判登闻鼓院。公元 1066 年，父亲苏洵病逝，苏轼和弟弟苏辙扶柩还乡，守孝三年。居丧期满还朝时，震动朝野的王安石变法正在如火如荼地进行，苏轼的许多师友因与王安石政见不合被迫离京，他自然而然也难逃厄运，为此自求外放，千里赴任杭州通判。在经历了朝野风云变幻和父亲亡故之痛后，苏轼变得越来越成熟，可是朝堂再也不是他二十岁时所见的"平和世界"了。

父亲苏洵走了，但苏轼始终未曾忘记他老人家"当车前扶手"的叮嘱，心中念念不忘高高在上的那位自己可以为之牺牲身家性命的大宋皇帝——宋神宗。在他眼里，这是一位值得自己敬仰和一生追随的君王，有抱负、有作为，最关键的是宋神宗心里始终揣着一个再造"汉唐盛世"的梦想。在苏轼看来，用精通富国强兵之术来形容自己所敬仰的这位皇帝是最合适不过的了。可最后苏轼还是没有想明白，就是这样一位可亲、可敬，又有雄心大志的君王，为什么会屈服于守旧势力，摇摆于新旧两党之间？这是他一生都没有解开的心结。

由君及臣，苏轼自然也想起了那位令他既敬又恨的同僚——王安石。王安石力推变法，排除异己，震动朝野。同时，苏轼也痛恨自己骨子里改不掉的清冷与孤傲，他完全可以像有些同僚那样，只要稍微向权贵们低低头，就能青云直上。但是，他没有，也做不到。苏轼认为："流而不返者，水也。不以时迁者，松柏也。"面对贪腐盛行、买官卖官蔚然成风的大宋，苏轼眼里揉不进半粒沙子，这是娘胎里带来的，也是父亲留在他血脉里值得他一生骄傲的品质，是苏家人做人的底线和原则。他宁做流而不返的水和不以时迁的松柏，也不愿奴颜婢膝向腐败势力低头。苏轼知道，这位称得上亦师亦友的王安石，推行变法的初衷是好的，可结果却事与愿违。面对这样一个无官不贪的官场，清正廉洁的苏轼自然是坐不住的，他选择了战斗和抗争，不管贪官是谁，哪怕是皇亲权贵，他都敢于与之叫板。

清高与低俗，豁达与阴郁，风流与冷酷，命运注定了苏轼一生要在官场上沉浮。

3

京华一梦，过往云烟。

远离是非，又何尝不是乐事？苏轼长长叹了口气，八月十五中秋节刚过，在这个亲人团聚的特殊日子里，他却远离京华，再加上事业的不顺，心头隐隐掠过一丝忧郁，开始思念起九泉之下的父母，忆起故乡蜀地眉山郁郁葱葱的翠竹，想起诗友雅聚抚琴、载歌载舞的场景。苏轼从前次告别故乡，到这次杭州赴任，一晃又有三年有余。父亲苏洵病逝后，按照故乡习俗，苏轼和弟弟苏辙扶柩，跋山涉水回到故乡四川眉山，为父守孝三年。那时苏轼虽身在乡野，却心系朝堂。居丧期满，他又回到魂牵梦萦的朝廷，这已是熙宁元年（公元1068年）的腊月。

这一天，苏轼起了个大早，细心收拾起包裹行囊，心里却有些惴惴不安，这次离乡，又不知何年才是归期。苏轼轻轻推开房门，白茫茫的浓雾向他扑来，好像舍不得他离去似的。踩着还未苏醒的露珠，手提供品香烛，他向房舍后面不远处的竹林走去，那里长眠着他的父母。苏轼如父母在世时一样，每次远行之前，都要恭恭敬敬向父母请安道别，只不过这次的方式与以往大不相同，甚至有些凄凉，一抔黄土让他和父母阴阳相隔。父亲一生好竹，尤爱竹子清高脱俗的品格，这也是苏轼将老人葬于竹林深处的主要原因。翠竹相伴，枝叶摇曳，微风轻拂，婆娑耳语，相信九泉下的父亲有这些翠竹相伴，不会再寂寞。

　　随着浓雾渐渐散去，一切准备就绪，本想低调出行的苏轼，走出房舍却被眼前的场景惊呆了，院门外、小径旁、竹林里，满是送行的亲朋好友，场面之盛大让他始料不及，或许是亲友们早已预料到这可能是苏轼一次没有归期的远行……竹林摇曳，抚琴吹箫，举杯畅饮，悠扬的古琴声飘荡在竹林上空，淋漓尽致地渲染着苏轼的离愁别绪。眉山自古多竹，苏轼在眉山生活了二十五年，可以说是在翠竹林里长大的，竹的谦卑，竹的向上，始终影响着他，陶冶着他，锤炼着他青竹般高洁的品德。苏轼对竹子的挚爱，可以用"可使食无肉，不可居无竹"来形容，这一点与父亲苏洵极像。苏轼被贬杭州后，爱上的不仅仅是这里的灵秀江湖，还有能带给他思乡慰藉的江南茂林修竹。

　　就这样，苏轼沐浴着故乡竹林的晨光，又一次开始了他的人生旅行，不知归期，却知方向，他像飞蛾扑火般向前飞奔，不惜粉身碎骨，也要拥抱腐朽的大宋王朝。

4

　　"居杭积五岁，自意本杭人。"

　　苏轼两度赴杭州为官，在他心里，早已把杭州看作自己的第二故乡，因为这里有他深爱着的一切和诗意行走的灵魂。"未成小隐聊中隐，可得长闲胜暂闲。我本无家更安往，故乡无此好湖山。"苏轼初到杭州就写下这样的诗句。

历史留给后人的不光是回味，更重要的是会在不经意间创造出难以估量的宝贵财富，苏轼与杭州结缘亦是如此。初到杭州，苏轼就被"人间天堂"的清风明月、江湖美景所吸引，仿佛命中注定他将在这座承载大宋王朝后半生的江南城市居住。江南的灵秀山水，滋养着苏轼的诗意情怀和未酬壮志，并赋予他无限的创作灵感。他以文人大家的独特视角为这座城市讴歌，用自己多彩多姿的诗笔，尽情歌颂和描绘美丽的西湖风光。苏轼在杭州写下了三百多首诗，其中歌咏西湖的诗就有一百六十首。苏轼当初作诗的本意是为排解心中不得志的抑郁，却不承想为这座"世界最美丽的华贵之城"留下了历代传诵的文化瑰宝，传唱近千年。在这里，他的心灵得到了抚慰；在这里，他的爱情和欢乐与湖山江海紧紧联结在一起。可以说，西湖的曼妙风光，非苏轼的诗才不足以言其妙；苏轼的诗才，非遇西湖的曼妙风光不足以尽其能。

苏轼二十多岁出仕，一生仕途坎坷，几遭贬谪，辗转多地，直至老死，未曾在一个地方居住五年以上，而他却先后两次任职杭州，累时五年。元祐四年（公元1089年），苏轼因其强烈的名士本色，坦直无畏的言论，而在朋党之争中"四遭毁谤"，而后他主动向朝廷请求外放，再次来到杭州，出任杭州太守直至元祐六年（公元1091年）。这次他不仅仅流连于杭州的秀美山水，更是躬身为民行德政。他赈灾济民，用修葺官舍的钱买米赈济，奏请朝廷减轻本路赋税，免除积欠，加大常平仓米的购入，以备饥荒；他治病救人，带头捐出五十两黄金，组织开办了中国历史上第一家公立医院"安乐坊",亲率医生分坊治病,累计治愈千余人;他疏浚西湖,亲手制订疏浚方案,组织疏浚工程,筑成防洪长堤,被后人称为"苏公堤";他开浚运河,带领群众疏浚茅山、盐桥二河,构筑堰闸和水沟,自此潮不入市,河道不淤,舟楫常行。说杭州人文历史,就不能不说苏轼;品钱塘之风雅,东坡自然也在首位。杭州赢得了他的青睐,他也赢得了杭州人民的爱戴,至今杭州仍有苏东坡纪念馆、东坡路等以其名字命名的地方。

"语此长太息,我生如飞蓬。"多舛的命运,漂泊的人生,正如苏轼写的这句诗一样,他从杭州赴任开始,就像是一只翱翔在大海上空的海燕,拼命搏击着封建王朝政治的暴风骤雨,历经宦海沉浮,辗转天南海北,最后客死他乡。"人似秋鸿来有信,事如春梦了无痕。"虽说苏轼一生跌宕如梦,但是从他留给后人的诗词中,我们依然能够感受到他对江南美景和世间温情的魂牵梦萦。

欲将血泪

寄山河

|

　　玉润珠圆文苑长兴易安体，山明水秀词魂永客武林春。

　　杭州柳浪闻莺公园内，一片高大挺拔的水杉簇拥着一座简朴的四方亭——"清照亭"，这是杭州人民为纪念八百多年前那位曾经在杭州居住了二十多年，中国词坛上最杰出的女词人李清照而修建的。"清照亭"建于 2002 年，是一座四柱四方单檐歇山顶玲珑仿木亭。亭子临近小池，茅草覆顶，简朴古雅，与它前面的竹篱笆，后侧一半围墙，以及周围杉林小溪相映成趣，成为公园内一道悠然小景。亭子圆柱上雕刻着书法名家撰写的楹联:"清高才女,流离词客;照灼文坛,点染湖风。"上下两联首字相接正好是"清照",联语字字珠玑,概括了李清照的经历、创作,以及她与一座城、一个湖的不解之缘。

深秋的阳光干净明亮,透过水杉的稀疏枝叶,洒落在亭子周围,像是耀眼的金色花瓣。亭旁溪水潺潺,倒映着高耸的水杉和四方亭。清晨的公园坐拥着这片湖山好景色,除了附近早起晨练的市民和穿越朝阳的清脆鸟鸣,一切都是静谧的,似乎能够让人听到时光深处"千古第一才女"欲将血泪寄山河的婉约吟诵。

李清照,号易安居士,齐州章丘县明水镇(今属山东济南)人,被誉为中国词坛上最杰出的女词人,素有"千古第一才女"之称。李清照文风清丽婉转,是宋代婉约派的代表人物,被后人称为"婉约词宗"。在中国文学史的殿堂里,李清照不仅是最有文学成就的女性,也是人生际遇最为坎坷的女性,从名门闺秀到漂泊无依,从与丈夫琴瑟和鸣到孤独终老,她的前半生与后半生境遇可谓天壤之别。

北宋元丰七年(公元1084年),李清照出生在齐州章丘的一个诗书世家,其父李格非是北宋熙宁年间进士,在朝中任礼部员外郎。李格非还有一个身份——北宋文学家,曾拜于大文豪苏东坡门下,与廖正一、李禧、董荣并称为"苏门后四学士"。李清照的母亲王氏,能诗善文,也是远近闻名的才女。官宦家庭,诗书传家,出生在这样一个门第,李清照自幼便受到优良家风和诗书文化的熏陶,具备良好的文化修养,她不光博览群书,诗词书画也是样样精通。

李清照少年时就能吟诗作词,随父母寓居汴京(今河南开封)后,更常有惊人之句,曾写下脍炙人口的《如梦令·常记溪亭日暮》:"常记溪亭日暮，沉醉不知归路。兴尽晚回舟，误入藕花深处。争渡，争渡，惊起一滩鸥鹭。"这首小令寥寥数语，似乎是随意而出，却又饱含深意，流传甚广，让人拍手称赞。这首词开头两句写沉醉兴奋之情，接着又写"兴尽"归家，"误入"荷塘深处，发现别有天地，最后一句更是纯洁天真，言尽而意不尽。整首词语句清丽雅致，活泼俏皮，生动有趣，风格独树一帜，令人耳目一新，真实描绘了李清照天真烂漫、无忧无虑的少女年华，既写出了少女轻松活泼的心情，惬意快活的生活状态，也映衬出李清照"学诗漫有惊人句"的才情。李清照由此诗名远播，成为京城著名才女。

建中靖国元年（公元1101年），十八岁的李清照，嫁给了大她三岁、同样出身士大夫家庭的赵明诚。赵明诚虽然在诗词方面不及李清照，但是他喜欢收集金石书画，在当时名气也很大，正好李清照对金石书画也很感兴趣，所以两人情投意合，伉俪情深，生活甜蜜。而此时二十一岁的赵明诚正在太学读书，与新婚妻子聚少离多，独守家中的李清照不免心生闲愁，常常写词寄给赵明诚，诉说相思之情。这时的李清照虽然写愁，但主要还是等待丈夫的归家之愁，淡淡忧愁中夹杂着丝丝甜蜜。对于李清照而言，如果能这样度过一生，该是多么的幸福，只可惜政治风云变幻莫测，天不由人，一场突如其来的政治灾难，打破了她平静的生活。

崇宁元年（公元1102年）七月，李清照的父亲李格非被列入元祐党人，罢官还乡，李清照也受到牵连，不得留京。因此，李清照与赵明诚这对原本恩爱的夫妻，被迫卷入了这场政治斗争的旋涡之中，不得不面对被拆散的残酷现实。看着偌大的汴京，如今却没有自己的立锥之地，李清照不禁感慨万分，她不得不与赵明诚分离，只身离京回到原籍，于是便有了那首《一剪梅·红藕香残玉簟秋》："红藕香残玉簟秋，轻解罗裳，独上兰舟。云中谁寄锦书来？雁字回时，月满西楼。　花自飘零水自流，一种相思，两处闲愁。此情无计可消除，才下眉头，却上心头。"词中寄寓着她与丈夫赵明诚的别离深情。

两年之后，当李清照与赵明诚再次团聚时，赵家也不幸遭遇政治上的灭顶之灾，赵明诚还遭到蔡京诬陷，被夺去官爵。然祸不单行，李清照和赵明诚二人的父亲又先后去世，两家的社会地位和生活境遇跌至冰点。

2

大观元年（公元 1107 年）秋，赵明诚带着李清照回到青州私第，开始了屏居乡里的生活，虽然生活十分艰苦，但是文人心里从不缺少浪漫的情愫。

第二年，二十五岁的李清照，将自己的居室起名为"归来堂"。"归来"二字，源自陶渊明的《归去来兮辞》。不仅如此，李清照还取赋中"倚南窗以寄傲，审容膝之易安"之句的雅意，自号"易安居士"。她与丈夫赵明诚虽然失去了昔日京师的优渥生活，却得到了居于乡里平静安宁的无限乐趣，两人度过了一段平生少有的和美岁月。

青州为古九州之首，是古齐国的心腹之地，人文资源积淀深厚，地域文化特色鲜明，被誉为古老的文物之邦。这里丰碑巨碣，多有所在，三代古器，时有出土。李清照与丈夫相濡以沫，赵明诚酷爱金石研究，李清照对他也非常理解和支持。就这样，夫妻二人屏居青州十三年，以收集金石书画、研讨诗文创作为乐，有时为了收集字画、书帖、古器等，不惜倾其所有。李清照平日荆钗布裙，千方百计地节省开支，将省下的钱财用来支持丈夫的金石考据事业。久而久之，李清照也对金石考据产生了浓厚兴趣，她与赵明诚一道搜求古文奇字，共同鉴赏、校勘，倒也乐在其中。在《金石录后序》中，李清照对此做了较为详尽的叙述："后屏居乡里十年，仰取俯拾，衣食有余。连守两郡，竭其俸入，以事铅椠。每获一书，即同共勘校，整集签题。得书画、彝鼎，亦摩玩舒卷，指摘疵病，夜尽一烛为率。故能纸札精致，字画完整，冠诸收书家。"宣和年间，赵明诚先后出任莱州、淄州知州，李清照先居青州，后随夫就任，其间虽有悲欢离合，但生活大体安定。

李清照真正的苦难还是源于"靖康之变"，兵连祸结使她开始了江南流离生涯。公元1127年，对于四十四岁的李清照来讲，是个刻骨铭心的多事之秋。这一年三月，按照北宋纪元应是宋钦宗靖康二年，金兵大举南侵，俘获宋徽宗、钦宗父子北去，史称"靖康之变"。国家的沦丧，对于同是文人的李清照夫妇来说，不仅是赵宋王朝历史上不堪回首的一页，也代表着他们一个理想时代的破灭。

国将不国，家又连祸。赵明诚的母亲在江宁（今江苏南京）病故，赵明诚南下奔丧。北方局势愈来愈紧张，南下已成定局，此时李清照考虑最多的就是她与丈夫耗费十几年心血收集的书籍文物，无论如何都要保护好，决不能落入金人之手。《金石录后序》记载："建炎丁未春三月，奔太夫人丧南来，既长物不能尽载，乃先去书之重大印本者，又去画之多幅者，又去古器之无款识者。后又去书之监本者，画之平常者，器之重大者。凡屡减去，尚载书十五车。至东海，连舻渡淮，又渡江，至建康。青州故第尚锁书册什物，用屋十余间，期明年春，再具舟载之。"经过多年的努力和付出，李清照和丈夫收集的书籍文物数量十分惊人。北方山河破碎，故国沦陷，她要把这些贵重文物运往南方，但是因为数量太庞大，想全部运走是不可能的，必须有所取舍。于是，先舍弃书籍中过重过大的刻印本，又舍弃多幅连轴的画，继而舍弃没有落款和标识的古器，再舍弃国子监印行的刻本，最后舍弃平常的字画。即使这样取舍过，选出来要带走的文物还是有十五车之多，留下来带不走的文物也装满了十几间房子。

就这样，赵明诚先行奔丧，李清照一个文弱女子开始押运着十五车文物南下。她先到东海（今江苏连云港），过淮水，再过长江。这一路山高水长，不知有多少艰难困苦在前方等待。当李清照行至镇江时，正遇上张遇攻陷镇江府，镇江守臣钱伯言弃城而去。在这兵荒马乱中，她靠大智大勇将这批稀世之宝保护了下来，最后历尽艰险抵达江宁时，已是第二年（公元1128年）的春天。只可惜在李清照离开青州不久，青州就发生了兵变，她的私第毁于兵祸，没有运走的那十几间房子的文物被焚烧殆尽。

正当李清照忙于转运保护文物之时，公元1127年五月初一，康王赵构于南京应天府（今河南商丘）即位称帝，改元建炎，是为宋高宗，南宋由此在逃亡中拉开帷幕。三个月后，李清照的丈夫赵明诚奉命任江宁知府兼江东经制副使。建炎三年（公元1129年）二月，朝廷又一纸命令将赵明诚调往湖州任太守，而这次还未等到赵明诚赴任，随着调令而来的还有一场酝酿已久的叛乱。江宁御营指挥官王亦计划起兵造反，部下将此事汇报给赵明诚，谁知赵明诚却以调令在手不便主持大局为由，根本没有当回事。部下见知府不作为，就自行其是。当夜，王亦果然起兵叛乱，结果被已经有所准备的部下击败。天亮之后，当大家去给赵明诚汇报胜利的消息时，却发现人不见了。原来晚上叛乱之时，赵明诚在危急关头独自一人逃走了。因为"缒城宵遁"这件事，赵明诚调任湖州太守的事自然也就打了水漂。

3

赵明诚临阵脱逃被革职，这让李清照羞愧难当，尽管两人并无争吵，但是夫妻间往日和谐的气氛却一去不复返。不久之后，赵明诚再次被朝廷起用，依旧是去湖州赴任，说是赴任，实为逃亡。夫妻二人一路相对无语，气氛十分尴尬，途中路过芜湖天门山，在和县乌江镇游览项羽庙时，李清照站在当年西楚霸王项羽自杀的地方，再次想起了丈夫"缒城宵遁"的丑事，悲愤之情一时涌上心头，随口就吟出了那首《夏日绝句》："生当作人杰，死亦为鬼雄。至今思项羽，不肯过江东。"这首五言绝句起调高亢，遣词犀利，直抒胸臆，鲜明地提出了人生的价值取向：人活着就要做人中的豪杰，为国家建功立业；死也要为国捐躯，成为鬼中的英雄。爱国激情溢于言表，在当时确有振聋发聩的效果。

分崩离析的北宋一去不复返，偏安一隅的南宋王朝中又何止一个赵明诚苟且偷生。昏君执政，佞臣当道，外难御敌，内难安邦，整个南宋朝廷内忧外患，哀鸿遍野。

国家不幸诗家幸，赋到沧桑句便工。李清照历经几十年的风雨沧桑，眼看着故国山河破碎、满目疮痍，黎民百姓饱受倒悬之苦，唯恨自己不是男儿身，不能驰骋疆场马革裹尸，但是她把一腔报国之心流于笔下，词风一扫旧时闺阁之气。《夏日绝句》一出就震惊朝野，在当时复杂的政治状态下，无疑也是对主和派最好的讥讽与棒喝，讽刺了南宋统治者不管百姓死活，只顾自己逃亡，抛弃中原河山，但求苟且偷生，鞭挞了南宋当权派的无耻行径，借古讽今，正气凛然。藏于心底的苦闷与寥落点点行行散落笔下，全诗仅二十个字，连用了三个典故，却毫无堆砌之弊，因为这都是诗人的心声。当时，站在李清照身边的赵明诚听后羞愧难当，从此便郁郁寡欢，一蹶不振，不久疾病复发。建炎三年（公元 1129 年）八月十八日，赵明诚在赴任途中病死于建康。李清照在《金石录后序》中这样写道："八月十八日，遂不起。取笔作诗，绝笔而终。"

物是人非事事休。赵明诚死后，李清照怀着无比悲痛的心情为他营葬，后因身体不支，一病不起。病榻之上，她艰难痛苦地为赵明诚写下祭文："白日正中，叹庞翁之机捷；坚城自堕，怜杞妇之悲深。"一段持续了二十八年的姻缘就此落下帷幕。失去故国和家园，李清照原本美好的生活迅速转向暗淡，"沉醉不知归路"的日子一去不复返，陪伴她的只有无限愁苦。

红尘陌上，相知携行。世上哪里有天长地久，哪里又有来日方长！

"若教眼底无离恨，不信人间有白头。"半年之后，李清照写下《孤雁儿》，寄托了她对病故爱侣赵明诚的深挚感情和无限哀思："藤床纸帐朝眠起，说不尽、无佳思。沈香断续玉炉寒，伴我情怀如水。笛里三弄，梅心惊破，多少春情意。　　小风疏雨潇潇地，又催下、千行泪。吹箫人去玉楼空，肠断与谁同倚？一枝折得，人间天上，没个人堪寄。"

李清照病情稍好转后，支撑她活下去的信念就是保护好那些书籍文物，完成丈夫赵明诚未竟的心愿，写完那本汇聚夫妇二人考据成果的《金石录》。李清照决定乘船赶往池阳，那里有她千辛万苦运来的大批书籍文物——两万多卷古籍，两千多卷碑刻金石的拓本、摹本等，这是她和赵明诚的毕生心血。之后，李清照又将这些书籍文物由池阳运往洪州（今江西南昌），因为赵明诚的妹夫、兵部侍郎李擢正在那里护卫逃到此地的隆佑皇太后。李清照认为李擢握有兵权，有能力保护好这些文物。没想到的是，她刚把东西运到洪州不久，这年十二月，金军就攻陷了洪州，李擢保护着隆佑皇太后逃往黔州，结果这批运往洪州的书籍文物绝大部分毁于战火。

建炎三年（公元 1129 年）冬，李清照冒着凄风苦雨带着所剩无几的书籍文物离开洪州，循着宋高宗逃亡的路线一路南行。此时，她本可以找个安稳的地方居住下来，之所以义无反顾、颠沛流离地追随朝廷南逃，原因不外乎两个。一是想与弟弟李远相聚，弟弟已是她在世上的唯一亲人了。李远在朝廷担任敕令局的删定官，虽然官职不高，但始终跟随在宋高宗身边，也算是皇帝的近臣。另外一个更重要的原因，就是赵明诚去世后，市井传言他曾给金人献宝，说赵明诚生前将一把玉壶献给了金人，这可是卖国之罪啊！况且赵明诚还有"缒城宵遁"的前科。为此，李清照非常恐惧不安，她要为丈夫证明清白，欲将自己所存文物尽数献给朝廷。于是，这才历尽千难万险带着文物一路追献。

这世界上，多的是你发达时的趋炎附势，遭难时的落井下石，少的是困苦中的雪中送炭。关于赵明诚"献宝"一事，李清照在《金石录后序》中专门有详细记载。原来当初赵明诚在建康病重时，有人曾带来一把所谓的"玉壶"请他鉴定，实际上根本不是玉壶，而是由珉石制作而成的。由于赵明诚病重，李清照闭门谢客，那人即带着"玉壶"告辞而去，故"颁金"之说，纯粹是别有用心之人的诬陷。

建炎四年（公元 1130 年）春，李清照追随帝踪流徙浙东一带。"到台，守已遁。之剡出陆，又弃衣被走黄岩，雇舟入海，奔行朝，时驻跸章安，从御舟海道之温，又之越。"前面是仓皇逃亡的南宋朝廷，后面是拼着身家性命追随献宝的羸弱女子，这就是建炎四年发生在浙江大地上的苍凉悲壮一幕。但是，李清照最终还是没能追赶上顾自逃命的皇帝，她进献文物的愿望终究没有实现，心中无限失望。

4

绍兴元年（公元 1131 年）三月，李清照到达越州（今浙江绍兴），居住在一户姓钟的百姓家。一天晚上，墙壁被贼人挖开了洞，她视作性命的书籍文物被盗去大半。至此，李清照当初堆满十几间房子、装满十五辆车子的珍贵文物，经过青州、洪州、剡州战火，越州被盗，沿途流离，已所剩无几。

绍兴二年（公元 1132 年）春天，经过数载的流离逃亡，李清照在弟弟李迒的帮助下，终于抵达临安（今浙江杭州）。书籍文物散失殆尽造成的巨大痛苦，颠沛流离逃亡生活给予的无情折磨，使她陷入百般伤痛和走投无路的绝境。虽然暂时结束漂泊流浪，有了稳定居所，但国破家亡的苦痛，惊恐流离的动荡，已使原来那个雍容优雅的李清照变得饱经风霜、憔悴不堪了，清扬婉兮的红颜终究在萧瑟寒风中变成了随风颤抖的黄叶！

在杭州，历经国破家亡的李清照，身体状况越来越差。而这个时候，一个最不该出现的人出现了，他就是张汝舟。张汝舟，归安（今浙江湖州）人，早年为池阳军中小吏，后为右承务郎、监诸军审计司官吏。张汝舟以鉴别字画为由，对李清照可谓百般殷勤、关怀备至，更有说不尽的甜言蜜语。饱受离乱之苦的李清照早已心力交瘁，在无助之际，突然有一个人对她万分呵护，使她慢慢放下了心里的抵触与戒心，想想自己无儿女可依靠，终究也难免晚景凄凉。就这样，四十九岁的李清照禁不住张汝舟的甜言蜜语，便嫁给了他。煞费苦心的张汝舟与其说是求婚，倒不如说是骗婚，为了达到目的，他花言巧语，给李清照虚构了一个美好的生活蓝图，终于骗取了李清照的信任。让李清照万万没有想到的是，张汝舟觊觎的是她所搜集的金石文物，一心想"人物俱占"。

所有带有目的性的情感，都经不起时间的推敲。婚后，李清照很快就发现张汝舟品性不端，看清张汝舟想要照顾的不是她，而是她珍藏的古董字画。有一次，张汝舟酒后让李清照把古董字画拿出来品鉴，视这些文物如生命的李清照断然拒绝，结果张汝舟恼羞成怒，对她大打出手。

平淡的生活是最好的照妖镜，无论伪装得多完美，在生活的魔镜下终将原形毕露。李清照怎么也想不到当初那个温文尔雅，满嘴天长地久、海誓山盟的人，脸一抹就像换了一个人似的，这样的转变让她心神战栗。李清照在与友人的书信中写道："猥以桑榆之晚景，配兹驵侩之下材。"驵侩，原指马匹交易的经纪人，后泛指经纪人、市侩。驵侩在交易时是靠摸对方的手报价的，即便是在众目睽睽之下也没有人能知道他们之间真正的成交价格。李清照借此比喻张汝舟隐藏之深。

李清照决定结束这段噩梦般的婚姻。如果只以家暴上告，在当时男尊女卑的社会中很难成功，她知道张汝舟早前参加科举考试时有作弊行为，这在当时是大逆不道的事，于是李清照便以欺世盗名之罪把张汝舟告上公堂。大宋律法规定，状告自己的家人是要坐牢的，李清照宁可玉石俱焚，也不肯再与张汝舟这样的卑劣小人一起生活下去。世间有无缘无故的爱，绝没有无缘无故的恨。李清照与赵明诚一起生活了二十八年，甘苦不弃，相亲相爱，可谓神仙眷侣。而她与张汝舟无论人生境界还是品质性格都有云泥之别，更何况张汝舟是怀着不可告人的目的接近她的。李清照一旦看透这些，就再无将就之意。

李清照有异于常人的才华，也有异于常人的勇气，她鄙视张汝舟的粗俗不堪，坚决了却这段仅维持百天的婚姻。最终张汝舟被削去官职，流放外地。但是按照当时的律法，李清照也要入狱两年，幸有友人相助，只坐了九天的牢，便获得自由。尽管李清照经历了一场所托非人、离异入狱的灾难，但是她的意志并未消沉，诗词创作的热情更趋高涨。

如果说改嫁之痛是李清照晚年的一个悲剧，那么国仇家恨则是伴随她后半生的一块心病。在南方漂泊的日子里，李清照一刻也没有忘记故土，没有停息忧国忧民之心，她很快从个人痛苦中解脱出来，把目光投向国家大事。绍兴三年（公元 1133 年）五月，宋高宗突发奇想，决定派同签书枢密院事韩肖胄和工部尚书胡松年赴金看望徽宗、钦宗，并与金国商讨议和事宜。关心国事的李清照了解到此事后，心潮澎湃，满怀豪情，提笔写下一首长诗赞颂韩肖胄的义举。其中"欲将血泪寄山河，去洒东山一抔土"一句尤为感人肺腑，表达了她反抗侵略、收复失地的强烈愿望，充满了怀念故国的情怀。

5

第二年，金兵南犯，宋高宗再次弃都而逃，李清照也流亡到金华避难。皇帝的软弱、朝廷的无能，使李清照心灰意冷，愁容满面。当友人请她去双溪泛舟时，她惆怅满怀地写下了千古传唱的《武陵春》："只恐双溪舴艋舟，载不动许多愁。"绍兴六年（公元 1136 年），李清照回到杭州，寄居在余杭门（现武林门）外的西马塍，尽管生活每况愈下，但她却美丽依旧："谁怜流落江湖上，玉骨冰肌未肯枯。"

后世鲜有人知道，实际上李清照与宋代权臣秦桧有亲戚关系，她与秦桧夫人是表姐妹。然而，李清照与他们却从不往来，即使在生活最困难的时候，她也没有踏进过秦家半步，由此可见李清照的风骨与气节。

风烛残年的李清照孑然一身，在孤单寂寞中度过了二十年岁月，心灵的凄苦，怎一个"愁"字了得。尽管李清照晚年贫病交缠，却没有消沉度日，她平日里专心做两件事情：一是写词；二是坚持整理、校勘与赵明诚合著的《金石录》。李清照一生流传下来的诗词并不多，合计起来不过七八十首。她的词风以南渡为界，前期与后期有很大差别：前期词风以轻快明丽为主，多表现闺中少女的闲情乐趣或少妇的相思闲愁；后期则变得深沉悲苦，多描写人生愁苦与忧国情怀。在李清照去世的前一年，她把完整的《金石录》上交朝廷，既完成了她与赵明诚多年的心愿，也给后世留下了一笔丰厚的文化财富。

在历史长河中，李清照绝对算得上是一个重量级的人物。她的诗词既有"生当作人杰，死亦为鬼雄"的铿锵有力，也有"物是人非事事休，欲语泪先流"的伤时念旧。当然，相比于李清照久负盛名的诗词，她的晚年生活却极少有史料收录，因而显得非常神秘。李清照在杭州生活了二十年，历史对其活动记载不多，翻遍史料，仅找到这样一段：公元 1150 年前后，李清照携带自己珍藏的米芾墨迹，两次拜访米芾之子米友仁，求其作跋。公元 1155 年，李清照七十二岁，这年之后，再也没有任何关于她的记载。不过让人疑惑的是，李清照诗词中为什么从来没有提到过西湖？近人夏承焘所作的《瞿髯论词绝句·李清照》中，似乎给出了一种答案："过眼西湖无一句，易安心事岳王知。"

而今，后人并没有忘记她。2002 年，杭州市政府根据李清照曾在西湖清波门一带居住过的记载，在西子湖畔的柳浪闻莺公园内，修建清照亭，以供后人凭吊。亭子虽然简朴，却不失庄重，亭子中间的背景墙上，雕刻的是李清照著名的词作《声声慢·寻寻觅觅》。沉醉不知归路，或许在八百多年前的那个凄凉深夜，李清照终于完成倾注毕生心血的《金石录》的整理和校勘，此时丈夫赵明诚的心愿终了，万般离愁别绪涌上心头，于是吟出了那首催人泪下的《声声慢·寻寻觅觅》。李清照连用"寻寻觅觅，冷冷清清，凄凄惨惨戚戚"十四个叠字，勾勒出自己晚年凄凉孤苦的生活。

李清照究竟在寻觅什么，又是什么让她寻得如此之愁苦？我想，一方面可能是因为生活凄苦，另一方面也可能是因为对故国的思念，以及对偏安一隅的南宋朝廷的不满。除了这首《声声慢·寻寻觅觅》外，她还写下了"故乡何处是，忘了除非醉"（《菩萨蛮·风柔日薄春犹早》），"空梦长安，认取长安道"（《蝶恋花·上巳召亲族》），"物是人非事休，欲语泪先流"（《武陵春》）等名句。这些都是她内心情感的真实流露，都表明了她的无限失望和极度孤苦。绍兴二十五年（公元1155年），李清照悄然辞世，走完了她七十二年跌宕起伏充满悲剧色彩的一生。后人将她的词结集为《漱玉词》，尊她为一代词宗。

故人已去，精神永存。透过李清照那些铿锵有力、伤时念旧的诗词，后人看到的不再是一个温柔婉约的女子，而是一种需仰视才得见的精神力量。与隔湖相望的岳飞一样，李清照有着一颗恨不能金戈铁马、杀敌报国的男儿心，有着"至今思项羽，不肯过江东"的傲骨，也有着"欲将血泪寄山河，去洒东山一抔土"的决心。

旗影角声

凝风骨

八百多年前的那个清晨，细雨蒙蒙，南宋王城临安笼罩在无边的氤氲中，一切不再那么清晰，甚至有些迷离，如同这个正走向没落的王朝，让人看不到一点晴朗的希望。

这天一大早，宋孝宗在皇宫召见了陆游，宣布了陆游任职严州（今浙江建德）知州的命令。这一年，是淳熙十三年（公元1186年），六十二岁的陆游在家赋闲十余年后重新入仕。对于宋孝宗这一决定，陆游没有丝毫的惊喜，因为他知道这几十年奔走呐喊抗金，自己已经成为朝廷的"眼中钉""肉中刺",已经是渐渐被政治边缘化的人物了。不过,这次去严州赴任,去追寻高祖陆轸的足迹,对陆游来说倒也是一件快意之事。他走出皇宫时,雨仍在淅淅沥沥地下着,此时用"清凉"一词来形容他的心情是再合适不过的了,这是一种由内而外的通透。

江南的雨,是属于最善解人意的那一种,缠绵、婉约、悠长,总会让人遐想,所以才会在文人的笔下,演绎成高山流水般的曲调,汇集成诗情画意的文字溪流,或平实,或悲伤,或激昂,既有"留得枯荷听雨声"的期盼,也有"润物细无声"的温润,还有"斜风细雨不须归"的惬意。自古以来,文人对雨就比常人多一些多愁善感,这或是文人的通病吧!在宋孝宗眼里,陆游应该就是这一类人,要不,花甲之年的他,又怎会写出《临安春雨初霁》那样的诗:"世味年来薄似纱,谁令骑马客京华。小楼一夜听春雨,深巷明朝卖杏花。矮纸斜行闲作草,晴窗细乳戏分茶。素衣莫起风尘叹,犹及清明可到家。"

临安,对于大宋来讲,应该是一个屈辱的名字。"靖康之变"以后,大宋的贵族们偏居于此,于是"临安"才有机会走进历史政治的"词典",与王朝命运紧紧联系在一起,蹁跹飘摇在江南烟雨中。

2

宣和七年(公元 1125 年)十月十七日,淮河之上,一艘客船鼓帆前行,正全速向京都开封进发。船头伫立着的中年男子,捋着须髯,目光如炬，似乎要洞穿千里之外的一切。两岸的乡村田野，在秋阳下自由自在地呼吸。船帆猎猎，桨声欸乃，一切好像都在为这个"太平盛世"歌唱舞蹈。中年人知道，眼前的盛世繁华其实都是在掩盖没落的一切，他心中的北宋王朝早已气数殆尽，日薄西山，此次被召入京也是吉凶难测，想到此，男子心中不免五味杂陈。忽然，几声婴儿清脆的啼哭，打破了淮河上的宁静……因为孩子出生于淮河的船上，中年人便给孩子起名为"游"，欲使他铭记这个动荡的朝代，而这个孩子就是后来南宋著名文学家、爱国诗人陆游。

建炎三年（公元1129年），金兵渡江南侵，宋高宗率臣僚南逃，五岁的陆游也跟随着父亲与那个朝廷一样开始颠沛流离，回到了山阴（今浙江绍兴）老家。"儿时万死避胡兵"的经历，在陆游幼小的心灵中深深种下了对金兵的刻骨仇恨，成为难以磨灭的印记，他从小就立下"为大宋收复失地而读书"的宏大志向，憧憬着能有朝一日匡扶社稷。说起来，陆游也算是出身名门望族，高祖陆轸是大中祥符年间进士，官至吏部郎中；祖父陆佃，师从王安石，精通经学，官至尚书右丞；父亲陆宰，通诗文，有节操，也是北宋末年的忠臣。良好的家庭教育和家风熏陶，为他的学习和出仕奠定了坚实基础。陆游自幼聪慧过人，十二岁即能为诗作文，被乡邻誉为"小李白"，是人人称道的写诗能手。陆游一生历经宦海几多沉浮，早年参加礼部考试，受秦桧排斥而仕途不畅；进入官场，力主抗金，又先后受到主和派的排斥和打击。陆游一生虽仕途坎坷，却始终秉持剑胆琴心，铁马冰河入梦来，施展抱负之心至死炽热，他时刻渴望光复山河故土。然而，数十年的奔走呐喊，朝廷却置若罔闻，陆游也在蹉跎岁月中渐渐老去。

3

宋孝宗对陆游这样的"老顽固"既恨又爱，淳熙十三年（公元1186年），他还是念及其祖上功德，决定重新起用这个在家赋闲十余年的"官二代"。宋孝宗把陆游叫到临安宫中，对他说："严陵山水胜处，职事之暇，可以赋咏自适。"意思是说，严陵是个山水风光非常美的地方，你不是喜欢写诗嘛，到了那里，工作之余，可以寄情山水，吟诗作赋，至于抗金的事嘛，你就不要多操心了。就这样，六十二岁的陆游，告别了那个他寄予厚望却又无力回天的赵宋皇帝，背起行囊，在蒙蒙细雨中踏上去严州赴任的路途。离京之前，写下的那首《临安春雨初霁》，也算是对这次赴任的纪念吧！陆游对此次严州之行情绪倒不沮丧，因为，一则严州曾是陆游高祖陆轸工作过的地方，此次赴任踏寻祖辈足迹，寻找远去的高祖遗风，也算是有种归属感；二则陆游内心敞亮，不管在哪里为官，只要给他时间，抗金还是有机会的。

陆游来到严州，正逢丙午饥荒，民不聊生，惨不忍睹。怀着忧国爱民、济世安邦之心的陆游，看到这种情形心急如焚，他决心扑下身子大干一场，为严州百姓做些实实在在的事情，也算是不辜负高祖陆轸在此的英名。他布衣草鞋，轻车简从，进村入户，体察民情，与地方官员、百姓共商破解饥荒之计。为了百姓，陆游可以说是天不怕地不怕，他先后两次具文呈报朝廷，请求免除严州六县的租赋徭役，发放州县义仓粮食，救济灾民。陆游十分重视农桑，他提出了"农为四民之本，食居八政之先"和"为政之术，务农为先"的主张，采取减免税赋、扶贫济困等多项措施鼓励农民发展生产。陆游两度于春耕之前召集乡亲父老，大力宣传搞好农业生产、取得粮食丰收的重要意义，并研究部署农业生产。因此，他在严州留下了丁未和戊申两篇《劝农文》，谆谆告诫民众：一要不误农时，及时春耕夏耘，精耕细作；二要丰年不忘歉年，当有储备，以战饥荒；三要集中人力、财力、物力，搞好农业生产。要"无事末作，无好终讼"，不要出现"旷土游民"。陆游主持制订和实施廉政举措，起用贤能之士，放宽政令期限，简化办案程序，力戒兴造公房，节制宴饮游乐。他向民众承诺"太守亦当宽期会，简追胥，戒兴作，节燕游，与吾民共享无事之乐"，并表示自己"觞酒豆肉，曷尝妄蠹于邦财；铢漆寸丝，不敢辄营于私利"。

4

心怀天下，不辜负一草一民，这就是一心抗金收复故土的陆游。他在出任严州知州时，没有辜负朝廷赋予他的重任，没有辜负严州百姓对他的期望，更没有辜负高祖陆轸留此的山高水长遗风。史料记载，陆游的高祖陆轸是北宋名臣，公元1049年，陆轸来梅城，这一待就是五年。一百三十多年后，陆游踏着高祖的足迹也来到这里，不过此时睦州已改名严州，巧的是四十年后，陆游的小儿子陆子遹也循着父亲的足迹，踏上了这方热土。陆氏一门竟然出了三代严州（睦州）知州，这不能不说是一种特殊的缘分。陆游以真诚之心善待民众，赢得了严州人民的爱戴，群众自发为陆游的高祖陆轸建祠，并刻石像供奉，"以慰邦人无穷之思"。

再说陆游，宋孝宗本意是让他偏安严州，放弃抗金的念头，却不承想他根本没有领会圣意。陆游始终认为，作为斗士无论在什么样的情况下都不能屈服，无非是战斗方式不同而已，要么沙场执戟厮杀，马革裹尸，要么坊间持笔当歌，书写豪迈。当然，此时的陆游也只能选择后一种方式，他在带领严州百姓抗击饥荒之余，时时不忘以笔为刀，口诛笔伐，唤醒世间。

陆游从六十二岁赴任到六十四岁卸任，虽然在严州只待了七百余天，却作诗（词）三百余首，为文九十余篇。陆游在严州所作的三百余首诗作中，抗金复国、报仇雪耻的占了大多数。在严州，陆游写下了《夜登千峰榭》："薄酿不浇胸垒块，壮图空负胆轮困。危楼插斗山衔月，徙倚长歌一怆神！"诗中描写了他登临胜地时的忧国心情，美酒已不足以消除心中勃郁不平之气，胸中虽有"壮图"却无法实现，白白辜负自己忠肝义胆，此外诗中还借前朝兴亡抒发内心的孤愤。在《严州大阅》中，他又写下"铁骑森森帕首红，角声旗影夕阳中。虽惭江左繁雄郡，且看人间矍铄翁"，表达了自己虽已暮年，但壮心不已，仍胸怀复国之志。当然还有"羽林百万士，何日闻北伐""夜阑卧听风吹雨，铁马冰河入梦来""何时拥马横戈去，聊为君王护北平""安得铁衣三万骑，为君王取旧山河"等等，这些炽热滚烫、呼号抗金的诗句，都是出自年逾花甲的陆游笔下，这是他忧愤心情的真实写照，更是他暮年壮志不已的情怀抒发。即便是他写的那些歌咏山水佳景、社会风情的作品，也大多洋溢着炽热的爱国情怀，可以说爱国主义是贯穿陆游严州诗文的一根主线。

陆游的做法还是惹恼了宋孝宗，淳熙十五年（公元 1188 年）七月，陆游任满，宋孝宗再次将他召入京师，任命他为掌管兵器制造与修缮的少监，把他放在自己眼皮子底下。嘉定二年（公元 1209 年）十二月二十九日，至死不渝的陆游，终于走到生命的尽头，弥留之际留下了惊天地泣鬼神的绝笔《示儿》："死去元知万事空，但悲不见九州同。王师北定中原日，家祭无忘告乃翁。"

"亘古男儿一放翁。"陆游与严州结缘，是严州山水的幸运，也是严州人的幸运。而今，陆游已远去八百多年，他的风骨与精神在岁月的淬炼下，已化为古城不朽的魂魄。

梅城千年，诗情长青，风骨依旧。

但悲不见

九州同

I

　　八百多年前深秋的一天，雨一直下个不停，被雨水打湿的崎岖险峻蜀道上，行人稀少，一匹枯瘦老驴，一位清癯男子，冒雨前行。

　　这是南宋乾道八年（公元 1172 年），骑行入蜀者不是别人，正是被后人称为"集中什九从军乐，亘古男儿一放翁"的南宋爱国诗人陆游。骑在驴背上的他，一路颠簸，俯仰之间，边吟边唱。在他看来，这场不期而遇的秋雨并不湿冷，反倒有几分难得的浪漫，雨中欣赏沿途风景，更有常人难以体会的雅兴。深秋时节，剑门蜀道层林尽染，诡谲绮丽的山川风物，令陆游大开眼界，在他的眼里没有丝毫秋风秋雨愁煞人的忧伤，而是一派风韵独绝的诗情画意，或许这就是诗人与生俱来区别于常人的心境。

陆游这次是从抗金前沿的军事重镇陕西南郑（今陕西汉中）出发，前往四川成都府，赴任皇帝刚任命他的安抚使司参议官。古老的剑门蜀道，北起长安，南至成都，承载着蜀地无限荣光和沧桑，是陆游此行的必经之路。闻名遐迩的剑门关耸立在四川广元剑阁县境内的蜀道之上，扼守着四川北大门，有"一夫当关，万夫莫开""天下第一关"之称。数百里的剑门蜀道，重峦叠嶂，峭壁摩云，雄奇险峻，壮丽多姿，构成了川陕交通线上的一大屏障。诗人李白曾写下"蜀道之难，难于上青天"的诗句，赞叹蜀道之险峻。

行走之间，高耸巍峨的剑门关渐渐映入陆游的眼帘，就屹立于前方的峭壁之巅。他顿感长途跋涉的艰辛消散了许多，甚至有些欣喜若狂，仿佛听到剑门关外宋金战场的鼓角争鸣，看到宋军龙骧虎啸的铁甲飞骑，好像自己所经历的那些战事并未久远，这也是他从乾道二年（公元1166年）被罢免回乡闲居以来，无数次出现在梦中的场景，想到此，陆游的骑行好像轻快了许多。有种浪漫与生俱来，作为诗人的陆游应该就是属于这种人吧！所以才有了他兴致盎然随口吟诵的《剑门道中遇微雨》："衣上征尘杂酒痕，远游无处不消魂。此身合是诗人未？细雨骑驴入剑门。"意思是说，我衣服上沾满了旅途上的灰尘和杂乱酒痕，出门去很远的地方宦游，所到之地没有一处不让人神情黯淡。我这一辈子就应该做一个诗人吗？为什么骑着瘦驴冒着细雨到剑门关去呢？虽然只有短短四句诗，但剑门之美、羁旅之情、诗人之思、报国之志，跃然纸上。

"上马击狂胡，下马草军书。"做一名诗人，并不是陆游的人生追求，他不甘心做皓首穷经、终生伏案的书生，倒更愿意做一名跃马杀敌、立功疆场的战将。他在经历了数十年仕途的跌宕沉浮之后，看似以"此身合是诗人未"自问，实则表达了他内心的悲愤与不平。陆游穷其一生，不管是在抗金战场上仗剑厮杀，还是卜居山阴执笔当歌，他无时无刻不在为实现自己年轻时的梦想而努力奋斗，但最终换来的却是报国无门、衷情难诉的无奈境况。

2

陆游一生念念不忘挥师北上，收复失地。所以他入朝为官后，无论身居何等职位，只要有机会，便会上奏自己的政治建议：抗金复土，回归故国。对于保守懦弱的南宋朝廷来讲，像这样的政治主张，实际上非常不讨人喜欢，既不受皇帝待见，还要遭到主和派的打压。所以，陆游的政治生涯波澜起伏，数遭贬谪。

北方还在刀光剑影，南方依旧歌舞升平，三十多年来，委屈求和的南宋成了盛产唱歌跳舞将军的国度，再加上金兵的勇猛彪悍，南宋王朝最终只得割地赔钱，成为向别国进贡的朝廷，走上了一条花钱买平安的屈辱之路。

隆兴二年（公元 1164 年）春，陆游仗义执言，上疏朝廷建议迁都，他在奏疏中写道："江左自吴以来，未有舍建康他都者。驻跸临安出于权宜，形势不固，馈饷不便，海道逼近，凛然意外之忧。"陆游建议朝廷把首都迁回建康（今江苏南京），由此可见他的目光已经投向北伐。但是，他的这一建议不仅没有被朝廷采纳，反而遭到孝宗皇帝的误解，宋孝宗心想："你不是提议迁都建康吗？我就先把你调过去吧！"就这样，陆游被贬为建康府通判。第二年，调任隆兴府通判。后来有人诬告陆游"交结台谏，鼓唱是非，力说张浚用兵"，孝宗皇帝一怒之下，干脆罢免了陆游的官职。这一连串的打击着实让陆游有些蒙，无奈之下，他回到了老家山阴，开启了长达四年的闲居生活。

暂离错综复杂的政治旋涡，陆游卜居家乡山阴。山阴既是他的出生地，也是他的爱情伤心地。绍兴十四年（公元 1144 年），二十岁的陆游和表妹唐琬结为伴侣。唐琬才华横溢，与陆游感情亲密，这引起了陆母的不满，在封建礼教的压制下，两人终归走到了"执手相看泪眼"的地步。唐琬再嫁赵士程，陆游梦断沈园，这才有了伤心欲绝的《钗头凤》。陆游与表妹唐琬的遗憾，也让世人跟着他们伤心了数百年。之后，陆游再娶湖湘澧州刺史王偕之女王氏，两人从结婚到陆游七十三岁时王氏去世，共同生活了五十余年。王氏一世劳苦，为陆游生了七个子女，陪他走巴蜀，入剑门，也是看着陆游在官场上浮浮沉沉，听他说着心在天山旧梦的人。

闲居故里，陆游与妻儿一起过着贫寒生活。妻贤子孝的天伦之乐，虽然渐渐抚平了陆游愤懑的心灵创伤，但每当夜深人静之时，金戈铁马声还是经常把他从梦中惊醒。心怀国家的陆游，不甘在平凡中老去，他认为自己的使命还没结束，一直在寻求机会争取早日奔赴抗金前线，雪耻报国、抗敌御侮才是他生命的主基调。

仕途的起落浮沉、官场的波谲云诡、朝政的是非淆乱，让陆游不仅愤慨、忧虑，更让他的政治进取心受到极大伤害。兴复中原大业，原本充满希望，如今却渐行渐远，遥遥无期，这又让他焦灼万分。但自己一个被朝廷罢免的小官，又能起到多大作用呢？身处底层，再大的呐喊声又有谁听得到呢？当然也无人愿意听。尽管如此，滚滚政治浊流之中，陆游仍然坚守着"处江湖之远而忧庙堂之高"的那份初心。

乾道四年（公元 1168 年）十月，陆游听说自己任镇江府通判时认识的好友陈俊卿出任尚书右仆射、同中书门下平章事兼枢密使，这让黑暗中苦苦摸索的他仿佛看到了一丝希望。陆游与陈俊卿相交多年，一直尊称陈俊卿为"莆阳公"，他激动地给陈俊卿写了一封信《贺莆阳陈右相启》，信中盛赞俊卿名盖当代，才高古人，瑰伟之器，足以遗大而投艰，精微之学，足以任重而道远。信中多是溢美之词，有吹捧之嫌。最后，陆游不忘在贺信中写道："某孤远一介，违离累年。登李膺之舟，恍如昨梦；游公孙之阁，尚觊兹时。敢誓糜捐，以待驱策。"信中表达了他想重入仕途、报效国家的愿望，希望陈俊卿能举荐自己。乾道五年（公元 1169 年）十二月六日，刚刚生过一场大病的陆游，果然接到了朝廷的一纸任命，"得报差通判夔州"，朝廷任命他为夔州（今重庆奉节）通判。至于这份任命是否与陈俊卿举荐有关，就不得而知了。不过凑巧的是，与此同时，陆游还接到了另外一个邀请，向他发出邀请的是四川宣抚使王炎，陆游与王炎也相交多年，王炎想邀请陆游担任幕僚。

王炎，字公明，相州安阳县（今河南安阳）人，乾道五年（公元 1169 年）以参知政事的身份出任四川宣抚使。四川北边与金国交界，王炎是主战派，力主抗金，此番出任四川宣抚使，意味着与金国将有战事。王炎深知陆游一向主张抗金，所以才向他抛出橄榄枝，希望共谋抗金大业。

3

这两个不期而至的差事，着实让陆游有些犯难，权衡再三，他最终还是选择了朝廷的任命，决定赴任夔州通判。

陆游之所以选择去做通判，自然有他的道理。幕府的幕僚虽然多为主官自辟，也有奏请和私聘，但是到了宋代，朝廷对幕府的管理越来越严格，幕僚的聘用由自辟改为中央任命，大量幕职被编入正官。试想，如果陆游去做王炎的幕僚，虽然也能够施展抗金的抱负，从某种程度上讲也算是朝廷命官，但毕竟寄人篱下。而做夔州通判就不一样了，虽然官职不高，一时也难以实现自己的人生理想，施展政治抱负，与自己所期冀的在朝廷建功立业也相差甚远，但毕竟是朝廷正式任命的官员。这样既能证明自己罢官后还能东山再起，绝非庸碌之辈，又能借此机会让妻儿老小暂时摆脱生活上的困窘，这是陆游最终选择做夔州通判的主要原因。

陆游在《通判夔州谢政府启》中，就曾直言不讳地说："贫不自支，食粥已逾于数月。"入蜀途中，陆游在拜访参知政事梁克家时所写的诗作《投梁参政》中，也提到这一点："残年走巴峡，辛苦为斗米。"民以食为天，诗作美文毕竟不能当饭吃，作为多个孩子的父亲，陆游还肩负着一家老小的生活重担，他不得不为五斗米折腰。下定决心后，他就给王炎写了封书信《谢王宣抚启》，以表达自己的感激之情，并婉拒了这份差事。

其实，陆游入蜀还有一个鲜为人知的原因：年少之时，他就曾有游历巴蜀的想法。他在《东楼集序》中写道："余少读地志，至蜀、汉、巴、僰，辄怅然有游历山川、揽观风俗之志。私窃自怪，以为异时或至其地以偿素心，未可知也。"然而，步入中年的陆游，绝对没有想到自己会以出任夔州通判的方式，实现年少时入蜀的愿望。

夔州州治奉节，历史悠久。奉节据荆楚上游，雄踞瞿塘峡口，控巴蜀东门，形势险要，历来是川东军事重镇，兵家必争之地。唐宋时的夔州，不仅自然环境、经济状况恶劣，而且大部分地区还处于蒙昧野蛮的巫文化阶段。其地之人，粗犷强悍。陆游虽然尚未踏足夔州，但他对那里的情况还是有些了解的。早在绍兴二十四年（公元1154年）的那场科举考试中，陆游有幸认识了被宋高宗钦点为状元的张孝祥。祖籍蜀中简州（今四川简阳）的张孝祥，就曾经多次与陆游谈及夔州，张孝祥说："夔子之国，地垎埆而民尤贫。"垎，瘠土也。另外，陆游在唐代诗人杜甫所写的《秋日夔府咏怀奉寄郑监李宾客一百韵》诗作中，也读到过："绝塞乌蛮北，孤城白帝边。"尽管陆游对夔州的艰险与野陋有一定的心理准备，但是对于长期生活在富庶江南水乡的他来说，千里迢迢，跋山涉水，赴任夔州，的确是个严峻考验。这不，还没有启程，陆游就在《将赴官夔府书怀》诗作中，感慨写道："民风杂莫徭，封域近无诏。凄凉黄魔宫，峭绝白帝庙。又尝闻此邦，野陋可嘲诮。通衢舞《竹枝》，谯门对山烧。浮生一梦耳，何者可庆吊？但愁瘿累累，把镜羞自照。"
在入蜀途经瓜洲时，他又写下了《晚泊》，其中"身游万死一生地，路
入千峰百嶂中"，表达了他对赴任夔州是抱着九死一生态度的。陆游由
于大病初愈，不堪远行，待第二年身体恢复得差不多了，才离开家乡山
阴，"历吴入楚上巴硖"。

乾道六年（公元1170年）五月，四十六岁的陆游带着家人，告别
亲友，怀着既避离纷争，又郁郁不得志，还有为生活所累的复杂心情，
踏上了前往夔州的漫漫旅途。山阴至夔州，千山万水，千难万险，千辛
万苦，五千里的路程，陆游足足走了一百五十七天，这一年十月二十七
日，他从水路入蜀，终于抵达夔州，正式上任通判。直到乾道八年（公
元1172年）二月卸任，陆游在夔州通判任上头尾相加干了三个年头，
但实际上也只有一年零四个月。

4

通判，官职名。据《宋史·职官志》记载，在宋代通判是由皇帝直
接任命的，被视为州郡之要任，"凡兵民、钱谷、户口、赋役、狱讼听
断之事，可否裁决，与守臣通签书施行"。通判还有一个更重要的职责：
"所部官有善否及职事修废，得刺举以闻。"由此可见，在北宋初期通判
权力很大，地位仅次于"一把手"知府（知州），州府的文书必须要有
知府（知州）和通判两人签字才能施行，同时通判还负有监察知府（知

州）的职责，可以随时向皇帝报告。但是，到了北宋元祐、元符年间，情况就发生了变化，通判的职权受到一定程度的限制。大约从南宋开始，通判的权力被大大削弱，地位更是江河日下，基本上成了知府（知州）的僚属，州府事务的裁决权完全以知府（知州）为主，通判唯知府（知州）之命是从。

由此可见，陆游这个夔州通判的真实地位和影响力了。虽然他分管着教育和农业，却没有多大的实际权力，就是个闲官。再加上每天有做不完的案牍工作，这让志向高远、立志在仕途上有所作为的陆游很郁闷。但是他又深知自己的任命是朝廷的恩赐，"孰知罪戾之余，犹在悯怜之数"，为了那份养家糊口的微薄薪水，为了不再被罢黜，他内心无时无刻不在挣扎。陆游处世越来越谨小慎微，时时刻刻告诫自己要"动心忍性"，忧谗畏讥，甘愿做个沉默的"哑巴官"。这种无可奈何的悲凉，也只有自己品尝，他在诗作《遣兴》中曾写道："已判功名迕，宁论簿领迷。赖无权入手，软弱实如泥。"意思是说，手里没有权力，自己软弱得就像泥土。

乾道八年（公元 1172 年），正当陆游郁郁不得志时，好友王炎再次向他抛来橄榄枝，还是邀请他去四川宣抚使司担任干办公事兼检法官（相当于军事参谋兼管法律事务），这让陆游兴奋不已，好像生活又为他打开了一扇事业之窗，于是爽快地答应下来。当初，南宋朝廷调王炎任四川宣抚使的目的，就是收复中原失地。王炎到任后，不辱使命，为便于指挥作战，他把宣抚司从利州（今四川广元）迁到兴元府的南郑（今陕西汉中）。南郑，地处咽喉锁钥地位，又靠近西北前线，有利于控制秦陇，因此成为西北国防前沿阵地。即将赴南郑王炎幕府任职，这让报国无门的陆游从心底里感受到从未有过的激动与亢奋，终于有机会走上梦寐以求的抗金前线，去实现"投笔书生古来有，从军乐事世间无"的愿望了，他恨不得插上翅膀，即刻飞到南郑抗金前线。

陆游于正月离开夔州，三月抵达南郑。在王炎幕府，他以饱满的热情投入火热工作中。有时随同前线部队巡逻执勤，穿行在秦岭古道上；有时与前线将士深入敌后，进行渗透侦察。冷的边关热的情，陆游与前线官兵一同踏冰卧雪，侦察巡逻，于是也就有了他所写的"铁衣上马蹴坚冰"的情景。陆游在南郑还有幸参加了"渭水强渡"和"大散关遭遇战"等战斗，面对边塞艰苦的军旅生活，他始终乐观面对，多次实地侦察后，还提出了"会看金鼓从天下，却用关中作本根"的北伐战略思想。

5

在南郑期间，受王炎委托，陆游满怀豪情地起草了驱逐金人、收复中原的战略计划《平戎策》。《宋史·陆游传》记载："游为炎陈进取之策，以为经略中原必自长安始，取长安必自陇右始。当积粟练兵，有衅则攻，无则守。"然而，陆游和王炎满怀激情地将《平戎策》上奏朝廷后，苦苦等来的却是一盆冷水。这一年十月，朝廷不仅否决了他们的《平戎策》，还决定将王炎调回京都，幕府就此解散，致使陆游倾注心血的北伐计划毁于一旦，他感到无比忧伤，却又无可奈何。此后，陆游终其一生，再也没有到过抗金前线。

《平戎策》被朝廷否决后，陆游也被调离。从乾道八年（公元1172年）季春到任到十月离开，虽然陆游在南郑只待了短短八个月时间，但南郑的军旅生活让他终生难以忘怀。这既是他生命中的一个里程碑，也是他诗歌创作的又一巅峰。

尤其是在前线大散关的军旅生活，成为陆游一生的回忆。在他此后的人生中，无数次忆起那段难忘的军旅时光，屡屡以诗词赋之。譬如"楼船夜雪瓜洲渡，铁马秋风大散关"，就提到了他当年在南郑作战的大散关。又如在《诉衷情·当年万里觅封侯》词作中，写道："当年万里觅封侯，匹马戍梁州。关河梦断何处？尘暗旧貂裘。　　胡未灭，鬓先秋，泪空流。此生谁料，心在天山，身老沧洲。"这里所提的"梁州"，实际上就是南郑。《宋史·地理志》记载："兴元府，次府，梁州，汉中郡，山南西道节度。"兴元府治所就是南郑，陆游回忆的正是在王炎幕府的那段军旅时光。写这首词时，陆游已年近七十岁，词中表达了他壮志难酬的悲恸，以及英雄暮年壮心不已的慨叹！"僵卧孤村不自哀，尚思为国戍轮台"，他的心神始终飞扬在"铁马冰河"的疆场。

经过战场风云的历练，这时陆游的诗风也发生了根本性变化，气概沉雄轩昂，且更加铿锵灵动起来。与北宋名臣范仲淹感叹军旅艰苦的"将军白发征夫泪"的苍凉低沉不同，陆游关于战场和军旅的诗歌写得高亢有力，充满了坚强的生命力和胜利的欢笑声。陆游认为，世间最快乐的事情就是当兵打仗，清代梁启超称赞陆游是古来第一的男子汉——"亘古男儿一放翁"。

乾道八年（公元1172年）十月，陆游被任命为成都府路安抚司参议官，官职清闲，颇不得志。在那个秋雨绵绵的日子，陆游骑驴入川，于是便有了那首脍炙人口的《剑门道中遇微雨》。历史上骑驴的诗人很多，加之微雨朦胧，蜀道艰险，剑门崔嵬，更加衬托出他宦游的无奈和悲怆。细雨打湿了陆游染了酒痕的征衣，更是打碎了他心中那个上阵杀敌恢复故国的旧梦，驴背上的那道落寞身影，永远定格在蜀道蒙蒙细雨中，镌刻在剑门关巍峨群山中。

陆游入蜀后，先后在汉中、巴蜀、梁州、益州等地任过职，在蜀州期间，他或大胆上疏，建议出师北伐，或抨击南宋养兵不用，苟且偷安，因此屡受南宋主和派势力诋毁。陆游也曾在杜甫草堂附近的浣花溪畔开辟菜园，躬耕于蜀州。淳熙五年（公元 1178 年），五十四岁的陆游，再次受到孝宗皇帝召见，结束了他长达八年的蜀中宦游生活。

常言道：少不入川，老不出蜀。这短短八个字，道出了川蜀大地的无限温柔。但是对于有过八年"蜀栈秦关"生活经历的陆游来讲，蜀地留给他的记忆是刻骨铭心的，他早已把四川当作第二故乡，当成自己理想的精神家园！晚年回到山阴老家的陆游，心中最念念不忘的两个地方，一个是沈园，一个就是川蜀！

"死去元知万事空，但悲不见九州同。王师北定中原日，家祭无忘告乃翁。"嘉定二年（公元 1209 年）十二月二十九日，陆游与世长辞，弥留之际写下了绝笔诗《示儿》，这既是他"书剑飘零卫家国，饮恨不见九州同"的人生写照，也是历朝历代空有报国之志的仁人志士无奈人生的悲怆缩影。

怒发冲冠

空悲切

|

公元 1140 年的夏末秋初，一位身披战袍的将军，伫立在黄河岸边，思绪万千，内心亦如眼前滚滚奔腾的黄河之水。

"九曲黄河万里沙，浪淘风簸自天涯。"将军多么想像这自由奔腾的黄河水一样，仗剑提兵，去收复破碎已久的故国家园。可是接连而至的十二道金牌急诏，让他清醒地知道，服从是一个臣子无法抗拒的天职。黄河北去不复返，或许自己的北伐愿望，也如同眼前渐行渐远的滔滔河水，再也没有实现的机会了。想到这里，将军深情眺望着对岸的故国风物，不由自主地仰天长叹道："社稷江山，难以中兴；乾坤世界，无由再复！"

驻足远眺的将军不是别人，正是此次北伐主力岳家军的元帅岳飞。令岳飞百思不得其解的是，大军北定中原已经指日可待，临安玉皇山皇宫里的宋高宗为何会以这种方式，命令他火速撤军回京复命。岳飞至今没有忘记，北伐出征之前，宋高宗赵构特意赏赐给他一面绣着"精忠岳飞"的帅旗。见旗如见君，在岳飞看来，高宗不正是期望他能够在这面帅旗的指引下，一路收复失地，巩固南宋政权吗？岳飞不负众望，带领岳家军经历了大大小小的一百二十六场战斗，捷报频传，因此被誉为"常胜将军"。

江山社稷，自然是掌握在帝王之手，臣子唯一的选择就是服从。即位后的宋高宗赵构碍于民意，在登基之初就打起了"恢复"和"中兴"的大旗，甚至改元"绍兴"，寓意为"绍祚中兴"，极力表现出南宋和金国誓死一战的决心。然而，抗金并非宋高宗的真实意图，自从向岳飞下达北伐命令后，坐在龙椅上的他就越来越不安稳了，尤其是随着捷报频传，高宗的内心更是充满挣扎和矛盾。在外人看来，此次北伐是一场你死我活的战争，但就宋高宗而言，从一开始就是为了在与金国谈判桌上占得有利地位造势罢了。基于这样的出发点，其实不管岳飞如何努力，最终的结果都无法改变的。

北宋灭亡后，宋高宗赵构被金人所逼，最初奔命于江浙沿海一带，颠沛流离，度日如年。直到绍兴元年（公元 1131 年），南宋向金国上降表称臣，高宗才算得以喘息。之后，随着宋金战事逐渐消停，绍兴八年（公元 1138 年），高宗决定定都临安，增建礼制坛庙，从此南宋朝廷才真正开始了偏安江南一隅的逍遥岁月。如此屈指算来，高宗沉醉在温柔梦乡中确实没有几年，他自然不愿意有人打搅这样的美梦。可是，屋漏偏逢连夜雨，绍兴十年（公元 1140 年）五月，金国撕毁盟约，掌握金国政权的完颜兀术（又称金兀术，也称完颜宗弼），统率十多万大军南下，试图一举歼灭南宋，此时距离北宋灭亡刚刚过去十多年。金兵的铁蹄终于搅醒了宋高宗的美梦，他心里纵有一百个不愿意，也是无济于事，因为对于这场突如其来的战争，他一点胜算都没有，更何况打仗并非他的初衷，宋高宗开始寝食不安起来。

对于金太祖完颜阿骨打的第四子完颜兀术，高宗早有耳闻，此人能征善战，凶狠毒辣，在金国勇冠三军，而由他统率的金国精锐骑兵部队"铁浮屠"和"拐子马"，曾在灭亡北宋过程中立下赫赫战功。这次完颜兀术挥师南下，也是带着自己的"杀手锏"——"铁浮屠"和"拐子马"，杀气腾腾而来。金军兵分两路，在夺取河南、陕西之后，又向南宋备战拒敌的前沿淮南发起围攻。

淮南，地处安徽中北部、长江三角洲腹地、淮河之滨，素有"中州咽喉，江南屏障"之称。铁蹄雄兵，排山倒海，这一次完颜兀术是志在必得。宋金战火再起，长江天险已经无法阻挡金军的重甲铁骑，眼看着金军步步紧逼，宋高宗吓得慌了手脚，急忙下诏，命令已经赋闲在家为母亲守孝的岳飞从襄阳出击，以牵制向淮南及陕西进攻的金兵，并"图复京师"。

接到北伐命令的岳飞，心情无比激动，为了这一纸命令他已经足足等待了四年。四年之前（公元 1136 年），作为宋廷后护军的岳飞部队奉命屯驻鄂州（今湖北武昌），那时部队不仅兵员素质居各军之冠，其声望也在诸军之上。据有关史料记载，中原各地抗金忠义民兵首领，凡南来归宋者，都乐于投奔岳飞麾下。岳飞虽然率部屯驻鄂州，但他收复中原的信念从未动摇过。在他的建议下，宋廷还将新设的襄阳府路恢复为北宋时的旧名"京西南路"，以示不忘旧都。这一年，岳飞率部第二次出师北伐，他联结河朔忠义民兵，接连取得攻城略地的巨大胜利。但是，当胜利捷报频频飞进临安皇宫时，宋高宗对此的态度却有些冷淡。他问近臣："岳飞之捷，兵家不无缘饰，宜通书细问。非吝赏典，欲知措置之方尔！"右相张浚回答说："飞措置甚大，今已至伊、洛，则太行一带山寨，必有通谋者，自梁青之来，彼意甚坚。"此时，高宗感觉十分不爽，因为在他看来岳飞的行动已经明显僭越了。高宗下令北伐的目的也只是想要岳飞一窥陈、蔡，使敌忙于东西应付，并没有收复陈、蔡的想法，更没有渡河北上收复中原的用兵计划。

所以，当岳飞攻占伊阳、洛阳、商州和虢州，继而围攻陈、蔡地区接连取得胜利时，高宗并没有赏赐岳飞，反而打起自己的小算盘。此后，高宗不仅没有批准岳飞继续进取中原的建议，反而大规模调整宋军部署，致使岳飞部队孤军深入，既无援兵，也无粮草。岳飞眼看着军中那么多士兵没有战死在沙场，却惨遭饿死，心情十分沉痛，最后他不得不撤回鄂州。壮志未酬空悲切，岳飞在鄂州写下了千古绝唱《满江红·与怀》，发出了怒发冲冠仰天长啸的呐喊，抒发了"壮志饥餐胡虏肉，笑谈渴饮匈奴血"的豪迈，表达了他收复失地，雪耻杀敌的决心和意志。

置之死地而后生的宋军，并没有被金军的嚣张气焰吓倒，更没有像完颜兀术想象的那样不堪一击。金军在进攻淮南时，在顺昌（今安徽阜阳）遭到了刘锜所率"八字军"的沉重打击。刘锜威武帅气，箭术精湛，他所率领的"八字军"更是勇猛无敌。"八字军"最初是由南宋初年河北、河东地区的抗金义军组成，由义军首领王彦创立，因为义军战士面部刺有"赤心报国，誓杀金贼"八个字而得名，后来义军归顺朝廷，抗击金兵，屡建战功。这次作为南宋东京留守的刘锜，原本打算率领"八字军"北上驻守开封，当行至顺昌时听说金军已攻陷开封，正逼近顺昌，便决定驻守顺昌，以逸待劳，痛击敌军。完颜兀术确实低估了刘锜和他所率领的这支脸上刺着字的军队。"赤心报国，誓杀金贼"这八个大字，不仅仅是刺在他们脸上，更是刺在他们心里，甚至是骨头上。

2

据《宋史·刘锜传》记载，刘锜进驻顺昌后，命令手下把所有船只凿沉，以表必死抗击之心。他还把自己的家眷安置在城中一处寺庙里，并在寺门前堆上柴火，当众对守卫的兵卒交代说："如果我军兵败城破，立刻放火烧死我的家人，以免受辱于敌！"这便是"寺门积薪"一词的来历。所有人都为刘锜视死如归的决心所感动，纷纷表示愿与顺昌城共存亡，全城"军士皆奋，男人备战守，妇人砺刀剑"。

完颜兀术率领十余万大军将顺昌团团包围，甚至放出狂言，约定城中会餐。如此看来，完颜兀术确实没有把刘锜放在眼里。虽然刘锜的部队不满二万人，出战者也仅有五千，但对付金军铁甲骑兵，他自有妙计。刘锜命令士兵在战场上撒下豆子，致使金军骑兵的战马只顾吃豆子，不肯前进，而宋兵趁机用大刀砍马腿，最终计破"拐子马"。经过五天五夜的激战，刘锜以少胜多，大败完颜兀术，金军毙尸倒马，纵横枕藉，损伤十之七八，宋军取得了顺昌保卫战的胜利，成为我国古代军事史上著名的"顺昌大捷"。与此同时，接到北伐命令的岳飞，作为西线主力，率领岳家军数万人，由鄂州迅速向中原进发，很快进入河南中部，也接连打败金军，先后占领军事重镇颍昌府（今河南许昌）、淮宁府（今河南淮阳），并遣兵东援刘锜，西援郭浩，自以其军长驱以图中原。

北伐前线的捷报频频传入皇宫，宋高宗却一直心神不宁，自从他向岳飞下达"乘机战胜"的命令后，就开始感到后悔，而今眼看着金兵对淮南的威胁逐渐解除，缺少自信且意志不坚定的高宗还是改变了主意。他觉得金军兵强马壮，宋军的小胜只是暂时的，最后能否招架得住还很难说，更何况打仗并非自己的本意，见好就收，议和方为上策。

绍兴十年（公元1140年）六月下旬，赵构和秦桧商议，决定派司农少卿李若虚担任"计议军事"特使，带着他"兵不可轻动，宜且班师"的旨意前往抗金前线，实际上就是命令岳飞等人对敌人不得主动进攻，只能采取守势。岳飞没有读懂这份旨意背后的真实意图，也低估了高宗的宽容与忍耐，他一直认为收复故国，机不可失，执意挥师大举北上，向中原进军，又先后攻占郑州、河南府（今河南洛阳）等地，并派遣梁兴等人深入黄河以北，联合河东、河北义军，袭扰金军后方，收复大块失地。

在经历顺昌大败之后，完颜兀术万万没有想到原本驻军鄂州的岳飞，竟然在他南下之际，向金国主动发起进攻，并且接连收复北宋故地郑州、颍昌等地，这也是从靖康二年（公元1127年）北宋灭亡以来，南宋第一次敢如此大规模主动进攻，并且迅速取胜推进。对此，作为金国勇冠三军的统帅，完颜兀术脸面上确实有些挂不住，他被彻底激怒了。于是，一场载入大宋史册的著名战役——"郾城大战"打响了。绍兴十年（公元1140年）七月八日，完颜兀术乘岳家军兵力分散之机，在探知岳飞只带有少量兵马驻扎郾城（今河南漯河）后，决定实施一次"飓风行动"，他亲率精锐骑兵一万五千人及步兵十万人，直插郾城，妄想凭借"重铠全装"的"铁浮屠"一举踏平岳家军大本营。

夏末初秋的战场，阳光明晃晃地洒落在两军对垒将士的铠甲上，战马扬起的尘土遮天蔽日，郾城以北，宋金两军列阵对峙。随着岳飞帅旗一挥，长子岳云一马当先率轻骑攻入敌阵，往来冲杀，如入无人之境。完颜兀术见骑兵会战未能占上风，焦躁万分，于是下令将"铁浮屠"投入战斗。

所谓"铁浮屠"，又作"铁浮图"，是一种铁甲骑兵，它是金国铁骑的一种，与"拐子马"不一样。"拐子马"是轻骑兵，人马不穿盔甲以射箭为主，习惯采用两翼包抄战术。而"铁浮屠"则是重装骑兵，将每三匹马用皮索相连，人马皆穿着盔甲，采用列阵中间突破战术，攻坚能力极强。完颜兀术企图以严整密集的重装骑兵部队，来击溃岳家军骑兵部队。然而，对于金军一反以左右翼"拐子马"迂回侧击的惯技，改用重装骑兵"铁浮图"直接进行正面冲击的作战伎俩，岳飞早已料到，他决定率领自己的"背嵬军"和"游奕军"迎战。

　　这里赘述一下，"背嵬"是党项西夏语的音译，是"亲军"的意思。《诗经》中记载："习习谷风，维山崔嵬。无草不死，无木不萎。"这里提到的"嵬"，常被解释为山高大的样子。之所以把亲军取名为"背嵬军"，就是以物喻人，突出"背嵬军"的高大、威猛。岳飞统领的"背嵬军"既是南宋精锐骑兵部队，也是岳家军的"特种部队"，堪称"岳家军"的中流砥柱。《云麓漫钞》曾记载："韩、岳兵尤精，常时于军中角其勇健者另为之籍……别置亲随军，谓之背峞，悉于四等人内角其优者补之。一入背峞，诸军统制而下，与之亢礼，犒赏异常，勇健无比，凡有坚敌，遣背峞军，无有不破者。"这里的"背峞"乃"背嵬"的异写。

3

　　鼎盛时期，岳家军有十万余人，其中"背嵬军"骑兵八千多人，步兵亦有数万。作为岳飞的亲兵卫队，"背嵬军"步兵由岳云统制，骑兵由王刚统制，两支部队均由岳云统一节制。骑兵"背嵬军"主要装备有长刀、短刀、约十支短弩、二十支硬弓弓箭、围盔和铁叶片革甲。"背嵬军"战术多变，常常分成多个独立战斗小组，紧密配合，在与敌人作战时，往往距离敌人一百余步时就由七八人用硬弓放箭先射骑手，七八人再用短弩射马，然后长刀对劈，迅速冲锋，集结，再冲锋，杀伤力极强。眼下，金人再次来犯，大宋江山岌岌可危，国土沦陷多时，"背嵬军"将士个个摩拳擦掌，誓要与金兵决一死战。

郾城大战开始后，面对金军的重装骑兵，岳飞的"背嵬军"以步兵当前，用麻扎刀、大斧等，上砍敌军，下砍马腿，杀伤大量金兵，使其重装骑兵不能发挥所长。岳家军先是大破"拐子马"，再以极少精锐骑兵猛冲敌阵，双方从下午一直激战到天黑，一举击破完颜兀术赖以起家的"铁浮屠"和"拐子马"，大败完颜兀术精骑一万五千及步军十万。

郾城大败，在完颜兀术看来也只是自己一时轻敌所致，他不甘心失败，又集结三万骑兵和十万步兵，向颍昌发起猛攻。然而，完颜兀术根本不知道的是，岳云早已率"背嵬军"八百骑兵挺进颍昌。战斗打响后，岳云即率领"背嵬军"骑兵正面冲击金军，"背嵬军"步兵则从左右两翼同时出击，只杀得"人为血人，马为血马"，"背嵬军"与其他岳家军"无一人肯回顾"。岳云在战斗中身受数十创伤，"甲裳为赤"，仍奋勇杀敌，不下火线。这场战斗，岳家军共斩杀金军五千多人，俘虏士卒二千余人、将官七十八人，缴获马匹三千多。"杀兀术婿夏金吾、副统军粘罕索字堇，兀术遁去。"

随后，"背嵬军"作为前锋部队挺进距离北宋首都汴梁仅有二十多公里的朱仙镇，在朱仙镇岳飞又以五百"背嵬军"精兵大破十余万金军。接连几日破阵，致使完颜兀术的"铁浮屠""拐子马"部队几乎全军覆没，一度试图放弃开封北遁。岳飞"背嵬军"开创了"步兵在平原击溃金人精锐骑兵"的经典先例。对此，完颜兀术不由哀叹道："自海上起兵，皆以此胜，今已矣！"并发出"撼山易，撼岳家军难"的感慨。

岳飞在给宋高宗的奏折中称道："杀死贼兵满野。"岳飞的孙子岳珂在其所著的《鄂国金佗稡编》卷二十二《淮西辨》中，对此也有记载："背嵬之士，先臣之亲军也。"又说："颍昌、朱仙，皆以是军取胜。"岳飞正是凭借着强悍的"背嵬军"百战百胜。

郾城大战，是宋金双方精锐部队之间的一次决战，宋军以少胜多，给金军以沉重打击。此时，如能乘胜前进，北伐胜利在望，收复故土也大有希望。但是，一切都是枉然。虽然当初宋高宗也曾对岳飞面授机宜："中兴之事，朕一以委卿。"但他毕竟是一个心里藏着事的人，他表面上下诏书高度肯定郾城大捷和岳飞，心里却打起了小九九。

4

战场上的胜利，并没有激发高宗的血性，反而促使他加快了求和的步伐。说到底，北伐不是目的，高宗和秦桧也只是利用胜利作为对金乞和的筹码。于是，高宗连发十二道金牌，诏岳飞即刻班师回京。而此时，淮南东路的张俊部队早已奉命撤退，岳家军正处于孤立无援的境地，这就是高宗所谓的"棋高一着"，意思是：援军没有了，你岳飞撤也得撤，不撤也得撤。

朱仙镇岳家军的议事大厅内，众将官得知撤兵的命令，个个义愤填膺，他们都在为宋高宗赵构十二道金牌诏岳飞班师回朝的事愤愤不平。有的说："张俊跑了没什么大不了的，现在民心所向，所有兵民都剑拔弩张，就等岳元帅您一声令下。"也有的说："朝廷是被北蛮子吓破胆了，我们不想这样窝窝囊囊回去，宁可战死在沙场上。"还有的说："元帅，您不是说国之兴起，在文官不贪财，武将不惜死吗？现在就是我们不惜死的时候了，和他们拼了，咱们自己杀出一条血路来！"

岳飞深情地望着眼前这些跟随自己出生入死的弟兄，眼含热泪对大家说道："兄弟们，你们好糊涂啊！我问你们，咱们带兵打仗为的是什么？为的就是天下百姓安居乐业。如果我们擅自开战，前有金兵堵截，后有宋兵围剿，大宋兄弟部队就会自相残杀。谁得意？朝廷奸臣。谁得利？金人。谁受苦？天下百姓。这样就会引起更大的内乱、更大的浩劫！我们就真的成了历史罪人！"说罢，岳飞仰天长叹："十年之功，废于一旦！所得州郡，一朝全休。社稷江山，难以中兴！乾坤世界，无由再复！"

朱仙镇的夜已经很深了，这好像是岳飞从未经历过的漫漫长夜，桌案上十二道金牌诏令，犹如一把把锋利的尖刀，让他感到阵阵心寒。一盏油灯，一柄擦了又擦的利剑，两行无奈的英雄泪不知不觉滑过脸颊，滴了下来……

得知岳家军撤离的消息，百姓闻讯赶来，请求岳家军留下，众人哭诉道："我等戴香盆、运粮草迎接官军，金人早已知晓。若你们走了，我们还怎么活命。"还有的哭诉说："岳将军，我们愿意跟随您麾下，杀到黄龙府，让金人血债血偿。"岳飞无奈地摇着头，含泪取诏书说："皇命在身，我不得擅留。"

大军撤至蔡州时，又有无数百姓拥到衙门内外，可谓"遮马恸哭""哭声震野"。由此可见，收复中原确实是天下归心之举。南宋永嘉学派的代表人物叶适在分析南宋战争形势时曾说："夫复仇，天下之大义也；还故境土，天下之尊名也。"不夸张地说，岳飞抗金是顺应民意的正义之举。中原百姓望眼欲穿，盼望着王师北顾！而人民的愿望却为偏安一隅的朝廷所漠视，这是一个朝代的悲剧。岳飞只好再次掏出十二道金牌，百姓皆失声痛哭。最终，岳飞决定再留军五日，佯作过河，以保护百姓南迁襄汉。南宋诗人刘过曾在《六州歌头·题岳鄂王庙》词中写道："过旧时营垒，荆鄂有遗民。忆故将军，泪如倾。"可见这些南迁的遗民，心向故土，在岳飞死后二十多年里，仍然深切怀念他。

就这样，在朝廷高压钳制之下，岳飞不得不班师鄂州，自己则前往临安朝见。回到临安的岳飞，不再像以往那样慷慨陈词，他再三恳请朝廷解除自己军职，允其退役还乡。然而，高宗却以"未有息戈之期"为由不许，他虽然厌恶岳飞擅自北伐，担心迎回徽钦二帝而动摇自己的帝位，同时也担心完颜兀术卷土重来，他还需要倚仗岳飞及其"背嵬军"。岳飞班师，北方义军孤掌难鸣，完颜兀术回到开封，整军弹压，南宋又将收复的国土拱手让给金国。

绍兴十一年（公元1141年）正月，完颜兀术再度领军南下。二月，岳飞领兵第三次驰援淮西，这也是他最后一次参加抗金战斗。

5

当一场名为"和议"的阴谋正在进行时，任由岳飞等人如何努力，都是徒劳的，这既是现实的残酷，也是高宗赵构早已预设的结果。"和议"也仅是南宋的遮羞布而已，实则是向金称臣，但媾和的条件却是解除岳飞等人的兵权，甚至提出"必杀岳飞"。

绍兴十一年（公元1141年）二月，金熙宗完颜亶（完颜合刺）对南宋示好，将死去的宋徽宗追封为天水郡王，将在押的宋钦宗封为天水郡公。南宋为了彻底求和，四月下旬解除了岳飞、韩世忠、刘锜等人的兵权，并撤销对金作战的专门机构。十月，再派使者赴金求和，在使者叩头哀求下，金国以"必杀岳飞"为条件，答应"和议"。经过一番交易后，双方达成了"绍兴和议"，主要内容是：宋向金称臣，金册封宋高宗赵构为皇帝，每逢金主生日及重大节日，宋均须遣使称贺；划定两国疆界，东以淮河中流为界，西以大散关（今陕西宝鸡西南）为界，以南属宋，以北属金；宋割唐（今河南唐河）、邓（今河南邓州）二州及商（今陕西商县）、秦（今甘肃天水）二州之大半予金；宋每年向金纳贡银二十五万两、绢二十五万匹，自绍兴十二年（公元1142年）开始，每年春季搬送至泗州交纳。"绍兴和议"确定了宋金之间政治上的不平等关系，暂时结束了长达十余年的战争状态，形成了南北对峙局面。

另外，宋金和议中还特别规定南宋方面"不得辄更易大臣"，这也是为保证秦桧终生当宰相而"量身定制"的一项特别规定。此后，直到绍兴二十五年（公元1155年）秦桧病死，不仅没有更换宰相，而且不设次辅，这种局面也是两宋历史上从来没有过的。独相，且保证他终生为相，秦桧的专权就变得更加肆无忌惮。"绍兴和议"使得南宋永久失去了原来在山西和关中的养马场，从此岳家军"背嵬军"成为南宋一朝的绝唱，直至覆灭，南宋都只能依靠步兵与北方游牧民族的骑兵对阵。

不管是阳谋也好，阴谋也罢，不管是掩饰也好，粉饰也罢，高宗要杀岳飞已经是开弓没有回头箭，那么赵构为什么要杀岳飞呢？当然，"必杀岳飞"是金国与南宋"和议"的首要条件不假，但这也只是表象而已。喜欢读史的赵构，似乎已经从那一张张泛黄的纸片中寻找到了自己想要的答案：透视一代代王朝的垮塌、一顶顶皇冠的落地，不管是喋血丹墀的逼宫，还是表面上温情脉脉的禅让，其背后无不闪现着武人的身影。当然，其中也包括太祖皇帝赵匡胤穿着殿前都点检（禁军统帅）的制服走向宫殿的那一历史时刻。

太宗皇帝晚年曾对近臣们说过这样一句话："外忧不过边事，皆可预防。惟奸邪无状，若为内患，深可惧也。帝王用心，常须谨此！"此时，已经做了十几年皇帝的赵构，虽然高高在上，却一直如履薄冰。建炎年间，他初登帝位，被金人追得在沿海一带乱窜，自然是希望手下将领越厉害越好，恨不得个个都是天神下凡，三头六臂，杀遍天下无敌手。然而到了绍兴年间，宋金开始进入拉锯状况，拉锯也只是在江淮之间，南宋朝廷虽说是偏安江南，但也固若金汤。到了这时候，高宗打量武将的目光便有些复杂了，特别是他在金銮殿上看到那些捷报时，高兴归高兴，但还是掺杂了几分忧虑。打仗是武将的事，时间长了，这些人渐渐坐大，拥兵自重，就不把朝廷放在眼里了，难保哪天把历史上那些改朝换代的大戏再演绎一番。每每想到这些，高宗就后怕，这时"重文抑武"的祖训就会在他耳畔响起。

岳飞执意北伐，这让高宗时常失眠，一旦真的直捣黄龙府，届时自己又将如何自处？高宗思来想去，觉得"和议"是最好的结果，对于"家大业大"的南宋来讲，损失点银子和面子，与换得天下暂时太平相比划算得多了。为了"和议"，岳飞必须死，这不仅中了高宗下怀，还可以把杀掉岳飞的仇恨算在秦桧和金人头上，可谓是一举两得，一箭双雕。更何况倡导"文臣不爱钱，武臣不惜死，天下太平矣"信条的岳飞，早被那些脑满肠肥的宋廷权臣视为"眼中钉""肉中刺"，他们个个咬牙切齿，只有岳飞死了一切才会安宁。

6

偃武休兵，边事无忧，只欠东风。

高宗说做就做，先是把岳飞、张俊、韩世忠的兵权削夺，接着就是谏官奏疏上来，弹劾岳飞。绍兴十一年（公元1141年）十月十三日，将岳飞以谋反罪下大理寺狱，尽管金国以"必杀岳飞"作为"和议"的交换条件，但当高宗真正迈出杀戮第一步时，他在杀与不杀岳飞这个问题上还是有些纠结。从岳飞下狱到腊月十八日，两个多月的时间里，岳飞谋反罪的案情一直没有多大进展，尽管大理寺也胡乱拼凑了一些谋反证据，但是漏洞百出，明眼人一眼就能看穿，如果按照这样的证据定罪，岳飞也只能勉强判处两年流刑。对于大理寺的奏章，高宗没有表态，他显然对大理寺的工作很不满意。"善解人意"的秦桧，便把原先负责此案的御史中丞何铸撤了下来，换上万俟卨。为什么要换上万俟卨？因为秦桧知道此人与岳飞有过节。原来当年岳飞担任荆湖宣抚使时，见到了已升任提点湖北刑狱的万俟卨，因知道万俟卨人品很差，就看不起他，万俟卨感觉到岳飞对自己不敬，记恨在心，从此结下梁子。

可以说，在腊月十八日之前，案件还只是停留在有罪与无罪的层面上，但是自腊月十八日以后，就进入了杀与不杀的实质阶段。万俟卨接手案件后，审讯的力度自然不用怀疑，他按秦桧的授意，先诬陷岳飞，说岳飞和他的儿子岳云给张宪写信，让张宪谎报军情以动摇朝廷决策，并命令张宪设法让岳飞回到军中，但是此案没有成立。后来就又诬告说岳飞在淮西战场迟滞不前的事。其实无论证据确凿与否，反正高宗主意已定，他提起御笔下旨：岳飞特赐死，张宪、岳云并依军法施行。在大理寺的奏状上，岳飞、张宪判的是死刑，而岳云判的则是流刑，但这样的判决显然不称圣意。既然已经开了杀戒，那么多杀一个也无所谓了；既然多杀一个无所谓，那么岳云就非杀不可，因为他不仅是岳飞的长子，而且素来勇武，是个上了战场就不要命的人，无论如何也得先要了他的性命。想到这里，高宗又提笔加了几句：令杨沂中监斩，仍多差兵将防护，余并依断。

绍兴十一年（公元 1141 年），宋金双方达成了"绍兴和议"。令人叹息的是，就在议和完成后的第三天，即十二月廿九日除夕夜，宋高宗赵构和秦桧在临安大理寺内，以"莫须有"的罪名将岳飞与其子岳云、部将张宪杀害。三十九岁的岳飞临死前在狱案上留下了"天日昭昭、天日昭昭"八个大字，以控告时代和朝廷的不公。畏于秦桧的权势，朝中文武竟无一人敢为岳飞收尸。最后，是大理寺监狱一个名叫隗顺的狱卒，偷偷背起岳飞的尸首，一路跑到杭州城外的九曲丛祠，把岳飞葬到了北山之下。

当金国获知岳飞已死的消息后，举国上下如释重负地狂欢庆祝。为庆祝岳飞之死，金军释放军马，让马儿回归南山，金国将领们收起刀枪，彻夜痛饮，额手相庆。而南宋则在高宗和秦桧的压制下，万马齐喑，血性之士不敢言语。岳飞死得无声无息，仿佛从来就没有来过这个世界一样。直到二十年后，宋孝宗赵眘希望利用岳飞造势，北伐金国，才为岳飞平反，将其葬在西子湖畔，谥号"武穆"。

历史总是会带给后人一些沉重的记忆，这些记忆之所以沉重，就是因为它能让后人透过那些尘封在岁月深处的过往，用理性思维观察评判那个不属于自己的时代，然后得出一个属于自己的答案。所以，在绍兴十一年（公元1141年），我们所看到的主要矛盾已经不再是宋金两国之间的你死我活，而是朝廷内部皇权对武将的戕伐。十二道金牌下，宋高宗终将岳飞北定中原的梦想化为泡影，让旷世英雄徒留一曲失败的悲歌。当然，这也是一个朝代的悲剧，因为这种梦魇伴随着岳飞慷慨悲壮的《满江红·写怀》，在南宋河山上空整整回荡了一百五十多年，而故土中原也就成为大宋遗民永远回不去的老家。

"靖康耻，犹未雪。臣子恨，何时灭。驾长车踏破，贺兰山缺。壮志饥餐胡虏肉，笑谈渴饮匈奴血。待从头、收拾旧山河，朝天阙。"八百多年来，抗金英雄岳飞振聋发聩的呐喊，仍旧在泱泱华夏大地上铮铮回响。

铁马金戈

入梦来

|

绍兴三十一年（公元 1161 年），对于向金国俯首称臣，每年靠纳贡银、绢匹换得东南半壁江山的南宋偏安朝廷来讲，确是一个值得铭记的年份。

落日塞尘起，胡骑猎清秋。这一年十一月，金主完颜亮率六十万大军，兵分四路，水陆并进，剑指江南，欲毕其功于一役，攻占临安，灭亡南宋。此次，完颜亮气势如虹，放出了"提兵百万西湖上，立马吴山第一峰"的狂言。然而，让他万万没有想到的是，南宋军民"置之死地而后生"的抗争，击碎了他的狂言。南宋军民在采石矶（今安徽马鞍山西南）打响了阻击金军渡江南进的防御战，最终，宋军以寡击众，以弱胜强，打败金军，一举粉碎了完颜亮渡江南侵、灭亡宋廷的美梦。这也是宋金战争以来，十分重要且值得宋人永远铭记的一场战役，史称"采石矶之战"。

完颜亮，这位依靠弑君上位的金朝第四位皇帝，多年来梦想横扫宋廷，尽享江南繁华。为此，凶狠残暴的他不顾官兵死活，向大军下达了"三日渡江不得，将大臣尽行处斩"的死令，也正是这道死令，最终导致金军这座看似铜墙铁壁般的堡垒开始从内部坍塌。担任浙西兵马都统制的完颜元宜也仿效当年的完颜亮，公然发动兵变，将完颜亮射杀。与此同时，金国内部又发生政变。前线兵败，后院接连失火，金国无暇南顾，只得与南宋议和，南宋趁机收复两淮之地，国祚又得以延续百余年。由此看来，公元1161年，确实是南宋王朝扬眉吐气的一年，但对金国来讲却是一段不堪回首的沉重记忆。

国家生死存亡之际，"采石矶之战"无疑给南宋朝廷和北宋遗民打了一针兴奋剂，也再次点燃他们收复故国的希望之光。这一年，农民出身的耿京，不堪金朝繁重赋税，在山东济南竖起抗金大旗，很快得到穷苦民众的积极响应。义军先后攻克莱芜、泰安等地，队伍迅速发展到二十多万人，成为北方义军中最为强大的一支。起义军的号角也唤醒了正在苦苦寻求复国道路的辛弃疾，他听闻耿京在梁山泊起兵抗金，便毫不犹豫地变卖了济南的家产，招募了两千手下前去投奔。因为辛弃疾文采出众，又长于谋略，被义军将士推举为掌书记，跟随耿京左右，负责掌管义军的文书和帅印。耿京虽是个粗人，但很尊敬读书人，对辛弃疾也非常器重，常和他切磋武艺，彻夜饮酒，讨论战事。对于这段跟随耿京抗金的经历，辛弃疾在词作中有过回忆："壮岁旌旗拥万夫，锦襜突骑渡江初。"描写的就是雄姿勃发的他，带领义军与金兵作战时的场景。

然而，前进的道路从来就不是一帆风顺的，辛弃疾的抗金大业同样也是一波三折。加入义军不久，就发生了一件让他意想不到的事情。义军帅印被人偷了，而且偷走帅印的不是别人，正是与辛弃疾一起投奔耿京的义端。义端是个和尚，说起来也算是辛弃疾的好友，是辛弃疾把他介绍到耿京队伍里来的，如今好友背信弃义，趁其不备，偷走帅印，想以此献给金人，换得荣华富贵。

帅印被盗，而且还是自己身边的人，耿京得知后勃然大怒，他找来辛弃疾，满脸怒气地质问道："你看怎么办？"耿京要拿辛弃疾问罪。羞愧难当的辛弃疾当即立下军令状，坚定地回答道："给我三天时间，我去追回帅印，如果追不回来，就以死谢罪！"

公元1162年的那个冬日，是一个大雪纷飞的日子，这场大雪仿佛为大宋破碎山河披上了一层洁白的纱被，以此慰藉国殇。辛弃疾率领一小队人马冲进了皑皑白雪中。大雪之夜，亡命的僧人，仗剑的将军，构成了一幅温柔而又残酷的画面。辛弃疾马不停蹄，经过两天两夜不眠不休地奋力追赶，终于追上义端，将其斩杀，夺回帅印。

第三天，辛弃疾终于将帅印连同义端的人头带回军营，从此耿京对他刮目相看，更加器重。直到白发横生时，辛弃疾回想起自己当时的英勇壮举、豪迈往事，依然备感自豪，因为帅印代表的不仅仅是一种权威，更是收复故国的一份责任。匹夫不可夺其志，三军亦不可夺其帅印！这就是帅印在辛弃疾心中的分量。

2

辛弃疾，字幼安，山东历城人。

公元 1140 年，辛弃疾出生在山东历城（今山东济南）的一个官宦之家。而同一年，南宋皇帝颁下了十二道金牌，逼迫岳飞班师回朝，最后以"莫须有"的罪名将其杀害，十年心血，毁于一旦。

弹指之间，宋廷已经南迁十余年，"靖康之耻"也似乎已经被岁月尘烟淹没。"暖风熏得游人醉，直把杭州作汴州"，偏安江南的南宋王朝，似乎忘记了故国的耻辱，沉溺于纸醉金迷之中，战斗的热血好像已在统治者心中停止沸腾，军事和政治上的无能，使得南宋开始向马背上的异域民族俯首称臣，每年依靠纳贡银、丝绢换取所谓的"和平"和"安宁"。

天下兴亡，匹夫有责！北方长期生活在金国统治下的大宋遗民故国情深，总希望自己能在有生之年看到大宋重振雄风，收复失地。为此，他们卧薪尝胆，千方百计为复国积蓄着力量；他们教诲子女，千难万险也不要忘记自己的民族……翻看历史那些尚存的记忆，总能够触摸到这些仁人志士的情感温度。辛弃疾的祖父辛赞，北宋末年的进士，便是其中的一员。"靖康之变"，宋室南渡，辛赞"累于族众"，无法南下，便留在了被异族攻陷的国土上，后仕于金国。当战争的血迹被冲刷，士兵的尸体被埋葬，城池恢复平静后，出于对金国骑兵的恐惧，大多数人可能选择了遗忘仇恨，继续谋生、纳税、科举、服徭役，而辛赞虽然在金国任职，但他并非毫无气节之人，事实上他为了保护族人性命，"身在曹营心在汉"，蛰伏待机，始终想着寻求一切机会为复国之战贡献力量。

回望历史，对于那些心有理想和抱负的人来说，能够背负着骂名坚强活下去，可能比以死殉国更需要持久的勇气，而辛赞就是这样的人，他这种勇气和勇敢直接影响了辛氏族人，当然也包括辛弃疾。辛弃疾三岁时，父亲辛文郁不幸去世，他就一直跟随着祖父辛赞。辛赞很是崇拜西汉名将霍去病，所以就给孙子取名"弃疾"，既希望他长大成人之后能够成为像霍去病那样的卫国大将，驱逐异族，收复故土，也希望他身体健康。爷爷辛赞作为辛弃疾的启蒙良师，从小就非常注重对他的点滴培养和言传身教，一直把辛弃疾带在自己身边，带他游历，指点江山，教他诗文，熟诵经典。辛赞认为只有让辛弃疾熟读史书，才能够明白世事背后的真正道理，达到"通古今之变，知兴废之由"的思想境界。

辛弃疾对爷爷经常带他"登高望远，指点山河"的情景记忆犹新，印象尤为深刻，这在他所作的军事论著《美芹十论》里都有详细记载。辛弃疾写道：每每站在高山之巅，爷爷辛赞总是告诉他哪个地方是要塞，哪个地方曾经是战场，哪个地方可以作为武装起义的据点，等等。经过爷爷的言传身教，辛弃疾收复中原的志向更加坚定。渐渐长大的他，身体亦如爷爷所希望的那样平安健康。辛弃疾越发清醒地看到，他所寄予希望的那个王朝"病"了，甚至是病入膏肓，国运衰颓，兵祸连绵。辛弃疾幼时目睹汉人在金人统治下所遭受的屈辱与痛苦，深切感受到亡国之痛，自小就立下了恢复中原、报仇雪耻的鸿鹄之志。

少年辛弃疾，在祖父的期待中渐渐长大，他不负所望，文采斐然，武艺超群，格局见识远超同辈。由于文才出众，辛弃疾十四岁时就被金国的济南官府推荐去燕京参加进士考试，以他的聪明和才华，完全可以在金国走一条不寻常的仕途，但是他知道自己还肩负祖父尚未完成的使命，那就是收复中原。可叹的是，南宋王朝只想偏安一隅，枕着一帘幽梦，沉醉于西湖歌舞中，纵有名将却不重用，还要讨好金人，谋害良将贤臣，自毁长城。辛赞在煎熬中苦苦等待，最终也没能盼来回归的机会，在遗憾中离世。

3

绍兴三十二年（公元 1162 年），辛弃疾为了接受南宋政府的指挥，进一步推动敌后战争，即所谓的"就战其地"，配合收复失地，他说服耿京，南归大宋。辛弃疾代表耿京义军携带归附表，亲赴南宋都城临安进行联络。南宋朝廷得知这一消息，非常振奋，二十万大军的加入，对于武备不足的南宋来讲可不是个小数目，其政治影响不亚于"采石矶之战"。正在建康犒劳宋军的宋高宗赵构高兴万分，他在建康召见辛弃疾，对他和耿京的忠义之举大为褒奖，当即册封其为承务郎、天平军节度掌书记，耿京为天平军节度使、知东平府兼节制京东河北路忠义兵马。这次召见，对于辛弃疾来讲期待已久，这也是在大宋历史上义军走向光明且影响深远的大事件。

世事无常，造化弄人，谁都无法知道明天和意外哪个会先来到。正当辛弃疾圆满完成联络任务，返回山东时，一场突如其来的变故发生了。就在宋高宗赵构召见辛弃疾期间，义军将领张安国叛变杀了耿京，率领部分义军投靠了金国。辛弃疾闻讯后勃然大怒，他星夜兼程赶回海州（今江苏连云港），找到义军余部将领商量对策。黑夜深沉，军帐内辛弃疾还在和义军将领紧急商议，已经几夜没有合眼休息的他，红肿着眼对大家说："我鼓动主帅回归宋廷，没想到事情变成这个样子，我怎么向宋廷复命呢？"辛弃疾痛心疾首，猛地将拳头往桌子上一砸，决定严惩叛将。

一个漆黑之夜，辛弃疾带领五十名骑兵，闪电般突袭金军大营。他艺高人胆大，冲破五万金兵的重重防御，犹如神兵天降，在金国为张安国举行的欢迎宴会上，将叛将张安国抓到马上，如挟兔兔，全身而退。之后，辛弃疾等人一路"钳马衔枚"，取道淮西南下，连夜狂奔千里，一天一夜没有吃饭，将叛将张安国押至临安，明正典刑，大快人心。这种极富传奇色彩的英雄行为，让辛弃疾名噪一时。

"圣天子一见三叹息，用是简深知。入登九卿，出节使二道，四立连率幕府。"以五十对五万，怎么看都是不可能完成的任务，但是辛弃疾却以其运筹帷幄的卓越指挥才能，圆满完成了这项不可能完成的任务。第一次到临安，辛弃疾即以这样传奇式的壮举精彩亮相，充分显示出英雄气概。辛弃疾深入虎穴的壮举令宋廷惊叹不已，宋高宗赵构见识到辛弃疾的机智勇敢和高强武艺，不由得连连感叹。

辛弃疾率领义军余部南下归宋，在建康再一次受到宋高宗赵构的召见，从此他在南宋朝野声名鹊起。宋廷虽然仍授予辛弃疾节度掌书记，但改派他去了江阴做金判官，从此开始了他在南宋的仕宦生涯。在乱世之中，被命运之神眷顾了的辛弃疾，这一年刚刚二十三岁，他英气逼人，摩拳擦掌，正梦想着为南宋王朝贡献自己的一切，奋笔书写自己的辉煌人生。后来，辛弃疾又调任广德（今安徽广德）通判，任满后再调任建康通判。

辛弃疾初到南宋，对朝廷的环境并不熟悉，对王朝的怯懦和畏缩更是不了解。绍兴三十二年（公元1162年）六月，那位对辛弃疾归正义举赞赏有加的高宗皇帝，御笔一挥，以"倦勤"为由，将帝位传给赵眘，是为宋孝宗。这位比辛弃疾大十三岁的新皇帝宋孝宗，即位之初，重用主战派，积极备战，曾一度表现出想要恢复失地、报仇雪耻的锐气。

隆兴元年（公元1163年）五月，宋孝宗任命张浚为北伐主帅，史称"隆兴北伐"，但因宋军主将不和，军心涣散，在金军反攻下，被金军击溃，损失惨重。第二年十二月，在金军胁迫下，南宋只好再次与其达成和议，史称"隆兴和议"，又名"乾道之盟"。继"绍兴和议"之后，南宋与金国再次订立屈辱和约，从此，南宋皇帝向金国皇帝改称侄，金宋两国皇帝成了叔侄关系；改"岁贡"称"岁币"，并将"绍兴和议"商议的银、绢各减五万，为二十万两、二十万匹；南宋割唐（今河南唐河）、邓（今河南邓州）、海（今江苏连云港）、泗（今江苏盱眙）四州外，再割商（今陕西商县）、秦（今甘肃天水）二州予金国。"隆兴和议"之后，宋金两国维持了四十多年的和平。

无论是"倦勤"休养的太上皇，还是出兵北伐失败的宋孝宗，残酷的现实逐渐掀开了南宋怯懦和畏缩的面纱，让南归不久的辛弃疾渐渐看清了这个枕着西湖陶醉在曼妙歌舞中的朝廷。放眼朝野上下，到处弥漫着浓浓的奢靡之风，少有人愿意谈论国事，更遑论抗金大业了。何去何从，又成为摆在辛弃疾面前的一个十分现实的问题。他完全可以选择退缩，也可以和那些麻木的朝臣一样，浑噩度日，懦弱自保，但是浸透在他骨子里的那份气质是绝对不允许的。

"愿你出走半生，归来仍是少年。"

真正的英雄，是在认清生活的真相后，仍然热爱生活的人。辛弃疾就是辛弃疾，他不顾官职低微，在改任广德军通判后，利用赋闲在家的时间，总结了自己几年来对金作战的经验和宋金形势，废寝忘食，呕心沥血，完成了军事理论著作《美芹十论》，后来又写下了关于北伐的"万字平戎策"——《九议》。尽管这些建议书在当时深受人们称赞，广为传颂，但朝廷的反应却十分冷淡，也只是对辛弃疾所表现出的实际才能略感兴趣罢了。

辛弃疾始终保持着主战派的姿态，这也是爷爷辛赞传承给他的深入骨髓的气质。他的这种"固执"和"顽固"遭到了主和派权贵的排斥，当然主张以"岁币""称侄"和割地换取"和平"的宋孝宗，也不希望总有人在他耳边嗡嗡作响。于是，为了耳根清净，朝廷先后把辛弃疾派往江西、湖北、湖南等偏远之地，担任转运使、安抚使之类的地方官职，主要负责治理地方荒政，整顿社会治安。

人纵有万般才能，也终究敌不过命运。辛弃疾不得不面对残酷的现实，他豪迈倔强的性格和执着北伐的热情，也只能收敛起来藏于心底。另外，辛弃疾知道"归正人"这个尴尬身份，始终是他仕途发展的拦路虎。所谓"归正人"，是南宋属地对北方沦陷区南下投奔之人的蔑称，在南宋庙堂之上，"归正人"的称谓，就像一副无形的枷锁，紧紧禁锢着辛弃疾那颗渴望报国的高尚灵魂，使他常常陷入抗金无门的异常苦闷之中。

4

乾道六年（公元 1170 年），南宋都城临安，一切如常，平淡无奇，似乎并无大事发生。勾栏瓦肆内依旧人声鼎沸，潋滟西湖上依旧游船如织。

这一天，宋孝宗在杭州凤凰山皇宫的延和殿召见大臣们商议对策，传旨叫任期刚满的建康通判辛弃疾一起参加。为了这次召见，辛弃疾足足等待了五年，五年来，他从战事素材收集，到宋金形势分析，再到作战方案具体实施，已经做好了充分准备。延和殿上，辛弃疾把自己所写的《九议》《应问》《美芹十论》等军事论述，毫无保留地献给了孝宗皇帝，君臣二人一问一答，辛弃疾详细阐述了不利和有利条件、形势发展变化、战术长短之处、地形有利有害等军事问题。辛弃疾向宋孝宗建议"阻江为险，须籍两淮"，请求加紧训练民兵，以守江淮。关于这次召见，《宋史·辛弃疾传》是这么记载的："六年，孝宗召对延和殿……弃疾因论南北形势及三国、晋、汉人才，持论劲直，不为迎合。"从这段记载中可以了解到，这次召见，辛弃疾表现的确令人意外，"持论劲直，不为迎合"，意思是说坚持自己的意见，不去迎合宋孝宗的意图。此时，因为朝廷与金国讲和早已成定局，所以辛弃疾的建议不能成为两国"和平"进程的绊脚石。辛弃疾的建议遂被束之高阁，宋孝宗最终没有采纳。好在时任宰相虞允文爱才，在他的积极斡旋下，辛弃疾不久就调入都城临安，担任司农寺主簿，具体负责后勤事务和粮农事宜。司农寺，是掌管朝廷仓廪、籍田和园囿等事务的行政机构。

北方故国大片土地仍沦陷于金人之手，百姓惨遭异族铁蹄蹂躏，南北边境时常遭到侵扰。而与之相反，南宋都城临安看上去仍是一片歌舞升平，"直把杭州作汴州"。这一切都让热血青年辛弃疾非常失望，性格豪放的他根本无法融入这个腐朽的官僚体系，于是渐行渐远，渐趋孤独，不仅"知音弦断"，而且喝酒也只能"停杯对影，待邀明月相依"。怀才不遇，壮志未酬，自然会在浅斟低唱间流露。在临安的两年，辛弃疾一直郁郁寡欢，唯一能够聊以慰藉的就是听曲填词。

辛弃疾在杭州任职期间，在西湖之畔也留下了许多脍炙人口的诗篇，如写西湖夏日傍晚景色的《念奴娇·西湖和人韵》，描写湖上风光的《好事近·西湖》，等等。此时的南宋王朝，已经失去半壁江山，宋徽宗、宋钦宗和皇室宗亲几乎全被俘虏到金国。"隆兴北伐"，以符离大败、"隆兴议和"而告终，南宋以"岁币""称侄"和割地为条件，换取了所谓的"和平"，可谓丧权辱国之至。但是，这一年临安的元宵节却依然是一片欢腾，丝毫看不出国难当头的迹象，真是"商女不知亡国恨，隔江犹唱后庭花"。

对于乾道七年（公元 1171 年）的这个元宵节，辛弃疾记忆尤为深刻，临安城内火树银花，异常繁华。或许是有了一场艳遇，也或许只是一种隐喻，赏灯归来的辛弃疾，以诗词特有的笔致，将精忠报国的渴望、矢志不渝的情怀、无路请缨的惆怅、孤寂郁闷的牢骚，一股脑地倾泻在《青玉案·元夕》这首千古佳作之中："东风夜放花千树。更吹落，星如雨。宝马雕车香满路。凤箫声动，玉壶光转，一夜鱼龙舞。　蛾儿雪柳黄金缕，笑语盈盈暗香去。众里寻他千百度，蓦然回首，那人却在，灯火阑珊处。"尤其是"众里寻他千百度，蓦然回首，那人却在，灯火阑珊处"几句，突出表现了"那人"与众不同的性格。从辛弃疾始终不渝地坚持抗金理想来看，这正是他的自况——忧君、忧民、忧社稷，一心盼着国君能够发现自己、重用自己，希望能够"了却君王天下事，赢得生前身后名"。辛弃疾从夜幕降临到黎明将至，孤独地站在灯火阑珊处，苦苦地等待着，等待着……

宋乾道八年（公元 1172 年）春，经虞允文举荐，朝廷决定派三十三岁的辛弃疾出任滁州（今安徽滁县）知州。滁州地处两淮之间，为宋金边境，是南北必争之地，军事地理位置十分重要。早在乾道元年（公元 1165 年），辛弃疾就曾经向朝廷奏疏反对议和，同时在奏疏中也专门写道滁州是战略要地，金人不破滁州，不敢入侵，并建议朝廷加强滁州战备。这次朝廷让他独掌滁州，也许就是给他一个将自己政治主张付诸实践的好机会。可是一晃七年过去了，今日滁州已经不再是当年的滁州，辛弃疾人微言轻，宋廷根本没有听取他这位"归正人"的建议，滁州兵备日益衰退，历经战火毁坏，整座城池要塞早已千疮百孔，村落破败，十室九空，市衙冷落，流民四窜，田野荒芜。

辛弃疾到任后，他伫立在滁州清冷的街头，一种难以名状的凄凉顿时涌上心头。古人云，既来之则安之，辛弃疾作为滁州最高行政长官，决心改变这一现状，为大宋再造一个不一样的滁州，经过一番深入走访调研，他很快推出治理新政。首先，减免赋税，与民休息。虽然滁州天灾人祸不断，但百姓缴纳的赋税仍和承平丰年一样，百姓苦不堪言。辛弃疾屡次上疏朝廷，请求免除积欠赋税，终获应允。其次，多措并举，调动生产积极性。辛弃疾以提供贷款和生产资料等惠民政策，想方设法把那些逃难流散的百姓招回来，鼓励他们回乡开展生产，稳定乡村。再次，不忘备战。辛弃疾念念不忘自己的老本行，在农闲时组织青壮年练兵，以备不时之需，时刻为收复中原做准备。最后，尽快恢复城市商业建设。辛弃疾集中财力办大事，在乱草丛生的街道上修建起商铺、客店、酒馆，以便行旅。城无商不活，辛弃疾还推行优惠政策，减免经商税收，吸引四面八方的商贾，并且专门恢复交易市场，取名"繁雄馆"，修建奠枕楼，供百姓聚会宴游，拉动消费。不到半年时间，滁州就发生了天翻地覆的变化。

5

多年之后，辛弃疾故地重游，站在滁州奠枕楼上，看到城内人潮汹涌，川流不息，内心十分欢喜，写下了《声声慢·滁州旅次登楼作和李清宇韵》："征埃成阵，行客相逢，都道幻出层楼。指点檐牙高处，浪涌云浮。今年太平万里，罢长淮千骑临秋。凭栏望，有东南佳气，西北神州。"

辛弃疾主政滁州两年，充分展示出他的治理才能。淳熙二年（公元1175年），叶衡入朝为相，任右丞相兼枢密使，力荐辛弃疾慷慨有大略。宋孝宗再次召见辛弃疾，任命他为仓部郎官，后任提点江西刑狱，平叛茶商军。

所谓茶商军，就是一批贩私茶的商人组成的武装。唐宋以来，政府对茶叶的税收越来越重，因此便出现了大量私茶贩子，他们经常与官军发生冲突，于是便组织起自己的武装，以对抗官军。江西的茶商军，一直是孝宗皇帝的心头之患，这支以赖文政为首领的茶商军，从湖北出发，一路向湖南进发，如今已经窜到江西境内。朝廷先后派出多批官兵进行围剿，均无功而返。无奈之下，孝宗皇帝想到了智勇双全的辛弃疾，于是任命他"为江西提刑，节制诸军，讨捕茶寇"。辛弃疾赴任江西后，并没有采取简单粗暴的打法，而是谈打结合，分化瓦解，从而减少双方不必要的伤亡，最后成功平定了茶商军。《宋史·孝宗本纪》曾记载道："（公元 1175 年闰九月）辛弃疾诱赖文政杀之，茶寇平。"

因为固执与坚持，辛弃疾早已成为那些主和派王公贵胄的"眼中钉""肉中刺"，他们总会想方设法把这位惹人"讨厌"的同僚打发得远远的。此后的五六年间，辛弃疾辗转于皖、湘、鄂、赣等地，先后担任判官、知府、安抚使、大理寺少卿、转运副使和转运使等职，调任多达十余次。

宋孝宗后期，南方盗贼颇多，而成军不堪用，调拨大军又弊大于利。史载"盗连起湖湘，弃疾悉讨平之"。湖南"控交广之户牖，拟吴蜀之咽喉"，民风彪悍，盗匪猖獗。宋淳熙七年（公元 1180 年），曾多次参与平盗的辛弃疾，向朝廷提议创建"飞虎军"，并得到允许。这一年，四十一岁的辛弃疾先后担任湖南转运副使、知潭州兼湖南安抚使，被派往湖南平寇。辛弃疾到任后，成立了一支训练有素、装备精良的"飞虎军"，铁甲烈马，威风凛凛，战斗力堪比朝廷正规军。

"雄镇一方，为江上诸军之冠。"在此后的三十多年里，"飞虎军"一直成为南宋维护湖南政治局势的军事支柱，更令金人闻风丧胆，甚至称他们"虎儿军"。"王于兴师，修我戈矛"，辛弃疾无论处在何职，身在何地，都念念不忘北伐大业，当权者也始终没有放松对他的警惕，因为他们本身就对辛弃疾这样的"归正人"不放心。就在"飞虎军"组建不到三个月时，又一纸命令将其调往江西，辛弃疾只得依依不舍告别了他亲手缔造的"飞虎军"。时至今日，湖南长沙市区还有一条名叫"营盘路"的道路，这条路就是辛弃疾当年建造营盘时的旧址所在。到辛弃疾离开湖南为止，在他南归的十八年里，居然被频繁调动十六次，每到一地任职，少的三五个月，最多的也不过两年，但就是在这样有限的时间里，他总是做到最好。

南宋初期，主张北伐中原的岳飞，最终以"莫须有"的罪名被害。现在，对于辛弃疾来说，不仅难以得志，同样也是不断遭到贬抑和打压，以至于仕途几经沉浮。淳熙八年（公元 1181 年），四十二岁的辛弃疾赴任知隆兴（今江西南昌）府兼江西安抚使。其间，他在上饶带湖，依照"高处建舍，低处辟田"的格局建造了一座庄园，他对家人说："人生在勤，当以力田为先。"因此，辛弃疾把带湖庄园取名为"稼轩"，并以此自号"稼轩居士"。辛弃疾已经意识到自己"刚拙自信，年来不为众人所容"，所以他已做好归隐的准备。果然，淳熙九年（公元 1182 年），辛弃疾被弹劾罢免官职，他的带湖新居也正好落成，便回到上饶，开始了他中年以后的闲居生活。此后二十年间，辛弃疾除了有两年出任福建提点刑狱和福建安抚使外，大部分时间都在乡闲居。

二十年之后，北伐的消息犹如一夜春风，让辛弃疾心中的梨花次第绽放。宋宁宗嘉泰三年（公元 1203 年），主张北伐的韩侂胄起用主战派，辛弃疾被任命为绍兴知府兼浙东安抚使，接受到任命，年迈的他为之振奋。但是，对于为了捞取政治资本而主张北伐的韩侂胄来说，他既没有授予辛弃疾合适的官职，也没有征召辛弃疾赶赴前线战场。或许在韩侂胄看来，辛弃疾早已是"廉颇老矣"。

6

管鲍之交亲无间，伯牙子期觅知音。

也就是在辛弃疾任职绍兴期间，他有幸结识了陆游，一位是诗文大家，一位是词坛巨擘，南宋文坛上的两位巨匠携手相见。陆游有礼贤下士之风，跃马北进之志，辛弃疾有治国安邦之才，济世匡时之略，山阴道上，留下了二人不少人生佳话。

嘉泰三年（公元1203年）六月，辛弃疾到绍兴知府任上不久，听闻陆游辞官归隐在家，便急不可待地去拜访这位文坛前辈。一个风和日丽的午后，两人在沈园附近的草堂相会了。那时，陆游刚从都城临安回到故乡，辛弃疾则刚到绍兴知府任上一个多月。年过古稀的陆放翁，白发苍苍，精神矍铄，他紧紧握着小他十五岁的辛弃疾的双手，眼里饱含着对世事沧桑的感慨和对知音难觅的唏嘘。两人初次相见，都异常激动，当仰慕已久化为把酒言欢，就足以告慰此生了。他们谈收复故土的北伐理想，谈金戈铁马的沙场经历，谈诗词歌赋的韵味，谈相见恨晚的情感……当辛弃疾看到陆游家宅破败不堪后，提出要为他修建草屋，陆游微笑着婉言拒绝了。是啊，一个心在沙场的文学斗士，又怎会在乎这些呢！他们追求的是心有灵犀的超绝，追求的是月下畅饮的豪情，追求的是英雄之间的相惜。两人不知不觉从中午聊到傍晚，再到深夜，烛光摇曳，清风扑面，对坐畅饮，毫无倦意。他们聊起了陆游"匹马成梁州"，聊起了稼轩"气吞万里如虎"，他们畅谈人生、讨论战事，即便那些关于国土沦丧的感叹注定是夸夸其谈，即便那些关于破敌的良策注定是纸上谈兵，但这两个爱国壮士却依然能在这份热切与激愤的支撑下，彻夜不眠。

两人同在绍兴半年后，韩侂胄急于北伐，征召六十六岁的辛弃疾北上京口（今江苏镇江）抗金前线。赴任前夜，陆游为辛弃疾摆酒送别，此时的陆游内心深处充满着期待和不安：一方面，他希望辛弃疾这样的奇才可以为国效力，替他实现毕生的理想；另一方面，他又担心韩侂胄北伐策略过于冒进，可能会导致失败。但无论如何，作为立志恢复中原的知己好友，陆游还是全力支持辛弃疾参与北伐。

公元 1204 年春，宋宁宗在临安接见了辛弃疾，任命他为镇江知府。作为镇守镇江要地的主帅，辛弃疾感觉到渡江作战指日可待，想到自己的希望连同陆游的期盼即将实现，兴奋不已。开禧元年（公元 1205 年），辛弃疾来到镇江江防要地京口，登临京口北固亭，看着滚滚长江水，心里五味杂陈。他登高望远，思古感怀，抚今追昔，思绪万千，于是写下了那首名作《永遇乐·京口北固亭怀古》，留下了千古名句："千古江山，英雄无觅，孙仲谋处。舞榭歌台，风流总被，雨打风吹去。斜阳草树，寻常巷陌，人道寄奴曾住。想当年金戈铁马，气吞万里如虎。"

北固亭又称北固楼，坐落于镇江北固山，建于晋代，南朝梁时名"北顾"。对南宋人来说，登高北望，靖康耻、恢复志就会涌上心头。辛弃疾多么希望南宋君臣能像孙权那样有英雄气概，不只是恃江而守，而是锐意进取，恢复中原，报仇雪恨。然而，谁又能承担起这一历史责任呢？残酷的现实让辛弃疾忧心忡忡，他由衷发出深深的感叹："千古江山，英雄无觅孙仲谋处……凭谁问：廉颇老矣，尚能饭否？"

辛弃疾不止一次告诫韩侂胄不要过于冒进，然而韩侂胄不听，以至于北伐前期虽然取得了一些小胜，但后期由于前线将领反叛，遭遇了一连串的打击，最后彻底失败。命运终究没能给辛弃疾一个圆满的机会，不久，韩侂胄因为与辛弃疾用兵思路不同，临阵将他换下，这令辛弃疾沮丧到了极点，他不得不接受再一次与理想擦肩而过的事实。这一年秋天，辛弃疾因举荐不当被调离镇江，改任隆兴知府，随后又被弹劾罢官，回到上饶铅山（今江西铅山）家中。辛弃疾南归四十三年中，一刻也没有忘记自己和爷爷辛赞的梦想，睡梦中不止一次出现自己率千军万马突破金兵防线，奋勇杀敌的壮美画面，遗憾的是，现实生活中这样的画面终究未能呈现。

开禧三年（公元 1207 年）秋，朝廷决定再次起用辛弃疾为枢密都承旨，令他速到临安府赴任。枢密院，是南宋最高的军事机构，这个机会对于六十八岁的辛弃疾来讲，确实来得太迟了，似乎命运与一生念念不忘抗金的他开了个天大的玩笑，当诏令到达上饶铅山时，辛弃疾已病重卧床不起，只得上奏请辞，同年九月十日病逝，享年六十八岁。悲愤交加的辛弃疾，是在大呼着"杀贼，杀贼"中离世的，这既是他留给世人最短的"词"，也是最豪放、最凄美的"词"！

"男儿到死心如铁，看试手，补天裂！"辛弃疾虽然没有被命运征服，但是老天似乎一直在捉弄他，他离世前的那句"杀贼"，既表达了对当局的不满，也表达了对老天的愤懑，可歌可泣！辛弃疾恢复中原的信念，伴随着他跌宕起伏的一生，在那个凄凉的深秋，与他一起长眠于黄土之下，沉淀成裹尸之沙，幻化成墓志之铭。宋宁宗赵扩得知辛弃疾病逝的消息后，赐对衣、金带，视其以守龙图阁待制之职致仕，特赠四品官。绍定六年（公元1233年），宋廷追赠辛弃疾为光禄大夫。德祐元年（公元1275年），宋恭帝追赠辛弃疾为少师，谥号"忠敏"。不过，对于辛弃疾来说，再多的追封和褒奖，也不抵不过一个征战沙场的机会，就像他在《破阵子·为陈同甫赋壮词以寄之》词中所写的那样。

人生短暂，壮志难酬。辛弃疾以他坚定的政治信念和绝美诗词，为中华儿女的精神世界注入豪迈动力，他的诗词里不仅有"金戈铁马，气吞万里如虎"的豪迈，也有"众里寻他千百度，蓦然回首，那人却在，灯火阑珊处"的柔情，还有"男儿到死心如铁，看试手，补天裂"的英勇！

辛弃疾，就像一座巍峨高山，始终屹立在中华儿女的心中！

化作啼鹃带血归

I

俗话说，不出正月都是年。但对于1276年的南宋王朝来讲，那个正月却是黑暗无边的，面对元军铁蹄兵临城下，摇摇欲坠的临安已经没有丝毫年味了。沮丧、惶恐、哀鸣、悲愤，弥漫在临安的大街小巷。王朝即将覆灭，南宋皇族们放眼望去，这才发现那些他们曾寄予厚望的权贵早已仓皇逃命。大宋养士三百年，在这最后的考验时刻，面对即将崩塌的江山，已经很难再找到合适的词语去形容那些南宋群臣了。

德祐二年（公元1276年）的正月二十日，整个临安笼罩在白茫茫的浓雾中，就像这个正在迷失的朝代，浓雾裹挟着梦魇不断向临安袭来，让人感到无处不在的灭亡恐惧。一大早，随着临安城门的渐渐开启，凶神恶煞般的雾气越过护城河扑向文天祥，旋即消失在他身后的街巷里。文天祥策马转过身，深情地望着身后送行的吏民，心中五味杂陈。他心里清楚，今日一别再无回头路，他知道三十里外皋亭山麓驻扎的二十万元兵虎狼之师，早已蠢蠢欲动。觊觎南宋江山多时的忽必烈，这次绝非单单为了城池和白银而来，他要的是你死我活和大宋一脉江山。

想到这里，文天祥心中突生苍凉。这种苍凉是对眼前这个懦弱王朝的愤慨，是哀其不幸怒其不争的悲悯；这种苍凉是对自己空有报国志，不能挽救国家于水火之中的自责；这种苍凉与城外阵阵袭来裹挟着梦魇的寒冷雾气相比，是有过之而无不及的。此次他肩负着皇后和幼主以及全城百姓的重托，要单骑去会会元军的统帅伯颜……

满朝朱紫贵，尽是读书人。

大宋王朝自宋太祖赵匡胤"杯酒释兵权"之后，开始公开推崇"重文抑武"，声称："宰相当用读书人。"其真正的目的就是想彻底解除唐代中期以来武人干政乱政的局面，以期大宋江山安稳。由此，从北宋到南宋，历代的皇帝纷纷效之。宋真宗也曾自欺欺人地说，"兵革不用，乃圣人本心"，"今柔服异域，守在四夷，帝王之盛德也"。正是这种温柔乡里的"帝王盛德"，才限制了大宋王朝的英雄辈出，以至于宋高宗建炎二年（公元1128年）十一月，金兵南犯，镇守在北京大名府的留守杜充自诩"帅臣不得坐运帷幄，当以冒矢石为事"，把自己比作韩信再世，却不敢与敌交锋，竟然想出了"决黄代兵"的愚蠢办法。在金兵攻破开封城的前一天晚上，他命人决开黄河堤口，妄想让滚滚黄河水阻止住金兵南侵的步伐。然而，杜充的做法不仅没有阻挡住金兵铁蹄，反倒使黄河水自泗水入淮，让最为富饶繁华的两淮地区毁于一旦，曾经歌舞升平的地方，瞬间变成人间地狱。杜充把摇摇欲坠的北宋进一步推向灭亡的边缘，《宋史》对他有这样恰如其分的评价："喜功名，性残忍好杀，而短于谋略。"

"靖康之变"后，偏安一隅的南宋王朝开始粉墨登场，王公贵族们沉迷于在纸绢上描绘心中向往的梦幻城邦，醉生梦死在宋词缠绵吟唱的家国情怀里，在青瓷那抹诱人的天青氤氲中，把烟雨江南装扮成中国历史上为数不多的墨色生香的风雅王朝。

今天的现实，就是明天的历史，人类社会往往就是这样一个你来我往的循环往复。百年歌舞，百年酣醉。一百五十多年的南宋风雅、风花雪月，酣然绽放的艺术之花掩盖住了社会种种矛盾，不断消退的战斗力和回不去的"老家"，成了北宋遗臣心中永远的痛。

2

"靖康耻，犹未雪。臣子恨，何时灭。"

"靖康之耻"，始终是大宋王朝深入骨髓的耻辱记忆，绍定五年（公元 1232 年），偏安一隅的南宋为雪"靖康之耻"，在蒙古许诺联合灭金后将河南还给南宋的诱惑下，宋理宗赵昀不顾大臣们的反对，执意答应蒙古联合抗金的请求。理宗的这一错误决定，为南宋灭亡埋下了巨大隐患，也再次印证了"唇齿相依、唇亡齿寒"的道理。

蒙古，作为宋金对峙时期北方迅速崛起的一个强大的游牧民族，成吉思汗的目光盯的可不仅仅是北方那片浩瀚的大草原，还有丰饶秀美的南宋江山，他要一统天下。最终宋蒙联合灭掉金国，让南宋雪了百年耻辱。但是当宋人载歌载舞"送走"曾经的敌人金国，以为万事大吉时，却不承想又要面对军事实力更为强悍的蒙古。

时代的阵痛并不可怕，可面对蒙古骑兵的步步紧逼，南宋王朝内部的沉沦才是最致命的关键。"山外青山楼外楼，西湖歌舞几时休？"南宋皇族对蒙古铁蹄置若罔闻，依旧沉醉于西湖云影天光和西子曼妙歌舞中。最终，"端平入洛"成为引发宋蒙战争的导火索，一个是迅速崛起的北方游牧帝国，一个是不忘故土的南方文明王朝，两个当时世界上最为庞大的政权，由此开始了一场长达近半个世纪的战争。咸淳十年（公元1274年）七月，宋度宗驾崩，四岁的宋恭帝赵㬎即位，六十五岁的太皇太后谢道清垂帘听政。觊觎南宋江山已久的忽必烈认为时机已到，于是挥师南下，元军一路屠城掠地，沿途宋室守将逃的逃，降的降，可谓兵败如山倒。

德祐元年（公元1275年）七月，蒙古大军势如破竹越过长江天险，占领建康，继而又拿下扬州，攻占两淮（今豫东、皖北、苏北）。此次忽必烈下定了灭宋的决心，他命令左丞相伯颜统帅大军进逼临安。对南宋而言，伯颜确实是一个比较难对付的重量级角色，此人不但深谋善断，而且在带兵、用兵、治军等方面都有独到之处，为兵家所称道。据说，他统二十万大军伐宋，如统一人。伯颜确定了"分诸军为三道，会于临安"的作战部署，他指挥着二十万大军分兵三路浩浩荡荡向南宋都城临安进发。

皋亭山，位于南宋京城临安的东北面，历来被兵家视为皇城天然屏障和防守要隘。"断皋亭之山，天下无援兵。"当年时任浙东安抚使、文武全才的辛弃疾曾这样定位皋亭山，由此可见它在南宋军事史上的重要性。同为兵家的伯颜，自然深谙此事。三路元军会师于皋亭山，将临安城团团围住，形成兵临城下之势。大军压境，临安最后一道屏障突破，只剩下一道飘摇在风雨中的城墙了，这是根本无法抵挡元军铁骑的。皇太后谢道清急下《哀痛诏》，述说继君年幼，自己年迈，国家告急，望各地文臣武将，豪杰义士，敌王所忾，共赴国难，朝廷不吝赏功赐爵。然而，所谓各地文臣武将，豪杰义士，也仅有文天祥和张世杰两人响应而已。

3

德祐元年（公元 1275 年）正月，四十岁的文天祥正在江西赣州任知州，他接到诏书后，望着临安方向，泪流满面，他想到了自己二十岁荣膺科举状元时，宋理宗对他的勉励："此天之祥，乃宋之瑞也。"自己为此还改字为宋瑞。他还想到了因为性格忠直得罪权臣贾似道，虽然被贬出朝外，但朝廷却从未抛弃自己，食朝廷俸禄就应该替君解愁，这是臣子的本分。位卑不能忘国，文天祥手捧着勤王诏书痛哭流涕，他要做南宋最后的风骨。文天祥把母亲和家人送到弟弟那里，立即发布榜文，征募义勇之士，还捐出自己全部家财做军费，并且在战袍上绣上"拼命文天祥"五个鲜红大字，以表毁家纾难、破釜沉舟之意。面对元军的虎狼之师，友人提醒他说："如今元兵三路直逼临安，气势汹汹，你率领这些没有经过训练的兵卒去以卵击石，这跟赶着一群羊入虎口没什么区别！"文天祥却说："国家有难，征天下之兵，若无一人一兵应征赴国难，我深恨之。如天下忠臣义士闻风而起，众志成城，国家就会有救。"就这样，在"拼命文天祥"精神的感召下，赣、吉两地的豪杰义士和农民兄弟纷纷响应，在较短时间内组建起一支三万余人的爱国义军。起兵勤王，为文天祥的人生揭开了新的一页。

临安危在旦夕，文天祥率领着义军昼夜兼程奔赴京师。在江苏虞桥，由于临时组建的义军毫无作战经验，被凶悍的元兵大肆屠戮，他不得不率领残兵退守余杭。木秀于林，风必摧之，文天祥的这种义举，在宰相陈宜中等人看来简直就是一种"猖狂"和"儿戏"。又或许是文天祥的这种勇敢，越发衬托出南宋其他文官武将的明哲保身和懦弱无能，于是他们开始打压诋毁文天祥。由于权臣作梗，文天祥迟迟未被允许进入临安。直到德祐元年（公元 1275 年）十一月，临安城西北的重要关隘独松关失守，元军铁骑进驻皋亭山山麓，文天祥才被允许进入临安。

当皋亭山这座最后的天然屏障和防守要隘沦陷时，以宰相陈宜中和留梦炎为首的那些帝国大小官员哪还顾得上皇室成员的死活，早已纷纷弃职逃命，作鸟兽散。临安城内的凤凰山皇城乱作一团，此时来朝的官员寥寥无几，且个个沉默不语，只有状元知府文天祥和张世杰，以及少数官员还毕恭毕敬地站立在太皇太后谢道清和五岁的恭帝赵㬎左右。谢道清已是六神无主，她知道墙倒众人推，自己和宋恭帝已是孤立无援了。她回想起南宋百余年的"辉煌"，而今自己即将成为王朝最后的谢幕人，想到此不知不觉两行苍凉的泪水流了下来。她要做最后的抗争，绝不甘于这样轻而易举地谢幕。

谢道清随即在临安城中张榜痛斥那些公开逃窜的各级官员："我朝三百多年，对士大夫以礼相待。现在我与新君遭蒙多难，你们这些大小臣子，不见一人出来救国。我们有什么对不起大家的？你们内臣叛官离去，地方守令舍印弃城……平日读圣贤书，所许谓何？乃于此时，作此举措，生何面目对人，死何以见先帝？"当王朝即将覆灭，南宋皇族们放眼望去，才发现那些曾经寄予厚望的权贵高官早已纷纷仓皇逃命。大宋养士三百年，在最后的考验时刻局面竟然是这样的。痛斥归痛斥，谢道清还得面对现实，于是颁发懿旨，任命文天祥为右丞相兼枢密使、都督诸路军马，命他全权负责与元军主帅伯颜的谈判事宜。在文天祥看来，自己二十岁高中状元，以赣州知州身份起兵勤王，于国家危难之际被任命为宰相，这是朝廷赋予他的崇高使命。但是议和与投降并不是文天祥的初衷，他宁愿与元军决一死战，用热血来维护南宋的尊严。

4

在敌兵的震慑之下，比文天祥早十二年（公元 1244 年）考中状元的左丞相留梦炎开溜了，大敌当前，正月十八日，右丞相陈宜中也脚底抹油了，连夜逃回了老家温州。风雨飘摇的南宋朝廷，犹如汪洋大海之上的一叶孤舟，随时面临着倾覆的危险。

文天祥向谢道清奏议，三宫入海暂避，由他与张世杰率军背水一战。谢道清没有采纳文天祥的奏议，她和许多文官仍然痴心妄想着蒙古人能与此前的契丹人、女真人一样，在得到更多的"岁币"和纳贡后会退兵回朝。于是，谢道清给元军统帅伯颜写了封信，请求元军停止攻打，说这一切都是因为奸臣贾似道失信才导致的，愿意赔罪，并每年进贡。伯颜不允，谢道清又命令尚书夏士林等人携带国书再度议和，说愿意尊忽必烈为伯父，宋皇帝世代行子侄之礼，每年贡银二十五万两、帛二十五万匹……屡屡示好的南宋，并没有博得元军统帅伯颜的同情，伯颜已经看透了无力回天的南宋，这次不会给临安一丝喘息的机会。尽管文天祥反对投降，可为了保护三宫九庙及百万生灵免遭涂炭，他还是抱着书生气的幻想，决定挺身而出，想尝试着动之以情、晓之以理，以论辩感化元人，转"谈降"为"谈和"，以此挽救大宋。

德祐二年（公元1276年）正月二十日，文天祥毅然前往皋亭山元军大营。尽管从临安到皋亭山只有三十里路，但这次文天祥却感到十分漫长，心情十分沉重，毕竟自己身上背负着的是大宋王朝三百多年国祚的延续和荣辱。面对气焰嚣张的元军统帅伯颜，他毫不懦弱退缩，慷慨抗论，痛斥元人失信。最后，文天祥掷地有声地说道："吾南朝状元、宰相，但欠一死报国，刀锯鼎镬，非所惧也。"意思是说，我文天祥是南宋的状元、宰相，只求一死报国，你们那些砍刀铁锯和烹人的大锅我都不怕。一番辩论，让伯颜理屈词穷，在场的诸酋也相顾失色，不由得暗暗称赞文天祥不愧为大丈夫。在伯颜看来，像文天祥这样一位即将亡国之人竟敢如此当面顶撞他，恼羞成怒，下令将文天祥囚禁起来，这就是南宋历史上著名的大事件"皋亭抗论"。

在文天祥被囚禁期间，南宋朝廷发生了乾坤倒转的变化。德祐二年（公元1276年）二月初五，宋恭帝率百官请降，随后被押往大都（今北京）。伯颜受降后，又取谢道清手诏，招降未附州郡。此时的南宋与百年前经历"靖康之变"灭亡的北宋一样，已近穷途末路。危难之际，太后谢道清悄悄命令陆秀夫等人，秘密护送赵宋皇族最后的血脉——八岁的赵昰和五岁的赵昺逃亡福州，算是为南宋王室暂时保留下一点仅有的血脉。同年五月，陆秀夫和张世杰等人在福州拥立赵昰登基，是为宋端宗。景炎三年（公元1278年），十岁的宋端宗在广东病死。

德祐二年（公元1276年）二月初九，文天祥被押往元大都，经谢村，过德清，再往平江，一路船行。文天祥心中的南宋和现实中的临安越来越远，他决意拼死逃脱，即便还有一口气都要重兴大宋。当囚船行至京口（今江苏镇江）时，文天祥终于在侍客杜浒的帮助下成功逃脱，历尽艰险，泛海过山，一路向南寻找南逃的朝廷。文天祥逃到永嘉（今浙江温州），住在江心屿。他看着跟随自己的十几人，不禁暗自悲伤落泪，想想自己作为南宋最后一届状元，闻知国家有难，从赣州举兵勤王，杀到"南京"不仅没保住首都，还差点丢了性命，追随他的几万江西民兵，而今却只剩寥寥十余人。文天祥在温州只逗留一个多月的时间，他一面派人打听小皇帝的消息，一面收拢当地南宋残兵，欲重整旗鼓，收复破碎山河。

此后，文天祥又历经九死一生，辗转来到福州，于宋端宗景炎初年被任命为右丞相知枢密院事、都督诸路军马。集党、政、军权为一身的文天祥，在偏居东隅的五岭以南，拉开了一场轰轰烈烈的抗元军事斗争。最后，文天祥兵败江西空坑（今江西兴国），妻妾子女都被元兵俘虏，瘟疫也夺走了他唯一儿子的性命，但他始终风骨不移，哪怕流尽最后一滴鲜血，也要流在大宋的土地上。

5

公元 1278 年底，文天祥在广东海丰五坡岭被俘后，决心以死明志，宁死不降，自杀失败后，写下了千古传诵的《过零丁洋》："辛苦遭逢起一经，干戈寥落四周星。山河破碎风飘絮，身世浮沉雨打萍。惶恐滩头说惶恐，零丁洋里叹零丁。人生自古谁无死，留取丹心照汗青。"

两个月后，陆秀夫和张世杰率领南宋残余的十多万军民，在崖山与元兵展开最后的决战，史称"崖山海战"，这既是中国古代少见的大海战，也是中国历史上极富悲剧色彩的一场战役。战争以元军以少胜多而告终，宋军全军覆灭，不愿屈服投降的陆秀夫毅然背着八岁的宋少帝赵昺投海自尽。相关史书记载，在这场战斗中，南宋最后残存的十多万军民，有的壮烈牺牲，有的不甘受辱投海自尽，后人用"浮尸出于海十余万人"形容这次海战的惨烈。至此，宋王朝彻底毁灭于崖山的怒海波涛之中。

公元 1279 年，文天祥被押往元大都，途经金陵（今江苏南京）时写下了传诵至今的《金陵驿》："草合离宫转夕晖，孤云飘泊复何依？

山河风景元无异，城郭人民半已非。满地芦花和我老，旧家燕子傍谁飞？从今别却江南路，化作啼鹃带血归。"故国情深，文天祥触景生情，想起往日的点点滴滴，心潮澎湃不已。于是，他怀着楚囚之悲，写下了这篇抒怀之作，以表达自己对家国的深深怀念和哀恸。

文天祥在元大都被囚禁三年多，历经种种威逼利诱，始终不屈。监牢里镣铐锁住的是他的身体，却无法锁住他的灵魂。他以笔当歌，以诗言志，在阴暗潮湿的牢狱里写下了荡气回肠的《正气歌》，这首诗与《过零丁洋》同样成为千古绝唱。当忽必烈以高官厚禄为条件派人劝降时，文天祥说："国家亡了，我只能以死报国。倘若因为宽赦，能以道士回归故乡，他日以世俗之外的身份作为顾问，还可以。假如立即给以高官，不仅亡国的大夫不可以此求生存，而且把自己平生的全部抱负抛弃，那么任用我又有什么用呢？"公元1283年腊月初八，忽必烈又一次召见了文天祥。拜见元世祖时，文天祥只是双手作揖，左右要他下跪，文天祥说什么也不肯屈一屈他的膝盖。他说："我文天祥作为大宋的状元、宰相，宋亡，只能死，不能活。"爱惜人才的忽必烈问文天祥："你还有什么愿望？"文天祥坦然镇静地说："我文天祥受大宋的恩惠，官为宰相，安能投降二主！愿赐之一死足矣！"

公元1283年腊月初九，元大都的天气异常寒冷，凛冽的寒风呼呼作响，冷酷无情地掠过街头。文天祥伫立在大都的菜市口，长发在寒风中飞舞，像是无数双舞动着的手臂，在向苍天呐喊，这呐喊是他心中无法抹去的家国仇恨。文天祥向着南方故国方向郑重地跪拜了三拜，写下最后的绝命诗，从容就义，终年四十八岁。后来，妻子欧阳氏在他遗物中发现了所作的绝命诗："孔曰成仁，孟曰取义。唯其义尽，所以仁至。

读圣贤书，所学何事？而今而后，庶几无愧。"南宋王朝最后一位忠臣义士文天祥，以自己殉国的方式，陪着一个朝代走完最后的悲壮之路。

"从今别却江南路，化作啼鹃带血归。"

时隔千年，文天祥与那些"留取丹心照汗青"的英雄一样，早已化作啼血的杜鹃鸟，魂归故土，在皋亭山，在故都临安，以及南宋的天空飞翔，哪怕流尽最后一滴血，也要把王朝的记忆染成一片鲜红。

硬气底色

写汗青

|

公元 1276 年初春的一个夜晚，春寒料峭，被元军占领的京口（今江苏镇江）笼罩在无边无际的黑暗之中，亦如那个正在走向没落的王朝，看不到一丝希望的光亮。

街头行人稀少，偶有一两个也都步履匆匆，急速消失在黑夜的街巷里。夜巡的元军骑兵交错而行，马蹄踏在冰冷的石板之上，声音清脆响亮，随着寒风飘出很远，使得黑夜的京口多了份肃然甚至是恐惧。街上的酒肆早已打烊，家家门窗紧闭，高挑的酒旗像似酒醉的汉子，在料峭寒风中手舞足蹈。这时，一位南宋人装束的青年男子，手拎酒囊，踉踉跄跄一路走来，嘴里还不停地喷着酒气，逢人便要凑上前嘟囔几句。此时，恰巧一队巡逻的元军迎面走来，领队的抬脚便将男子踢倒在地……国难当头，竟然还有这样借酒消愁的，偶尔路过的行人也都向"酒鬼"投来鄙视的眼光，快步匆匆绕行而过。这"酒鬼"不是别人，正是文天祥的侍客杜浒，他这般装醉其实就是为了完成一项绝密任务——解救文天祥。

杜浒，字贵卿，号梅壑，黄岩县（今浙江黄岩）杜家村人。杜浒虽是文天祥的马前小卒，却出身名门，他的叔叔杜范有着"南宋第一相"的美誉。杜浒少时游侠四方，有以身殉国之志。

"江南若破，百雁来过。"在南宋走向灭亡的最后岁月里，一个莫名其妙的预言在江南大地上流传开来。对于这个空穴来风的预言，那些终日为了果腹四处奔波的寻常百姓，自然是没有心思去探究其背后的奥妙，但饱读诗书的士人们却深为忧虑，这倒不是神秘预言所引发的心理恐惧，而是宋元战事已经到了最为关键的时刻。宋元联合灭金，表面上看是元帮着宋雪了"靖康之耻"，可埋下的却是引狼入室的祸根，忽必烈早已立下一统天下的宏愿。

依山傍水的襄阳和樊城历来为兵家必争之地，也是南宋王朝的江北重镇。咸淳九年（公元1273年），襄、樊两城接连失守，形势每况愈下，襄樊之战成为元朝彻底击败南宋的一场关键性战役，为进军南宋腹地、径取江南扫清了道路。次年，年仅四岁的宋恭帝赵㬎即位，太皇太后谢道清垂帘听政。忽必烈认为时机已到，命丞相伯颜率领二十万大军，横渡长江，挥戈南下，一路摧枯拉朽，剑指临安，于公元1276年终将偏安江南一隅的南宋朝廷攻灭，占领了皇城临安。此时，南宋士人们才幡然醒悟，原来预言中所提的"百雁"与"伯颜"谐音，由此看来大宋王朝灭亡真的要应验在伯颜身上了。就这样，一个就着水墨丹青沉醉在西湖歌舞中的风雅王朝，在历经一百五十多年辉煌和荣耀后，终于走到了尽头。从此，那个属于南宋的临安，也只能停留在诗词歌赋和宋人的故乡遗梦里。王朝遗留的勾栏瓦舍仍在，欢歌笑语依旧，可是江山却早已换了主人。

寒风从杜浒的脸上划过，除了寒冷还有些隐隐刺痛，他的眼前又浮现出一个月前的难忘场景。那是公元 1276 年正月二十日的天穿节，这本应该是个喜气盈盈的传统佳节，却因元军铁骑踏碎了南宋皇族们的美梦，西湖之上，不再是轻盈曼妙的歌舞和弥漫荡漾在空中的欢声笑语，取而代之的是来自皋亭山麓浩浩荡荡的元军煞气和铁骑嘶鸣。面对即将崩塌的江山，丞相文天祥临危受命，代表宋廷赴皋亭山元军大营议和。

"天祥北行，诸客无敢从者，浒独慨然请行。"这是《宋史》对文天祥此次北行的有关记载，寥寥数语，把当时的艰难情景描述得淋漓尽致。文天祥此次北行无疑是羊入虎口，诸门客无人敢随行。杜浒向文天祥力陈道："敌虎狼也，入必无还。"其他人也都劝说文天祥不要一意孤行。文天祥当然知道这是大家的好意，但朝廷安危维系在肩，他决定单骑赴会。杜浒见文天祥如此决绝，便慷慨请求道："君要行，吾誓死追随，哪怕刀山火海！"最后，杜浒以宣教郎、兵部架阁文字（管理档案的官员）的身份，护卫文天祥北上。在元军大营，面对以胜利者自居的元军统帅伯颜，文天祥据理力争，舌剑唇枪，寸步不让。伯颜对文天祥的这种"大不敬"既佩服又愤怒，他命人将文天祥和杜浒扣押起来。只可惜文天祥和杜浒的凛然正气并没有唤醒沉沦的南宋皇室，就在文天祥被扣押期间，南宋朝廷已经发生了翻天覆地的变化，宋恭帝率文武百官请降，陆秀夫等人秘密护送赵宋皇族最后的血脉——八岁的赵昰和五岁的赵昺出逃福州，梦想着有朝一日能再回到那个曾经的临安。

2

公元 1276 年二月初九，宋廷派要员组成"祈请使团"，捧着降表赴元大都为国运请命，文天祥也被一同押往元大都，仅有杜浒几人随行。一路上，文天祥念念不忘寻求逃跑机会，只可惜押解途中元军戒备森严，杜浒之所以留在文天祥身边，就是随时随地准备解救他。尽管逃跑的计划屡屡落空，但文天祥和杜浒没有坐以待毙，他们决心寻找一切脱身机会，为国运抗争到底。这才有了杜浒街头装醉的一幕。

押解文天祥的官船沿运河顺水而下，十余天后，来到位于江南运河的最北端京口。杜浒在船上暗暗思量，如果再继续北行，一旦进入元朝完全控制的地界，自己协助文天祥逃脱的希望就更加渺茫。此时，即便能够营救出文天祥，出逃成功的概率也是微乎其微，因为元军已经对京口实行了宵禁，主要的街巷路口都有骑兵把守，走陆路无疑是飞蛾扑火，自寻死路。文天祥与杜浒等人商量，最终选定水路逃脱路线。好在元军对南宋宰执们的从人看管不严，杜浒这才有了自由活动的机会，他经常借故外出，勘察地形，时刻为逃跑做准备。杜浒打听到挂有"官灯"的船只有免查特权，他便每天喝酒装成疯疯癫癫的样子，以此来麻痹元人，开始寻找船只和向导。杜浒有意结识了一位养马的老兵，他每天请老兵喝酒，还经常送钱送物，功夫不负有心人，老兵终于答应为他们做向导。杜浒又花重金买通了专管宵禁的守将刘百户，弄到一盏通行的"官灯"，后又想方设法搞到一艘小船。就这样，万事俱备只欠东风。行动之前，杜浒还特意买了把匕首，万一营救失败，他便舍生取义，慷慨赴死，与文天祥一同殉节。这些细节均被文天祥一一记在《指南录》中。为了营救文天祥，杜浒可以说是煞费苦心，在那个乍暖还寒的初春，伴着万物的复苏，一切都在悄然进行着。

公元 1276 年二月廿九日深夜，杜浒等人展开营救行动。他们事先灌醉了看押的守将，然后一番乔装打扮，"官灯"引路，穿街过巷，绕行关卡，悄然来到长江边的甘露寺下。在这里，早有人准备好一艘小船，文天祥一行乘着茫茫夜色，悄悄驶出江湾。只见江面上黑漆漆一片，元军战船绵延数十里，一路上可谓步步惊心，险象丛生，好在有那盏高悬的"官灯"庇护，才侥幸躲过一路盘查，在经历重重艰难险阻后，终于逃出虎口。第一站他们首先来到真州（今江苏仪征），本想在此落脚，可因为误会和谣言，杜浒又不得不保护着文天祥再一次踏上逃亡之路。从扬州到高邮，再经泰州到通州，历经了千辛万苦，千难万险。面对元军一次又一次的搜查和离间，杜浒初心不改，忍辱负重，一次次把文天祥从死亡的深渊拉了回来，转危为安。最后，文天祥和杜浒终于从长江口的沙洲顺利入海南下，海天茫茫，浊浪排空，一叶孤舟，一片丹心，一路逃亡。就这样，在杜浒的护卫下，文天祥坐船泛海，过黄岩舍舟登陆，前往温州，追随二王，再举义旗。对于这次脱险南归的难忘经历，文天祥在他的《集杜诗》中这样写道："予北行，浒愿从。镇江之脱，浒之力也。"

3

时势造英雄，乱世显真章。英雄之间总是惺惺相惜的。

德祐元年（公元 1275 年），当元兵逼近临安，文天祥应诏起兵勤王时，正在任县宰的杜浒再也坐不住了，他迅速招募了四千多名"民兵"，并专程赶赴临安，在西子湖畔与文天祥共商救国大计。尽管相关史料的记载十分简短，但寥寥数语却把杜浒的鲜明个性特征描述得淋漓尽致。杜浒的叔叔杜范为官清正廉明，刚直不阿，虽身居庙堂，但心系百姓，他对外抗元御敌、保卫国家，对内整肃朝纲、力挽危局，被后人誉为"南宋第一相"。杜浒在淳厚家风的熏陶下，从小就立下"以身殉国之志"，决心向叔叔杜范学习，做一个对国家有用之才，为了国家利益可以不惜牺牲自己的性命。

杜浒的老家在浙江台州黄岩，府城台州始建于唐代。公元 1127 年，宋室南迁后，大批文人贤士落户于台州府城，在南宋短短的一百五十多年里，据说先后就有六位宰辅出自此地，八位宰辅定居这里，因此，台州府城也成为南宋时期仅次于临安的政治文化中心。正是这样的厚重人文底蕴，才养育了一大批像杜范、杜浒这样的有志之士，他们无论是在庙堂，还是在乡野，国家有难时，都会义无反顾。"宁为玉碎，不为瓦全"是他们的信念，也是他们的人生底色。

德祐元年（公元 1275 年）正月，南宋政权即将倾覆之际，正在江西赣州任职的文天祥，先后接到朝廷两道诏书，一道是太皇太后谢道清下的《哀痛诏》，号召全国各地英雄豪杰起兵勤王；另一道是专门下达给他本人的专旨，命他"疾速起发勤王义士，前赴行在"。朝廷勤王诏书下达后，响应者寥寥无几，真的就是"干戈寥落四周星"。沧海横流方显英雄本色，文天祥接到诏书后，立即筹划勤王起兵之事，他在最短的时间内，招募了以赣州和家乡吉州（今江西吉安）为主的义兵三万余人，迅速开赴前线抗元，于八月底到达临安。

国家有难，匹夫有责。杜浒颇有游侠气概，当文天祥正在为抗击元军做最后准备时，他与之遥相呼应，拍案而起，奔走呼号，誓助文天祥一臂之力。公元 1275 年初春的一天，一大早黄岩城外的永宁江畔就挤满了人，四千多名勤王义士，四千多个家庭，黄岩城内的健硕男儿几乎全部加入。尽管杜浒和这些勤王义士都知道这是一场力量悬殊且根本无法打赢的保卫战，但他们誓死也要代表南宋王朝打这场你死我活的恶战。即将开赴抗元前线，有父母送儿子的，有妻子送丈夫的，也有妹妹送哥哥的，还有乡贤耆老蹒跚赶来专程为义军壮行的。江畔两岸人山人海，四千多名义士，每人都系着一条鲜红的围巾，抬眼望去，鲜红一片，把黄岩城的天空映得一片通红，极为悲壮。

杜浒和他的勤王义军慷慨悲歌，跨过永宁江，义无反顾，共赴国难。他们不惜用自己的生命，去祭奠一个没落的王朝，去唤醒一个即将被奴役的民族！

公元 1276 年正月十三日，西湖之上，烟笼寒水，朔风凛冽，湖畔一棵棵被岁月压弯了腰的柳树，如同静默的老者，无可奈何地任由枯枝在寒风中飞舞。满怀忧愤的杜浒，在西湖之畔终于见到了自己的偶像文天祥。杜浒谈吐不俗，才识过人，侠肝义胆，两人虽初次相见，却一见如故，相见恨晚。杜浒对文天祥的追随和敬仰是发自内心的，文天祥对杜浒的欣赏和敬重也是由衷的。风雨飘摇的南宋末年，两个原本并无交集的人，却因国家命运紧紧地联系在一起，为苟延残喘的南宋增添了一份硬气。

4

没有卖国的人民，只有卖国的达官显贵。公元 1276 年正月二十日，文天祥临危受命，赴皋亭山元军大营谈判，杜浒仗剑随行，一直护卫其左右。就在文天祥出行的第二天，太皇太后谢道清就拥着小皇帝宋恭帝赵㬎举起了降旗，张世杰一看大势不好，也匆匆逃出临安，退守舟山，而陆秀夫则受谢道清之命，带着宋廷残存的血脉星夜南遁了……

从起兵勤王西湖会见，到仗剑随行皋亭论辩，从拘押北行不离不弃，到京口营救泛舟南下，杜浒的赤胆忠心无时无刻不让文天祥感动。文天祥在五言律诗《贵卿》中这样写道："贵卿（杜浒）与予同患难，自二月晦至今日，无日不与死为邻。平生交游，举目何在？贵卿真吾异姓兄弟也。天高并地迥，与子独牢愁。初作燕齐客，今为淮海游。半生谁俯仰？一死共沉浮。我视君年长，相看比惠州。"数月的生死与共，文天祥早已把杜浒当作自己的异姓兄弟。

历史总会在不经意间发生惊人的巧合。当杜浒与文天祥京口脱险，泛舟南下追逐南宋流亡政府时，他们先是在台州登陆，后又继续陆行向南，而这条线路恰好也是当年宋高宗赵构从海上逃往南方的线路。一切都是天意，无意之中这条线路串起了南宋一百五十多年的历史，见证了一个王朝的兴起和衰亡。

文天祥在经过台州黄岩时，心生感怀，还专门作了首诗《过黄岩》："魏雎变张禄，越蠡改陶朱。谁料文山氏，姓刘名是洙。"他把自己与杜浒分别比作一代名相范雎和商圣范蠡，以表达自己忍辱负重的心志和毅力，以及对好友杜浒智慧和果敢的敬佩。在文天祥和杜浒逃亡的同时，前方南宋最后仅有的抵抗力量，在强大的元军面前节节败退。文天祥始终坚持奔走各方，不肯放弃自己的复国之志，杜浒受其委派，还专程前往台温地区招兵募财，继续组织抗元力量，直至次年八月，空坑兵败，文天祥与杜浒不得不退守循州。

奈何大厦将倾，独木难支。福安（今福建福州）陷落后，杜浒与文天祥失去了联系，他只得独自追随流亡朝廷南下。祥兴元年（公元1278年）六月，杜浒奉命护送海舟至崖山（今广东新会）。十二月，文天祥兵败五坡岭被俘，两人的命运再次急转直下。次年二月，被囚禁在元军战船中的文天祥，目睹了中国朝代交替史上最惨烈的一幕——崖山海战，他看到无力回天的丞相陆秀夫背负着年幼的皇帝，背负着无数南宋臣子为之坚持的沉重理想投海而亡……至此，南宋灭国。

从温州到福州，最后到南粤，杜浒与文天祥掀起了一场场风起云涌的抗元斗争。杜浒被俘押往五羊城（今广东广州）时，已忧悴不成人形，身染重病，灯枯油尽。在狱中，杜浒与文天祥有幸见了最后一面，几天之后，他便带着无限遗憾走到了生命的尽头。文天祥闻讯捶胸痛哭，专门为杜浒写了一首《哭杜贵卿》："昔没贼中时，中夜间道归。辛苦救衰朽，微尔人尽非。高随海上槎，子岂无扁舟。白日照执袂，埋骨已经秋。"意思是说，当年我被扣押在敌营时，是你杜浒置生死于度外，历经万难把我救出。你完全有条件远离战场，寻求自己安稳悠闲的生活，但是你宁愿冒着生命危险，追随我保家卫国。当年分手时，白日当空，我们依依惜别。如今你为国牺牲，青山埋骨，此时秋风惨淡，如何不让我痛惜？短短数句，不仅感怀了昔日他们出生入死的经历，也表达了文天祥对杜浒的不舍与怀念。

人生自古谁无死，留取丹心照汗青。杜浒虽寂寂无名，但他对文天祥不离不弃，以硬气为底色，书写了属于自己的汗青。

南宫复辟

大明殇

|

公元 1457 年正月，复辟的明英宗朱祁镇，最终还是痛下杀手，按谋逆罪将于谦以极刑斩首弃市。事已至此，这场因皇位之争所引发的"夺门之变"闹剧，本应该画上一个句号了，可是朱祁镇的心里如翻江倒海一般，朝堂之上，他来回踱着步，于谦以及自己那些挥之不去的过往，一幕一幕浮现在眼前。

说实话，从内心里讲，朱祁镇还是喜欢于谦这位勤勉敬业、刚正不阿的臣子的，尤其是自己即位之后，每当朝廷遇到难事、急事，也都是于谦挺身而出，义无反顾，救民于水火，扶国于危难。于谦治理黄河，巡抚晋豫，从三十岁英姿勃发的青年才俊，到五十多岁病体缠身的斑白老臣，可以说为朝廷殚精竭虑，孤独坚守着自己入仕的初心，这一切朱祁镇又怎会不知？

朱祁镇，九岁开始即皇帝位，一生极具传奇色彩。即位之初，在太皇太后的全力支持下，稳定朝政，登上大位。只是好景不长，太皇太后去世以后，"三杨"（内阁大学士杨士奇、杨荣、杨溥）亦年事已高，太监王振仗着朱祁镇的宠信，带领宦官集团迅速崛起，兴风作浪。尽管八年前（公元1449年）的"土木之变"，朱祁镇也正是在王振的撺掇下御驾亲征，接连决策失误，这才致使二十万大明帝国军队丧失殆尽，六部九卿全部战死，自己也成为瓦剌阶下之囚，祖宗创立的大明基业就此由盛转衰。当然，王振也在此次战役中，被护驾将军樊忠用铁锤击杀了。

然而，在王朝倾覆之际，就是这位叫于谦的臣子，带领北京军民，背水一战，使得大明王朝国祚得以延续。可这位心怀天下之臣说出的那一句"社稷为重君为轻"，却让朱祁镇一辈子都刻骨铭心。他没有想到，于谦会视皇帝的生命如鸿毛，而把自己的信仰和决定看得比泰山还要重。然而，也正是于谦一言九鼎、落地有声的话语，和他从中极力斡旋，才使得自己有机会再次回到大明故土。所以，从内心里讲，朱祁镇对于谦是又气又恨，如今臣子已去，自己复辟亦师出有名，但他内心却依旧戚戚焉。

朱祁镇又想起自己背井离乡、苟且塞北的日子，虽然只有短短的一年，但让他没齿难忘。深陷敌营的朱祁镇，内心也曾恐惧过，彷徨过，不安过，他知道自己面临的全是未知，也先也许会杀掉他，也许会拿他威胁大明朝廷，死亡的阴影从未散去。朱祁镇又想起了那场把大明推向深渊的土木堡之役，如果国都沦陷，自己就成了千古罪人，又将如何面对大明的子民和后世子孙呢？想到这些，朱祁镇的内心深处痛苦至极，他想念他的钱皇后，想念自己的孩子，哪怕回去做个平民百姓，他也愿意早一天回到故乡，回到朝思暮想的亲人身边。因此，尽管在塞北活得有些苟且，但朱祁镇毕竟是大明天子，他知道自己代表着皇家尊严，哪怕是在夹缝中求生，也要默默咬紧牙关坚守。

一年的塞北生活，使朱祁镇不仅经历了精神洗礼，还有品质的涅槃。尽管朱祁镇比一般战俘多了道特殊的光环，也经常是"天作锦被地作床"，睡在板车和茅草上数星星的日子也时而有之，甚至在不得已的情况下还睡过猪圈。但他知道活着就是幸福，就有希望，只有活着才能有机会回到大明。朱祁镇不仅学会了应对复杂多变的环境和危险，也学会了使用弯刀，生食冒着热气、流着鲜血的牛羊肉。他每次都会把鲜血淋漓的牛羊肉看作是瓦剌士兵的尸体，然后狠狠地一刀一刀切下去，他要让自己的内心强大起来，只有这样才不至于成为瓦剌人的筹码，才有机会回到中原故土，与妻儿团聚。

"漠北东西万里，无敢与之抗者。"

瓦剌部落成为空前庞大的游牧部落后，也先重建大元辉煌的美梦越来越强烈。朱祁镇被俘后，也先也曾下过杀心，之所以没有杀他，就是想要以其为筹码获取更多的利益。也先软硬兼施，要朱祁镇写下命令边关将士献关的诏书，朱祁镇气节不变，断然拒绝。朱祁镇知道，虽然同父异母的弟弟朱祁钰已被推上了皇位，但自己至少还有个太上皇的名头，一旦写下诏书，边关将士又如何敢不听从，那么也先入关南下将如履平地，自己就真的成了千古罪人。

正统十四年（公元 1449 年）十月初一，觊觎大明多年的也先，裹挟着朱祁镇，兵分两路南下，想以朱祁镇为挡箭牌，叩开南下之门。虽说朱祁镇不愿劝降边关将士，但边关将士的仗仍打得缩手缩脚，也先突破重重关隘，顺利抵达北京城下。不过，这次也先虽然凭借朱祁镇之名叩开边关，但面对已经陈兵二十多万的北京城，却是无可奈何，最终撞得头破血流、损兵折将，不得不撤出关内。次年初，心有不甘的也先，再度裹挟朱祁镇南下，结果这次连边关将士也不买账了。

2

也先自然不会白白放弃手中这张太上皇的王牌，他自有如意算盘。"也先又欲以妹进上皇。"朱祁镇被俘后，也先曾想将自己的妹妹嫁给朱祁镇，《明史》对此有记载。对于也先的这一提议，朱祁镇有些惊愕，虽然心里有一百个不愿意，但人在屋檐下不得不低头，一时不知道该如何应对，于是把一同被俘的校卫袁彬找来，一起商量对策。

袁彬，字文质，江西新昌县义钧乡（今江西宜丰）人，官至前军都督府金事掌府事，是大明英宗朝不得不提及的一个重要人物。兵败土木堡，众多侍从抛下朱祁镇仓皇逃命，只有袁彬对他不离不弃，百般照护。朱祁镇非常器重、信任袁彬，与瓦剌的一切事务交涉全权交由袁彬负责，两人可谓是患难与共。

患难见真情，落难见人心。雪中送炭的情意远比锦上添花更有意义，只有落难的时候才能真切感受到世间冷暖。对于过惯了锦衣玉食生活的朱祁镇来讲，此时对这些也仿佛有了更深一层的感悟。最让他感动的是，自己被掳后，居住在破旧不堪的蒙古包里，夜晚塞北寒风刺骨，难以入睡，每当此时，袁彬便解开自己的衣服，将朱祁镇冻僵的双脚裹入怀中取暖；每逢随军转移，车马不能走时，又是袁彬背着他艰难前行；每当自己想念家乡亲人，长吁短叹时，还是袁彬反复开导他，使他回国的信心越发坚定。

艰难困苦的环境，更能成为人与人之间感情的试金石。朱祁镇对袁彬的依赖已经达到片刻难离的地步。也先派人来提亲，欲将自己的亲妹妹许配给朱祁镇，显然这是酝酿已久的"美人计"，目的就是逼降，此时朱祁镇首先想到了向袁彬求助。袁彬直言不讳地规劝道："以陛下中原大国之君，历来只听说有皇上嫁女儿的，从没听说有皇上把自己送去倒插门的。您若成为外族人的女婿，不但气节丧失，尊严丢尽，今后还将处处受制于人。而且，你在做俘虏的时候娶亲，会让世人觉得您身为流亡之君，不思返国，却在敌营贪图享乐，大明和陛下今后的声誉将不复存在。因此，望陛下能顾全大局，辞掉这门亲事。"

袁彬一针见血地指出个中利害关系，与朱祁镇的想法不谋而合，朱祁镇听罢点头赞许。朱祁镇按照袁彬的说辞，对也先回绝道："朕尚流亡，岂可玷辱公主？日后回京，当婚聘之。"也先仍不死心，一计不成又生一计，精心挑选了六名美女去服侍朱祁镇。袁彬又出主意，让朱祁镇回复说："待朕归国娶令妹时，再将此六女纳为媵从（随嫁的臣仆），也算不负令妹了。"也先最终无奈作罢。

信任只是君臣相交的基础，更让人感动的是，关键时候可以拿命相交。袁彬为朱祁镇出谋划策，让也先计谋一次次落空的同时，也悄然引来一场杀身之祸。

喜宁，女真人，是明正统年间的太监。正统初年，喜宁因为通夷语、晓夷情，被任命为北使，特别受朱祁镇的宠幸。但此人仰仗皇帝的宠幸，对内欺辱忠良，对外交好瓦剌。喜宁投降瓦剌后，屡次为也先出主意，屡谋南下深入，甚至想出让朱祁镇出面劝降的主意，导致明朝蒙受巨大损失。喜宁认为袁彬不除，后患无穷，所以就极力唆使也先杀掉袁彬。一天深夜，也先、喜宁把袁彬五花大绑，拖到野外，要将其五马分尸。袁彬怒斥喜宁，喜宁命人赶紧行刑，正在这紧要关头，朱祁镇赶到，他置帝王尊严于不顾，哭求也先，这才将袁彬救下。由此可见君臣二人的患难深情。

通过袁彬事件，朱祁镇意识到不除掉喜宁，自己永无宁日，永远也别想离开草原。袁彬也向朱祁镇进言："喜宁经常挑拨也先，犯我大明，制造边事，只有除去此人，回归才有希望。"于是，君臣二人想好计策，密书两封，遣侍卫带回朝廷给兵部尚书于谦。于谦按照信中计策，将前来议和的喜宁处死。景泰帝朱祁钰御批："逆竖叛国，着即凌迟三日，以儆后效！"也先眼看着失去喜宁，又遭到大明的齐心抵抗，朱祁镇一时也难以降服，自己所有的努力都付之东流，太上皇这张王牌已经失去应有的作用。景泰元年（公元1450年）八月，瓦剌决定将朱祁镇送返，袁彬等人也一同回京。不过，朱祁镇临行时，也先对他说："大明的皇位已经不是你的了，你到家后要抢回自己的位子！"瓦剌人当然希望明朝内斗，他们好坐享其成。可是，朱祁镇却说："我回去后，不敢奢望其他，只求看守祖陵，做一个普通百姓。"

　　对于一个囚徒来说，朱祁镇的话或许是真的，他已经将皇位看得很恬淡了，而他的弟弟朱祁钰，则把皇位看得越来越重。在登上皇位之前，朱祁钰和孙太后曾约定，待其百年之后，就将皇位还给朱祁镇一脉，但之后朱祁钰有了私心，不愿再履行约定。最终，在朱祁钰病危之际，朱祁镇成功复辟。朱祁镇重登帝位后，晋升袁彬为指挥佥事，之后又晋升他为都指挥同知、都指挥使。朱祁镇时常召其赴宴，谈论当年患难时事，欢洽如故。史书对袁彬的评价是："掌锦衣卫者，率张权势，罔财贿。彬任职久，行事安静。"

3

　　朱祁镇被俘的经历极具传奇色彩，作为俘虏的他，竟然凭借着自己的人格魅力，成功征服了也先的弟弟伯颜帖木儿，两人结成至交好友。帖木儿负责看管朱祁镇期间，不仅在生活上将朱祁镇照顾得无微不至，而且三天两头跑去找朱祁镇聊天，陪其吃饭，与其促膝长谈。或许也正是由于伯颜帖木儿的照顾，朱祁镇在瓦剌的生存境况才得以大幅度改善，除了不能南返之外，人身自由几乎不受限制。当朱祁镇被送回大明时，伯颜帖木儿依依不舍，不仅亲自送其至野狐岭，还对朱祁镇说道："我的皇帝今日走了，几时才能得见？"四年之后，伯颜帖木儿战死沙场，两人这次一别，再也没有相见之日。

塞外草原的生活虽然已经过去七年之久，可过往点滴朱祁镇依旧觉得历历在目，恍如昨日，那段屈辱的经历，是他坚强不屈的基因所在。他没有忘记，八年前，自己御驾亲征时，以百分之百的信任，把整个国家还有自己的皇子，都托付给同父异母的弟弟郕王朱祁钰。这位比自己小一岁的弟弟的王爵，也是自己即位后给封的，却不承想"土木之变"后，在于谦、王直等大臣和皇太后的支持下，郕王朱祁钰被拥立为帝，自己却成了太上皇。对于朱祁镇来讲，皇位没了不说，更让他愤怒的是景泰三年（公元1452年），已经登上帝位的朱祁钰，为了让他自己一脉世代为君，竟然废掉朱祁镇的长子、六岁的皇太子朱见深，改立他自己五岁的儿子朱见济为太子。朱祁钰迷恋上了权力，已经迷失了自我，种下了一颗"自私"的种子，这粒"种子"冲破了亲情，甚至是人性。

在经历兵败之辱、塞外流放之后，朱祁镇更加懂得生命的可贵。他从踏上南归之路开始，就已经接受了这个无奈的事实，他只想和自己的家人好好生活，享受寻常人家的天伦之乐，对于皇位已经没有更多的想法。倒是他那位看似柔弱的同父异母的弟弟朱祁钰，虽然端坐朝堂，心怀天下，却无法容下一个远离庙堂、有名无实的太上皇哥哥。朱祁镇看得出，朱祁钰其实并不希望他回朝，一切也只是碍于面子而已。显然，皇位对于朱祁钰来讲，具有一种莫名的魔力，他害怕自己的龙椅刚刚坐热，就被刚迎回来的太上皇哥哥抢回去。

景泰元年（公元1450年）八月初二，羁留塞北一年之久的朱祁镇，终于踏上回乡之路。十四日抵达居庸关，十五日一轿两骑，悄然进入北京。关于朱祁镇、朱祁钰兄弟俩的会面情景，历史上说法不一。《明史纪事本末》渲染说，二人嘘寒问暖，彼此谦让了一番："上皇自东安门入，上拜迎，上皇答拜，各述授受意，逊让良久。"《明史》则只有一句："上皇还京师，帝迎于东安门，入居南宫，帝帅百官朝谒。"不管是嘘寒问暖，还是冷眼相对，事实上是朱祁镇虽为太上皇，但回归之后，却被软禁在南宫（洪庆宫）整整七年。

朱祁钰对朱祁镇，不仅仅是多了份防范之心，更是隐藏了一颗杀人之心，他只是耐心等待时机而已。朱祁镇被打入南宫，成为真正的"孤家寡人"。为防止他与旧臣联系，朱祁钰派心腹严加看守，只允许孙太后和钱皇后探望。

4

看似平静的大明王朝，无时无刻不在暗流涌动。朱祁钰既想除掉碍眼的朱祁镇，又不愿意背负杀兄罪名，让世人戳脊梁骨，他接受太监高平的建议，走了四步令人不齿的臭棋。第一步，命人将南宫的树木砍得一干二净，以防有人越过高墙与朱祁镇联系；第二步，将南宫大门上的锁灌上铅，加派锦衣卫看守，不允许任何人出入；第三步，朱祁镇等人所需的日常饮食衣物，都要从一个小窗户递进去，严加查验；第四步，就是前面提到的，废掉皇太子朱见深，改立朱见济为太子。下好了这四步棋，朱祁钰觉得万无一失，有些扬扬得意起来。心想，如此周密安排下，朱祁镇可以终老南宫了，自己既不用背负杀兄罪名，又可以安安稳稳地当自己的皇帝。

权力游戏，本来就是一场你死我活的残酷斗争，你给对手一口气，结果自己没了气。朱祁钰万万没有想到，在他绞尽脑汁布下这四步棋时，也给自己布了个万劫不复的死局，为朱祁镇日后复辟留下了机会。

八年前"土木之变"，朱祁镇被俘，瓦剌大军压境，朱祁钰被孙太后和于谦等人推上皇位，实则保国有功，虽然后来朱祁镇归来，但大臣们对景泰帝朱祁钰还是鼎力支持的，这毕竟关系到大明社稷安危。

朱祁钰坐稳皇位后，想法就多了起来，他开始琢磨着易储，希望自己的儿子朱见济能够取代太子朱见深，成为将来大明皇位的合法继承人，可是这一决定不仅遭到众臣反对，也惹恼了孙太后。当年孙太后命朱祁钰监国的同时，也立朱祁镇的儿子朱见深为太子，其用意十分明显，那就是：大明江山依然是朱祁镇一脉的，朱祁钰只不过是代理执政而已。如今，坐稳皇位的朱祁钰执意要废掉太子，朝廷上下一片反对之声，朝臣们认为朱祁钰私心过重，这样有失民心，开始对其表示不满。《明史》曾这样记载："夏五月甲午，废皇太子见深为沂王，立皇子见济为皇太子。废皇后汪氏，立太子母杭氏为皇后。"

古人记载历史时，遇到忌讳较多的事情，总是记载得比较简略，这往往导致事情的真相被掩埋。发生在明朝景泰年间的"金刀案"就是如此，疑点重重，或许永远成谜。

朱祁镇毕竟当过十几年皇帝，善待下人，皇宫中的一些老太监大都跟他很熟，看守南宫的太监中有一个叫阮浪的，在明成祖朱棣一朝时就已入宫，资格很老，在宫中已有四十多年。阮浪是个念旧的人，平日里服侍朱祁镇极为周到，朱祁镇也很感激他。有一天，恰好是阮浪的生日，朱祁镇知道后，便将自己贴身的一把金刀送给阮浪作为生日礼物。

金刀是天子之物，制作十分精致，阮浪的下属宦官王瑶见到后爱不释手。忠厚的阮浪便大大方方地转送给了王瑶，谁知这一送便送出了一场震惊大明的狱案。

锦衣卫，设立于明太祖朱元璋洪武十五年（公元 1382 年），是明朝军政搜集情报的机构。前身为朱元璋设立的拱卫司，后改称"亲军都尉府"。锦衣卫是明朝特务政治的代言人，秉持宁可抓错绝不放过的原则，逮捕了无数官员，朝野内外闻之色变。

王瑶与锦衣卫指挥卢忠交好，经常在一起吃吃喝喝。一次，王瑶在卢忠面前炫耀金刀，说是太上皇送的如何如何。结果卢忠起了歹心，便将王瑶灌醉，偷了金刀，跑到朱祁钰那里告状，说："太上皇与阮浪、王瑶勾结，图谋复辟，有金刀为证。"

朱祁钰一直想对朱祁镇下手，可就是缺少借口，这下可好，借口来了。朱祁钰下令彻查，他希望能就此牵连出朱祁镇。在酷刑拷打之下，阮浪和王瑶都很有骨气，始终只认金刀是太上皇送的生日礼物，与朱祁镇并未勾结。对于这样的结果，朱祁钰当然不肯善罢甘休，穷追不已，他的目的就是要置朱祁镇于死地。始作俑者卢忠，原本只是想借诬告之机升官发财，却没想到惹出了这么一场大祸。卢忠见事情闹大了，反而害怕起来，为了保命开始装疯卖傻。原告成了疯子，案子自然就不了了之，朱祁钰将阮浪、王瑶杀死，同时加强了对朱祁镇的监视，严防他与外界联系。"夺门之变"后，朱祁镇重登帝位，对阮浪和王瑶进行追封，再将装疯卖傻的卢忠凌迟处死，这是后话。

经过"金刀案"一劫，朱祁镇和朱祁钰的矛盾已经充分暴露，可以说到了你死我活的境地。不在沉默中爆发，就在沉默中灭亡，一切都在静静等待冥冥之中的时间节点。

　　冬去春来，寒来暑往，时光流逝。太上皇朱祁镇，一晃在南宫度过了七年软禁生活。七年来，他丝毫没有体会到那个"皇"字带给他的尊贵，反之每天都是在惊恐不安中度过，日子过得也是捉襟见肘。吃穿不足时，他的原配钱皇后还得自己动手做点女红，托人带出去变卖，以补用度。

　　空闲时间，朱祁镇喜欢伫立在南宫台阶的最高处，抬头望着那些欢快的鸟儿飞过南宫的殿宇和高墙。他多么希望自己能化作一只小鸟，自由自在地翱翔天空，可如今对于他这个徒有虚名的"太上皇"来讲，这可能是永远都无法实现的梦想。当他的目光触及宫墙内那些被砍掉的树木时，心头不免为之一惊，只觉得后背发凉。朱祁镇无法预计自己的脑袋究竟还能留多久，因为他知道原来那个柔弱的弟弟朱祁钰，早已不复存在了，现在面对的是朝堂之上号令天下的景泰帝朱祁钰。

5

　　南宫高墙内的朱祁镇自然不知道，在他惆怅伤感时，高墙之外也是暗流涌动，一场震惊朝野的大事正在悄悄孕育。

　　曾经在对抗瓦剌时立下战功的石亨，为了自身利益，与宦官曹吉祥、都督张軏、都察院左都御史杨善、太常卿许彬，以及左副都御史徐有贞等串通一气，早有拥朱祁镇复位之意，只是一直在寻找机会。

景泰八年（公元 1457 年）正月，景泰帝朱祁钰病了，而且病情不断加重。为了安慰群臣，朱祁钰对外宣称自己病情好转，将在景泰八年（公元 1457 年）正月十七日准时上朝。正月十五日是上元节，按照惯例，要由皇帝亲自举行祭天仪式，然而，朱祁钰没有去，因为他根本爬不起来。正月十六日，朱祁钰将石亨召到病榻前，殷殷嘱咐。石亨亲眼看见朱祁钰的病态，他一面诺诺应承着，一面内心打起自己的算盘。出宫后，石亨并没有回家，而是立即联系曹吉祥、张轨二人。曹吉祥是司礼监太监、宦官之首。张轨是河间王张玉之子，算是勋贵代表。石亨对二人说："现在皇帝眼看就要驾崩了，如果这时候我们能迎接太上皇复位，必定是大功一件。"三人一拍即合。《明史·石亨传》记载："亨受命榻前，见帝病甚，遂与张轨、曹吉祥等谋迎立上皇。"

石亨曾经是于谦的部下，也是经于谦提拔才当上将军的，在京师保卫战中立过战功。于谦治军严格，石亨经常做一些违法乱纪的事，曾经遭到于谦弹劾，于是石亨怀恨在心。而徐有贞，原名徐珵，在京师被围时是迁都派，京师保卫战后，被景泰帝朱祁钰罢官，为此他曾求于谦说情，但景泰帝非常反感这个人，没有给他恢复官职，徐珵认为是于谦与自己过不去，心生忌恨。后来在陈循的劝说下，将名字改为徐有贞，才有机会当上左副都御史。宦官曹吉祥同样忌恨于谦，一方面是看不惯于谦的位高权重，另一方面是景泰帝病重，他们一干人想另谋后路，建立"不世之功"，就抱着投机之心，铤而走险，发动"夺门之变"。三人商量后觉得此事要想成功，还必须取得孙太后的支持。曹吉祥入宫见到孙太后，简要说明情况，此事正中太后下怀。因为朱祁镇毕竟是她的亲生儿子，对于朱祁钰软禁朱祁镇，太后早就一肚子怒火，只是无处发泄而已。曹吉祥顺理成章地拿到太后懿旨，使"夺门之变"有了"合法"的理由。

当年，于谦拥立朱祁钰登基时，曾说"臣等诚忧国家，非为私计"，而今石亨拥立朱祁镇复位，却是冲着"不世之功"而去，为的就是一己私利，是彻头彻尾的政治投机。

正月十六日晚，天气忽变，乌云密布，伸手不见五指，石亨、张𬱟、曹吉祥等人集结了一千多兵马。石亨掌握着皇城钥匙，骗过其他守军，兵马从紫禁城大门进入，一直逼近南宫。来到南宫，石亨等命人用木头撞击宫门，结果将围墙撞了一个大洞。朱祁镇这时候还没睡觉，正秉烛夜读，突然看见一大堆人闯了进来，还以为是弟弟派人来杀自己，不禁惊慌失措，谁料众人一齐俯伏称万岁。听闻石亨等人要接自己复位，朱祁镇瞪大眼睛说："此事务必要谨慎！"这时乌云突然散尽，月明星稀。众人士气空前高涨，就这样，朱祁镇在石亨等人的簇拥下，出了南宫，直奔大内。朱祁镇毕竟是当过十四年皇帝的人，虽然有些惊慌失措，但他知道这些大臣所图是什么。一路上，朱祁镇逐个询问这些人的姓名，连夜记下功臣名单，表示绝对不忘大家的功劳，石亨等人高兴极了。一行人来到东华门，守门的士兵上前阻拦，朱祁镇站了出来，表明自己太上皇的身份，守门的士兵顿时傻了眼，不敢阻拦。于是，众人兵不血刃地进入皇宫，直奔皇帝举行朝会的奉天殿而去。

第二天一早，到了朱祁钰和大臣们约定上朝议事的时间，钟鼓声响起，大臣们鱼贯而入，刚要叩拜，却发现龙椅上的皇帝体态变化很大，定睛一看，啊！皇帝换人了，不是朱祁钰，而是太上皇朱祁镇。这时，徐有贞在一旁大声喊道："太上皇复辟了！"群臣一片哑然，于是纷纷下跪高呼"万岁"。这场"夺门之变",没有流血,没有械斗,甚至连一点声响都没有,就这么平静地结束了。

朱祁镇复位后,改年号为天顺。

6

朱祁镇重新坐上皇位时,朱祁钰正在乾清宫西暖阁梳洗,准备临朝,突然听到前面撞钟擂鼓,立即询问左右:"莫非是于谦不成?"意思是问是不是于谦谋反篡位了。左右惊愕万分,不知道该如何回答。片刻后,才有宦官回奏说:"是太上皇复辟了。"朱祁钰连说:"好,好,好!"此刻,他终于释然了,然后喘了几口气,重新回到床上,面朝墙壁睡下,然后慢慢闭上眼睡着了。

一个月后,本来就患有大病的朱祁钰,在经历"夺门之变"的巨大打击后,身体完全承受不住了,最终暴毙身亡。《明英宗实录》说他是病逝,而《罪惟录》则记载:"是月十有九日,郕王病已愈。太监蒋安希旨以帛扼杀王,报郕王薨。"意思是说,朱祁钰是被太监用布条勒死的。其实,朱祁钰是不是他杀,对于明朝来说,意义已经不大了。朱祁钰死后,朱祁镇对弟弟没有丝毫客气,先是剥夺了朱祁钰的皇帝尊位,不承认他曾当过皇帝,又下令以亲王规制将朱祁钰葬于北京西山,并且谥号"戾",使朱祁钰成为明朝迁都北京后,唯一没有葬入十三陵的皇帝。

从明朝的角度来看，我们会发现，所谓"夺门之变"并没有任何实质意义，它根本没有改变明朝的发展方向，只是一场权力纷争。

朱祁镇复位后，兵部尚书兼少保于谦成为他的"眼中钉"。"不杀于谦，此举为无名。"复位当天，朱祁镇就传旨逮捕兵部尚书于谦和吏部尚书王文。公元 1457 年正月二十二日，阴霾翳天，天地同悲。对于洒满将士鲜血的大明王城北京来讲，这是一个悲壮且让历史永远铭记的日子，朱祁镇给于谦定了个莫须有的"谋逆罪"，准备对其施以极刑斩首弃市。阴霾笼罩着整个京城，从关押于谦的诏狱大牢到崇文门外，道路两旁挤满了前来送别的民众。民众的哭声并没有打动当权者，于谦一腔热血喷洒在他曾经战斗过的地方，用一种撼天动地的悲壮，完成了自己的时代使命。

其实，作为兵部尚书兼少保的于谦，对于这场戏剧性的"夺门之变"早有察觉。他的儿子于冕听闻石亨南宫图谋，急告于谦处断。以于谦如日中天的威望，掌管军政的权柄，若想振臂一呼，扑灭石亨等人的作乱本是轻而易举的事，但是于谦没有这样做。那一晚，血不曾冷，风孰与高，于谦为了大明江山社稷的稳定，为了回报当年提拔他的明宣宗的知遇之恩，最终选择了牺牲自己，按兵不动，所谓"顾一死保全社稷也"。《国榷》记载："夺门之役，徐石密谋，左右悉知，而以报谦。时重兵在握，灭徐石如摧枯拉朽耳。……方徐石兵夜入南城，公悉知之，屹不为动，听英宗复辟。……公盖可以无死，而顾一死保全社稷者也。"

天顺四年（公元 1460 年），带头发动"夺门之变"的石亨，因为专政跋扈，涉嫌谋逆，被以谋反罪处斩。兔死狐悲，石亨的惨死，让曹吉祥心神不安，他想到了自己的下场，于是决定鱼死网破，萌生造反念头，结果被明英宗诱捕，凌迟处死。那个和石亨、曹吉祥一起发动"夺门之变"的张轨，因为年事已高，在朱祁镇复辟的第二年就去世了，算是唯一善终的"功臣"。善观天象的徐有贞，最终也没有算准自己的天命，他晚年被贬到云南，每次见人都会高喊"人不知我"，彻底成为疯子。

皇权斗争从来都是落子无悔。明英宗朱祁镇或许没有想到，他连夜记住的那些功臣，在"夺门之变"后，几乎全部惨淡收场，而这份"功臣名单"注定要成为历史的笑柄。

"夺门之变"，大明之殇；于谦遇害，历史悲剧。

湖山有幸

遇故人

I

公元 1457 年，对命运多舛的大明王朝来说，发生了两件举国震惊的大事。第一件事，是明英宗朱祁镇趁明代宗朱祁钰患病之际，发动"夺门之变"，夺回帝位，得以复辟。朱祁钰做梦都没有想到，自己登基称帝所起年号"景泰"，原本想开启大明王朝的"景明安泰"，可是八年后却发生了震惊天下的"夺门之变"，朝廷易主不说，自己的生命也戛然而止于三十岁。第二件事，是复辟的朱祁镇，以"篡位易储，紊乱朝纲，擅夺兵权"的罪名，将少保、兵部尚书于谦杀害。

公元 1457 年正月二十二日，对于洒满将士鲜血的大明皇城北京来讲，是一个悲壮且让历史永远铭记的日子，明英宗朱祁镇定于谦为谋逆罪，准备将其按大明刑律以极刑斩首弃市。阴霾笼罩着整个京城，刺骨的寒风犹如无头的猛兽，在京城街巷乱窜。于谦从诏狱大牢到崇文门外，这一路走得好辛苦，他曾经背负过大明王朝生死重任的臂膀如此瘦弱，似乎再也承受不住丝毫重力。他实在太累了，想静静地睡下去，睡在自己曾经浴血战斗过的这片土地上。

"千锤万凿出深山，烈火焚烧若等闲。粉骨碎身浑不怕，要留清白在人间。"当少年于谦写下这首自己最喜欢的诗篇时，也仿佛为四十多年后自己即将结束的生命画上了一个清白的句号。哪怕是粉身碎骨，也要清白留世——这是于谦年少时就立下的坚定誓言，从十六到六十，于谦无时无刻不在努力践行，而今天他却不惜用一种悲壮去证明这一切，因为他已经完成了王朝赋予的使命，死而无憾了。

刺骨的寒风阵阵袭来，像一群索命的恶鬼，不停地呼号，围着囚车拼命地打转。囚车木轮吱吱呀呀的响声穿越阴霾，好似一路洒下的哭魂曲子。"于大人，一路走好！""于大人，您是冤枉的！"……此时，通往崇文门的道路两旁早已挤满民众，有些还是八年前和于谦为了保卫这座城市共过生死的勇士，劫后余生的京城百姓早已把于谦视为救命恩人。一大早，他们纷纷从四面八方赶来，为的就是送于谦大人最后一程。"公被刑之日，阴霾翳天，京郊妇孺，无不洒泣。"有关史料曾这样描述当时的悲壮场景。苍天仿佛也在替于谦鸣抱不平，漫天阴霾，寒风呼号，哭声一片。囚车中的于谦转过头，望着道路两旁的百姓，他的眼睛有些湿润，但还是咬紧牙关，任由泪水在眼眶里打着转，没有让它落下来。于谦戴着铁链枷锁的手努力地向外挥了挥，这既是向眼前可亲可敬的乡亲告别，更是向自己身后那个渐行渐远的王朝作别。

于谦知道，八年前当自己说出那句"社稷为重君为轻"的话后，就已经不知不觉站到了明英宗朱祁镇的对立面。在于谦看来，其实谁当皇帝确实不重要，重要的是国家社稷安危，天下太平，苍生有幸。"土木之变"，英宗被俘，朝堂无主，攘外必先安内，于谦的心里只有"天下"二字，他力主郕王朱祁钰称帝，以号令天下，挽救大明帝国于危难之中。对于今天这个结局，于谦或多或少也有所预感，他知道这既是家和国之间利益的平衡，也是忠勇与苟全的博弈。寒风呼啸而来，伴着阵阵凄苦的垂泣，像是远处两军对垒时的马嘶，又像是灾难中人们的呼救。此刻，于谦淡然地望着前方，想起了千里之外江南故乡的那片湖山，那里有盛满自己儿时欢乐的坊巷，有书声盈耳的草堂，那里也曾经是自己的偶像文天祥誓死保卫过的地方。

2

公元 1398 年，对于鼎盛的大明王朝来讲，却是个多事之秋。这一年，大明王朝送走了它的建立者——开国皇帝朱元璋；同时，也迎来了它的拯救者——于谦。

明洪武三十一年（公元 1398 年）五月十三日，于谦出生在浙江杭州府仁和县太平里（今杭州上城）一个官宦世家。于家自高祖以来世代为官，于谦的曾祖父于九思，官至湖广宣慰司都元帅（三品官），后调任杭州路大总管，遂把家迁至杭州。于谦的祖父于文，也曾在兵部和工部任职。可是到了于谦父亲于彦昭这一辈却改换了门庭，于彦昭笃厚仁义，好善乐施，但他看不惯官场腐败，发誓"隐德不仕"。于谦就出生在这样一个洗尽铅华的官宦家庭里。位于钱塘太平里的于家，还有着与别人家最重要的不一样之处，于谦祖父敬仰抗元将领文天祥，于家世代供奉文丞相遗像和牌位，就像供奉于家祖先一样。沐浴着祖辈荣光，感悟着父亲诚信忠直、鄙污轻财的品格，祖辈那份浸透骨髓的忠勇，影响了于谦一生。

于谦，字廷益，号节庵，祖籍河南考城（今河南兰考）。关于他名字的来历，父亲于彦昭曾经给他讲过这样一个故事。父亲说，在于谦出生前的那个晚上，梦见一个绯袍金幞的金神对他说："我感动于你们于家对我的供奉，也感动于你们于家一门忠义，所以我文天祥打算转世投胎，来做你们于家的子嗣。"他听了这话，大吃一惊，赶快敬谢不敏，连忙说不敢当，但梦中那位金神说完转眼就不见了。父亲于彦昭醒来不久，一个男婴就来到这个世上，于是便给孩子起名叫"谦"，意思就是"以志梦中逊谢之意"。当然，这些坊间传说不足为信，但是于家世代忠义却是有口皆碑。

俗话说，优良素质福益终生，劣弱素质祸殃一生。于谦少年英才，志向高远，小小年纪便饱读诗书。鲁迅先生曾说："我扑在书上，就像饥饿的人扑在面包上一样。"我想，如果用这句话来形容于谦，是再恰当不过的了。于谦六岁时，跟随家人清明扫墓，他的叔叔随口说了一句："今朝同上凤凰台。"想不到机灵的于谦接着答道："他年独占麒麟阁。"小小年纪语出惊人。于家世代官宦，深染儒学，于谦八岁时就能够"通经书大旨，屡出奇语"，被誉为"神童"。有史料记载："少读书，手不释卷，过目辄成诵。"于谦悉通经书，见解精辟，常语惊四座。

少年于谦在淳厚家风的浸润下，不但读书刻苦，还志向高远，他为文天祥"徇国忘身，舍生取义"的忠烈气节所感动，视文天祥为偶像，在自己书斋的墙上悬挂着文天祥的画像，而且走到哪儿就挂到哪儿，数十年如一日。"孤忠大节，万古攸传。我瞻遗像，清风凛然。"于谦从儿时就立下宏伟志愿，要向抗元英雄文天祥学习，他还专门为文天祥写了像赞，置于座右，以表自己心志。虽然出生于江南水乡，吴侬软语，精致灵秀，并没有磨去于谦骨子里的刚直固守，反而铸就了他坚贞不屈的脊梁。少年于谦早已抱定"以天下安危为己任"的远大志向。

吴山，位于杭州西湖的东南，春秋时为吴越争夺之地，故名吴山。吴山上有一道观名叫三茅观，元朝时三茅观毁于战火，明初重建，观内设有书馆，于谦年少时就曾寄宿在三茅观读书，潜心求学。距离于家仅有数百米的吴山，重峦叠翠，左临钱塘，右瞰西湖，南望秦望山，北眺杭州城，汇聚了杭州厚重人文地理精华。于谦在这里读书，可以自由酣畅地俯仰古今，沉浸在中国传统文化的濡染之中。诸葛亮、苏轼、岳飞、文天祥、陆贽等先贤的思想，强烈震撼着于谦的心灵，当其他少年还在西子湖畔弹琴吟对之时，他却在岳庙里徘徊，与岳少保神交，"精忠报国"四个字深深印刻在他幼小的心灵里。有一次，于谦和朋友去富阳游览，偶见石灰窑煅烧石灰石的场景，激荡在他胸中已久的豪情顿时倾泻而出，便吟出了那首传唱至今的《石灰吟》。这首诗兼有白居易浅显易懂的诗风，是于谦内心的真实写照。于谦胸中倾泻而出的生命冲动、率真性情和火热激情，全部浓缩在这二十八个字之中。真正的经典永远不会褪色，为了理想和探索，少年于谦什么都可以置之身外，他无惧熊熊烈火的炙烤，也无畏粉身碎骨的结局，他心中有目标，人生有方向。

3

官宦家庭出身的于谦与常人一样，自小就有入仕为官、报效国家的远大志向，他要留给人间的不仅仅是一色清白，还要像煤炭一样焚烧自己，把全部的光和热奉献给那个时代。

于谦在《咏煤炭》诗中曾写道："但愿苍生俱饱暖，不辞辛苦出山林。"出仕的道路永远不会是一帆风顺的，雄心勃勃的于谦在十七岁参加乡试时，就遭遇人生第一次挫折——乡试不第。但是，他并没有气馁，更没有退缩，反而学益笃，志更坚，抱定天生我才必有用的信心，刻苦读书。后来，于谦在回忆自己读书经历时，曾这样说："我昔少年时，垂髫发如漆。锐意取功名，辛苦事纸笔。"史书对他发奋读书的事情也有记载，称其面壁读书，废寝忘食，"濡首下帷，足不越户"。

永乐十九年（公元 1421 年）的那个秋天，杭州湖山弥漫着浓郁的桂香，于谦就是带着满身桂香和他的远大梦想，开始了跌宕仕途。经过多年的砥砺奋进，二十四岁的于谦终于再度踏上艰难的科举之路，赴京参加殿试，科举之路一波三折。耿直的于谦举笔如利剑，在这场改变他命运的考试中，直指朝廷的各种利弊，落笔之处毫不留情，因"策语伤时"（抨击时政），遭遇权贵大臣忌惮，被压到三甲九十二名，最后放任都察院山西道监察御史。山西道监察御史，设立于明洪武十五年（公元1382年），秩正七品，其职责为"辩明冤枉"，监察地方官员，"为天子耳目风纪"。尽管监察御史只是一个正七品职级的小官，在别人看来有些委屈于谦，但他内心还是有所慰藉的，毕竟从此有了报效国家、服务百姓、展示自己抱负的机会，况且还是天子的耳目呢！

永乐二十一年（公元1423年），明成祖朱棣决定对屡犯大明边境的阿鲁台大动干戈，开始第四次北征。这一年，二十六岁的于谦，也因"廉干"开始崭露头角，奉命出使湖广犒劳官军，兼招抚四川、贵州等地的少数民族。尽管明成祖北征阿鲁台，安定边疆，但此时大明内部却开始有些不安定，当时驻守在湖广、贵州一带的明军高级军官常常滥杀无辜，以此向朝廷邀功求赏，导致四川、贵州部分少数民族接连起兵闹事。于谦此行的目的表面上看是代表朝廷去奖赏官军，实际上还肩负着调查百姓起兵之事的秘密使命，看看究竟是天灾还是人祸。朝廷赋予的这一重任，对于入仕不久的于谦来讲不能不说是个考验，况且百姓起兵之事牵扯到诸多地方军政要员，初来乍到，人生地不熟的于谦，想要调查出事件的子丑寅卯来，势必困难重重。但是，他不辱使命，明知山有虎，偏向虎山行。听说于谦御史来了，有些地方官员做贼心虚，企图采取各种方法拉拢腐蚀他。于谦首先从官军申报的功劳入手，以核查军功为名，深入民间察访，很快就掌握了部分地方官员犯罪的证据，如实上疏朝廷，及时揭发地方官员"邀功妄杀"的罪状，使他们受到严惩。初出茅庐的于谦，不畏强权的做事风格，越来越引起朝堂的关注。

洪熙元年（公元 1425 年）六月二十七日，明宣宗朱瞻基正式登基。朱瞻基最终还是放弃了父亲迁都南京的计划，决定仍把北京作为帝都，多半原因是他成长在北方这片土地上，曾多次跟随爷爷明成祖朱棣征讨蒙古，与爷爷朱棣一样，都深切关注北方边境问题。朱瞻基即位的第二年，汉王朱高煦在乐安州起兵谋叛，他便任命于谦为御史，随御驾亲征。朱高煦投降后，朱瞻基点名于谦数落其罪行，于谦站在朱高煦面前，宛如一尊佛像，出口成章，斩钉截铁，正词蒇蒇，声色俱厉。旁边的将士莫不胆寒，更要命的是朱高煦频频点头，汗如雨下。在于谦的凌厉攻势下，朱高煦被骂得抬不起头，趴在地上不停地发抖，自称罪该万死。这场叛乱的完美解决，让于谦在大明政坛之上初显锋芒。朱瞻基站在于谦背后，默默地点着头。作为皇帝，作为帝国的引路人，朱瞻基明白这位叫于谦的臣子绝对不简单，能够在随机点名的情况下，有如此口才，绝非一般人能够做到的。从此，朱瞻基开始有意无意地培养于谦。

4

既然得到朱瞻基的认可，作为年轻有为的"后备干部"，于谦认为自己更应该多承担些帝国的重任，为朝廷分忧。"坐皇宫九重，思田里三农。"明宣宗朱瞻基深知"水能载舟亦能覆舟"的道理，他体恤民情，关心农业生产和农民生活，积极推行休养生息政策。军政改革的想法，就像一粒种子，不断在他的心中发芽疯长。他试图清除由来已久的军事腐败，大力建立文官统治，以开启自己"仁宣之治"的盛世局面。所以当大学士杨士奇、杨荣推荐于谦去江西任巡按时，朱瞻基便潇洒地大笔一挥：可。

宣德三年（公元 1428 年），三十一岁的于谦被任命为江西巡按。所谓巡按，其职责就是代替天子巡查地方，通常由皇帝钦点，直接对天子负责，"大事奏裁，小事立断"。能够担任这个职务，从某种意义上来讲，也就意味着于谦已经成为明宣宗朱瞻基的亲信。"为国不可以生事，亦不可以畏事。"于谦在江西轻车简从，遍历所部，访贫问苦，清理积案，抑制骄横王府官属，兴利除弊，厘革乡民之疾苦，平反冤狱以百计。"雪冤囚，数百人。"《江西通志》曾这样记载。其间，于谦还写了一首诗《二月初三日出使》："春风堤上柳条新，远使东南慰小民。千里宦途难了志，百年尘世未闲身。豺狼当道须锄殄，饿殍盈岐在抚巡。自揣菲才何以济，只将衷赤布皇仁。"以诗明志，表达自己不畏强权，毕生主张诛灭豺狼般的贪官污吏，抚恤饥饿的黎民百姓，从而传播朝廷的恩德，报效皇恩的满腔热忱。巡按期间，于谦了解到宁王朱权就藩江西已久，常借"和买"变相征敛赋税强取豪占，欺凌民众，为地方官员所忌惮。在掌握确凿证据后，于谦秉公执法，当即抓捕了宁王府中多名作奸犯科之人，严加治罪，严厉打击了豪强奸吏的嚣张气焰，得到了民众的拍手称赞和拥护。百姓为了颂扬于谦的功德，还在江西郡学名宦祠中供奉他的"长生禄位"。于谦不辱使命，犹如纷乱官场中高高耸立的青松，所到之处广播朝廷恩德，安定一方，深受明宣宗的赏识。

宣德五年（公元 1430 年），河南、山西发生严重旱灾，朝堂之上，群臣一筹莫展。这时明宣宗朱瞻基又想到了他那位爱卿，于是亲手写下

"于谦"两个字交给吏部，越级提拔于谦为兵部右侍郎（正三品），兼巡抚河南、山西御史，巡抚职权在布政使（从二品）之上，为明朝地方最高行政长官、封疆大吏。于谦辞别妻儿，轻车简从赴任。在当时，河南、山西是大明王朝两个多灾的地区。河南是非旱即涝，遇上黄河决堤，汪洋千里，灾民遍野；山西也是十年九旱，北边兵荒，黎民受苦。《明史》记载，于谦上任巡抚后，"轻骑遍历所部，延访父老，察时事所宜兴革，即具疏言之，一岁凡数上"。

太行山横亘在山西与河南之间，在六百多年前翻越这座大山，可以说是当时人们远行的噩梦。为了方便工作，于谦便在山西和河南分别设立办公地点，频繁往返于太原和开封之间，鞍马劳顿，年复一年。于谦冬春之际赴太原，正值天寒地冻，夏秋赴开封，又是酷暑难当，在如此恶劣的环境下，要远途跋涉、风雨兼程翻越两次太行山，到两地办公，这种毅力和意志，在当时几乎无人能出其右。这在他的诗中也多有体现，"才离汴水又并州，马上光阴易白头"，"马足车尘不暂闲，一年两度太行山"。于谦的到来为两省官场带来了崭新面貌。

明宣德九年（公元 1434 年），山西、河南暴发大面积的蝗虫灾害，"禾苗皆光"。于谦忧心如焚，痛心不已，一边组织赈灾，一边组织灭蝗。看到百姓饱受蝗灾之苦，身为三品巡抚的于谦终于按捺不住了，带领衙署人员，亲自到地里捕捉蝗虫。百姓们看到于谦大人的憔悴身影，无不感动落泪。当然，比起旱灾、蝗灾，最让于谦揪心的莫过于黄河水患。黄河自巴颜喀拉山发源，呈"几"字形，向东注入渤海，中游流经黄土高原，携带着大量泥沙，因下游河道变宽，坡度变缓，流速减慢而泥沙沉积下来，使河床逐渐抬高，形成举世闻名的"地上悬河"。几千年来，黄河有"三年两决口"之说，严重危害人们的生命财产安全，而灾害频发最多的地段就在河南。据说，在今天的开封城下，就埋藏着六座开封城。

据有关史料记载，自明洪武七年（公元 1374 年）至明宣德三年（公元 1428 年）的五十四年间，黄河仅在开封、阳武、原武、荥泽一带，决溢就多达十九次，其中决口就达十三次。一时之间，汹涌的黄河成为灾难河，犹如一把利剑悬在开封民众的头上，两岸人民惶惶不可终日，州府官吏也谈水色变。于谦到任后，暗暗下定决心，寻访各地贤哲高人，寻求解救民众良策。

5

正统四年（公元 1439 年）的一个夜晚，又是接连几天的倾盆大雨，整个天就像坍塌下来一样，开封城到处沟满河平。官邸内，于谦来回踱着步子，眉头紧皱，一筹莫展。室外风雨交加，黄河水还在暴涨，整个开封府岌岌可危。于谦已经记不得这是自己第几个不眠之夜了，他在想着如何才能保住开封古城。"于大人，大事不好，护城河堤被暴雨冲垮了！"于谦最担心的事情还是发生了。虽然他事先已经做好了充分准备，派出兵夫日夜守护，但是黄河大堤在狂风暴雨的冲刷侵蚀下，不断坍塌，险象环生，护城堤被撕开了一条五百余丈的大口子，黄河之水倾泻而下，开封城危在旦夕。

"军民们，我们的妻儿老小都在开封城里看着我们呢，人在城在，我们要誓死保住河堤。"暴风骤雨的黑夜里，于谦声嘶力竭地呼喊着。"吾皇与我们同在。"为了鼓舞士气，于谦将皇帝赐予的蟒袍脱下来，堵塞决口，以示与洪水决斗的信心。他身体力行，亲自率领官员和民众日夜奋战在抗洪第一线，终于化险为夷，保住了开封府城。有方志记载，黄河决，啮汴堤，"谦躬至其地，解衣塞决口"。从此，于谦舍身护堤的义勇也成为当地百姓津津乐道的事。

为了遏制黄河水患，于谦还组织农民在农闲时增筑沿河大堤，在两旁植树巩固堤防，每五里设一窝铺，派专人巡守，督率吏卒随时修缮河防。他根据开封总体地势，在东、北、西三面筑建护城大堤，并下令种树凿井，使路上行人可以避暑解渴。对此，《明史·于谦传》曾这样记载："河南近河处，时有冲决。谦令厚筑堤障，计里置亭，亭有长，责以督率修缮。并令种树凿井，榆柳夹路，道无渴者。"黄河对于开封人来说，既是哺育、滋养他们的生命之河，也是给他们带来深重痛苦的灾难之河。

开封与黄河的恩恩怨怨延续了两千多年，已不能简单地用"恩怨情仇"四个字来概括。于谦在修筑黄河大堤与护城堤的同时，又铸铁犀以镇洪水，并撰写《镇河铁犀铭》，铸在铁犀背上。而今，在开封东北隅的铁牛村还留有一尊镇河铁犀，威武雄壮，独角朝天，面朝黄河，犹如一位历尽沧桑的防洪卫士，这便是于谦当年在开封抗洪治河的历史见证。于谦离开后，当地百姓为纪念他的治河功绩，就在铁犀所在之处修建了一座回龙庙。于谦遇害后，百姓为了追思他，又建起庇民祠。虽然这些都早已毁于黄河大水，掩埋于地下，但是于谦的功绩却口口相传下来。

6

"两袖清风身欲飘，杖藜随月步长桥。"尽管于谦洁身自好，刚正不阿，不恃权贵，但孤单的他却无法拉回日渐滑向宦官乱政泥潭的王朝马车。

王振，作为明朝第一代专权宦官，本是个落第秀才，最初在私塾教书，后来做了教官。王振与普通读书人一样，总幻想着能有一天走上仕途，实现自己的政治抱负。但他内心深知，如果想通过科举走上仕途，对他来说实在是太难了。所以，一心想出人头地的王振心一横，便在明成祖永乐末年自阉入宫，当了宦官。一心攀附的王振为人狡黠，善于察言观色，入宫不久便得到了明宣宗朱瞻基的赏识，被任命为东宫局郎，主要负责侍奉太子朱祁镇，也就是后来的明英宗。英宗即位后，王振自然而然就成为最受重用的人，出任宦官中职务最高的司礼监掌印太监。明朝正统年间，"三杨"（杨士奇、杨荣、杨溥）与张太皇太后相继去世，王振开始将手伸向大明朝堂，成为明朝首位专权太监，朝廷官员纷纷献媚，使得朝堂成为王振的一言堂。据说朝会期间，进见王振的大臣都要给他送银子，否则就会被记恨，进而遭受政治迫害，有的甚至还会被安上个莫须有的罪名，锒铛入狱。于谦不肯奉迎宦官，结交权贵大臣，他每次上京奏事，除了简单的行李外，从不携带送人的礼物。时有好心人劝他说："你虽然不献宝，不攀求权贵，但也应该带些土特产，便于打点人情。"于谦笑着举起两袖，十分风趣地回答："我入朝怎么没有带东西呢？这不是有两袖清风吗！"《明史》本传这样记载："谦每议事京师，空橐以入，诸权贵人不能无望。"后来于谦还写了一首杂体诗《北风吹》，以铭心志："手帕蘑菇与线香，本资民用反为殃。清风两袖朝天去，免得闾阎话短长。"出于各种原因，朝廷大臣不得不巴结王振，唯有于谦从没有给王振送过礼，且以"两袖清风"自誉。王振对此恨得咬牙切齿，千方设百计想让于谦真正成为"一阵清风"，而那些唯利是图的奸佞小人，也早视于谦为"眼中钉""肉中刺"，因为于谦不仅是他们扩张势力的障碍，更是他们仕途上最大的威胁。让于谦尽快消失，成为宦官头子王振和那些奸佞小人不谋而合的共同目标。

有一次，于谦回朝奏事推荐参政王来、孙原贞替代自己的职务，王振得知情况后非常不满。通政使李锡迎合王振想法，弹劾于谦，说于谦因为长期未得晋升而心生不满，擅自推举他人代替自己，有罪，然后朝廷将于谦下狱。老百姓听说了大人无缘无故被判下狱，一时间群情激愤，山西、河南的官吏和百姓俯伏在宫门前联名上书，请求于谦留任，甚至有些藩王也向着于谦说话，在朝中引起不小的风波。王振见构陷未遂，便编了个理由给自己下台，称从前有个名叫于谦的人和他有恩怨，说是把以前那个"于谦"和现在被关押的"于谦"搞错了。这样才把于谦放了出来，并将于谦降职为大理寺少卿，后来迫于民众压力，又起任其为巡抚，赴河南、怀庆两地救灾。直到正统十三年（公元1448年），于谦被召回京，复任兵部左侍郎。

"留得清白在人间"，这是于谦的为官之道，映衬的恰恰是大明王朝宦官当权的黑暗。于谦在晋、豫十八年的艰难为官历程中，从没有向宦官权势低过头，他始终以挽救灾民为己任，不负皇恩不负民，誓死报答百姓的爱戴，所以群众都叫他"于青天"。自古忠孝不能双全，于谦在外巡抚期间，他远在故乡杭州的父母相继病故，自己却未能膝前尽孝，陪伴老人走过人生最后一段历程，这是他一生最大的遗憾。于谦深爱的妻子，也在他巡察期间孤独病逝，没能见上最后一面。于谦结束巡抚任务，在离开河南和山西的时候，带走的也只有几件破旧衣服和几本书，再无余财。

外任的岁月，对于谦来讲可谓刻骨铭心，他从三十多岁的青年才俊到五十多岁的斑白老臣，把人生最宝贵的岁月都献给了晋、豫民众，自己就像是一只不知疲倦的杜鹃鸟，奋力翱翔在大明的天空。而今，虽然大宦官王振早已经死于八年前的"土木之变"中，但是王振怂恿朱祁镇贸然亲征瓦剌，兵败被俘，也正是这场突如其来的变故，才将他推到了政治舞台的最前沿。而于谦一句"社稷为重君为轻"，一场置之死地而后生的京城保卫战，在延续大明王朝近二百年国祚的同时，也把他自己推到了王朝的祭台上。

7

公元1457年正月十六日夜晚，大明历史上一场震惊朝堂的复辟政变发生了。大将石亨、官员徐有贞、太监曹吉祥等拥戴被囚禁在南宫的明英宗朱祁镇复辟政变，史称"夺门之变"，又称"南宫复辟"。

关于这场"夺门之变"，实际上于谦早已经预料到，他要牺牲自己来成全一代帝王，成全一个时代，甘愿成为朱祁镇和朱祁钰皇位争夺的替罪羊。明英宗朱祁镇作为这场斗争的直接受害者，饱经瓦剌被俘之苦，归朝后虽被封为太上皇，但被囚禁南宫七年，他渴望自由，当然更渴望夺回自己失去的皇位。最终，于谦被定谋逆罪，按大明刑律以极刑斩首弃市。当判决书呈送到朱祁镇面前时，他内心最柔软的地方还是被戳了一下，他有些犹豫，内心十分矛盾。朱祁镇知道，如果没有于谦护国，自己永远没有机会再回到大明，他对群臣说："于谦实有功，不忍心杀害功在社稷之人。"这时徐有贞咬牙切齿说道："不杀于谦，此举为无名！"言外之意就是："我们刚刚拥立你做皇帝，要肃清朝野，名不正言不顺，不杀于谦，有谁会承认你这个新皇帝呢？"就这样，明英宗朱祁镇最终痛下杀手。

公元 1457 年正月二十二日，阴霾翳天，天地同悲，京城民众的哭声并没能挽留住于谦，于谦的一腔热血喷洒在他曾经战斗过的地方。他的双眼没有闭上，他要永远望着自己深爱着的这片土地。于谦被斩首，北京民众无比悲痛，到他遇难的地方哭祭者多达数千人。《明史》记载：于谦"死之日，阴霾四合，天下冤之"。据说有一个叫朵儿的指挥，本来是冤案制造者之一曹吉祥的下属，因敬仰于谦，在于谦行刑的地方以酒祭奠，痛哭不已。曹吉祥知道后非常生气，用皮鞭抽打他，第二天朵儿仍然祭拜如故。于谦去世后，都督同知陈逵深感于谦忠义廉洁，便派人秘密将其遗骸收殓起来，安葬在京城西郊，并派专人看守。"以酒醑谦死所，恸哭。吉祥怒，抶之。明日复醑奠如故。都督同知陈逵感谦忠义，收遗骸殡之。逾年，归葬杭州。"《明史·于谦传》有这样一段记载。

于谦死后，"及籍没，家无余资"。做到尚书级的高官，竟能清廉如水。当锦衣卫查抄于谦家时，并没有发现任何值钱的东西，他们见正屋大门紧闭，一把大锁牢牢锁着，大喜过望，连忙撞门进去，但里面装的却都是皇帝御赐的物件，如蟒袍、剑器、圣旨等，一件件整齐摆着，并没有金钱宝物之类。见此状况，负责查抄的官吏也禁不住潸然泪下。

于谦死后的第三年（公元1460年），他的养子于康将其灵柩从京师运回故乡杭州，安葬在西湖南面的三台山麓。再过五年（公元1465年），其子于冕被赦，上疏讼父冤，于谦冤案才平反昭雪，恢复生前官爵。明宪宗朱见深派大臣前往杭州祭祀，祭文中写道："当国家之多难，保社稷以无虞，惟公道之独持，为权奸所并嫉，在先帝已知其枉，而朕心实怜其忠。"

而今，一代忠魂长眠于三台山麓，伴着湖光山色，枕着钱江涛声，望着家乡湖山，也是值得欣慰的。湖山依旧，故人依旧，九泉之下的于谦，与他所景仰的岳武穆一样，同样是蒙受莫须有的罪名，同样是埋葬于西湖之畔，有幸遥相对望。后人曾有诗云："赖有岳于双少保，人间才觉重西湖。"湖山有幸遇故人。

苍水无际

好山色

I

七月的阳光，最能让人体会到火的炙热与刚烈。

太阳像一盏炙热的射灯，悬挂在舞台正中央，明亮夺目。而平静的西湖就像是巨大的舞台，从梁山伯与祝英台的凄艳绝美爱情，到岳飞与于谦的英雄壮怀激烈……在历史与现实的交错中，上演着一出出真实与梦幻、正义与邪恶的剧目。站在杭州西子湖畔的荔枝峰下，面对碧波荡漾的西湖，遥望山水交融的画面，三百五十多年前张苍水说过的那句"好山色"，在我耳畔骤然响起。

踏着满地明晃晃的阳光，从车水马龙的南山路，拐进一条不足三百米的小径。穿过石牌坊，一条笔直的神道，通往荔枝峰下的墓地。轻风微拂，绿荫垂挂，墓道的尽头，即是世界的另一头——安静、肃穆，逝于公元 1664 年的张苍水正长眠于此。荔枝峰，一个非常甜美的名字，然即便是杭州本地人，现在也很少有人知道这个地名。荔枝峰正对西湖，它是南屏山群峰间形如荔枝的一个小山丘，而现在人们又赋予它一个家喻户晓的名称——太子湾。时人遵照张苍水的遗愿，将其安葬在荔枝峰下。时光荏苒，英雄静静护卫着他念念不忘的这片"好山色"，也让这座世人不太知晓的山丘多了一份悲壮。

墓道两侧灌木簇拥，被风一吹"沙沙"作响，其间肃立着的石雕翁仲及瑞兽造像，静静沉默在时光中，陪伴着长眠于此的英雄。这一刻，历史与现实对接的地理距离是这样的短，墓道虽不深远，却掩埋了大明王朝最后的悲壮，英雄以"坐而受刃"的方式，为他所效忠的大明王朝画上了一个悲凉句号。拜谒古人，有时我们更期待墓道再漫长些，这样可以边走边思，将自己冷却下来，安静下来，去深切感受长眠于黄土之下的将军的铁血沸腾。

明清易代，海立山奔，血与火写下了中国一段不堪卒读的痛史。

三百五十七年前的九月初七，同样也是一个艳阳高照的日子，炙热的阳光映衬着英雄的刚烈，满城已经飘荡起了期待已久的桂香。一大早，几顶竹轿在众多清廷兵勇警戒簇拥下匆匆来到弼教坊，一位头戴方巾，身穿葛衣，高颧骨、长髯须的汉子，披镣戴铐、神情自若地走下轿来。此时弼教坊刑场四周，早已是素衣素服白茫茫一片，这些都是自发从四面八方赶来的群众，他们携带着糕点水酒、香烛黄纸，专程来送别一位未曾谋面却内心十分崇敬的英雄。中年汉子目光炯炯，拱手拜别父老乡亲。

弼教坊，现为杭州解放路官巷口，宋时为官巷，明时为检署，到了大清这里就成了杀害反清志士的刑场。如今，这一切早已淹没在花花绿绿的闹市之中，成为人们耳熟能详的一个闹市街区。旧衙不存，遗址难觅。但提及这个地名，与之牵系着的血腥记忆，不管隔了多少年，隔了多少代，其见证中华民族气节和文人血性的那段历史，总令人为之潸然泪下，又为之激动振奋。

阳光明晃晃地照在刑场上，只见中年男子仰首挺胸，大义凛然，面无惧色。当监刑官问他还有什么遗言时，中年男子随口吟出一首《绝命诗》："我年适五九（指四十五岁），复逢九月七。大厦已不支，成仁万事毕。"监刑官宣读完杀无赦的敕令，准备行刑，中年男子拒绝下跪，目光如炬。他深深嗅了一口飘来的甜甜桂香，举目望了望温润延绵的吴山，叹息道："大好江山，可惜沦于腥膻！"然后，回过头，拂了拂衣上的灰尘，缓缓坐在椅子上……随着阴森森、明晃晃的刀光闪过，英雄舍身成仁。随之，那个早已被历史车轮碾碎的王朝也消失在一阵秋风里，一切灰飞烟灭。

这等死法，无论对于东方人还是西方人，无论文化背景有多么迥异，都充满了传奇色彩。相信这一幕不仅可以写入传世的汗青，更可以写在杭州这片经历过荣辱的湖山之上。中年男子便是最后的反清志士张苍水，他的生命永远定格在四十五岁。张苍水的壮举，让清廷监刑官也为之敬佩，见他的侍从杨冠玉年幼，有心为其开脱，杨冠玉却断然拒绝道："张公为国，死于忠；我愿为张公，死于义。要杀便杀，不必多言。"言罢，跪在张苍水面前引颈受刑。人群哭声四起，天空昼晦骤雨，监刑官相顾失色……而在三天之前，张苍水的夫人和儿子已在镇江遇难，张苍水至死都不知道这个消息。

这一年，按照历史纪元是大清康熙三年（公元 1664 年），同时，也是大明遗民最后一次使用明永历十八年的称谓。数年后，一个没有留下名字的史家，一字一字写下了："煌言（张苍水）死而明亡。"

一个消失在秋风中的朝代，从它被大清替代起，整整残喘了近二十年，而张苍水就是这最后二十年的孤胆英雄，他用自己的忠诚和热血，为大明画上了一个坚毅而悲怆的句号。

2

浙江鄞县，今宁波市鄞州区，历史悠久，是张苍水的故乡。"鄞"，因远古时有堇山而得名。随着时间的推移，堇山周围人口聚居渐多，遂在"堇"旁加"邑"（阝）为"鄞"。顾祖禹《读史方舆纪要》称："夏有堇子国，以赤堇山为名。堇，草名也，加邑为鄞。"古老鄞县，人杰地灵，早在四百多年前，取"天一生水、地六成之"之义，在这里建成了我国现存历史最悠久的私家藏书楼"天一阁"，这也是世界上最古老的三大家族图书馆之一。正是浸润着淳厚的书香，万历四十八年（公元1620 年）六月初九，南明儒将、诗人，一心想挽救那个朝代的抗清英雄张苍水，出生在浙江宁波府鄞县的一个官僚家庭。

张苍水，名煌言，字玄箸。他的父亲张圭章，是天启四年（公元1624年）的举人，曾任山西盐运司判官，官至刑部员外郎。对于张苍水来讲，书香门第，官宦之家，生活尽可无忧无虑。张苍水十二岁时，母亲赵氏病卒，他就一直跟随在父亲身边，深受父亲影响，专心读书，扛鼎击剑不息。作为一名能文能武、常感愤国事的知识分子，张苍水少年时就胸怀大志，为人慷慨，并且喜爱讨论兵法之道。

崇祯九年（公元1636年）二月，鄞县县试考场上，一个十七岁的白衣少年惊艳全场。只见他拉弓搭箭，接连三箭，箭箭中靶，考官大吃一惊。自古英雄出少年，这便是少年张苍水。有史料曾这样记载："诸生从事者新，莫能中，公执弓抽矢，三发三中。"张苍水最终因文武双全考取秀才第一名。如果没有战争，他也许会和现在的少年一样，可以安安静静地度过每一个春夏秋冬；如果没有战争，他也许会和王朝先前那些士子一样，仕途一帆风顺。但是国破家亡的现实，还是无情地把张苍水推向时代的风口浪尖。

崇祯十五年（公元1642年），李自成的大军已经遍地开花，大明王朝摇摇欲坠，朝廷开始重视培养文武兼备人才。二十三岁的张苍水在考试时，朝廷"以兵事急"令考生"兼试射"，而他依旧是"三发皆中"，令在场者无不惊服，加之他平日留心时局，"慷慨好论兵事"，一举成名，高中举人。

当张苍水在考场上竞技搏杀时，大明王朝正经历着一场史无前例的内忧外患：山海关外，清军铁骑虎视眈眈；放眼中原，砍杀声惊天动地。公元1643年，李自成在襄阳建立新顺政权，自称"奉天倡义大元帅"，建大顺国。关外的清军一刻也没有停歇，次年在明将吴三桂的带引下，大举进入山海关，击败李自成，攻占京师（今北京）。聆听着清军由远而近的踏踏铁蹄声，三十四岁的崇祯皇帝朱由检命后宫嫔妃全部自杀，亲手砍杀了自己的两个女儿后，于煤山自缢而死，历经二百七十七年的大明王朝就此灭亡。李自成建立的大顺国，也是从一开始就不顺，虽然攻克北京，推翻了明王朝，但是一年之后也随着李自成湖北通山战死而草草画上了一个句号。

满洲贵族登上历史舞台，开始成为新的统治者。八旗子弟一路挥师南下，接连攻下江南数座城池。南京失陷，清廷以"留头不留发，留发不留头"相威胁，更加激起人民的反对。清军攻破嘉定后，先后三次对城中平民进行大屠杀，制造了骇人听闻的"嘉定三屠"。

公元 1645 年，面对支离破碎的故土山河和流离失所的乡亲，张苍水拒绝参加清朝的进士考试，悄悄回到故乡，与自己的父亲、妻子做最后告别。

故园内，夜已经很深了。幽幽烛光映衬之下，张苍水与已有身孕的妻子董氏深情对望，他对妻子说："驱除鞑虏，匹夫有责，这是每一个大明男儿的责任。"妻子董氏又怎能不懂自己的夫君呢？她知道，自己深爱的这个人也深爱着她和这个家，只是丈夫心里还装着一个更大的"家"。董氏拍拍肚子回应道："家里有我，我和孩子等着你。"离家之前，张苍水郑重地给父亲磕了三个响头，说道："儿今将追随鲁王而去，不能在家侍奉您老人家，望父亲自己保重，等儿打退清兵，再来尽孝。"就这样，张苍水弃笔从戎，先是投奔正在宁波城隍庙率众集会的刑部员外郎钱肃乐，集师举义，后又共同拥立鲁王朱以海为监国。之后，清军铁骑南下，攻破杭州，张苍水与张名振等扈从鲁王朱以海入驻定海，在东南沿海一带继续反清复明大业。

清朝，作为中国历史上最后一个封建王朝，以驻守山海关的明将吴三桂降清、多尔衮率领清兵入关为标志，统治者爱新觉罗氏逐步平定大顺、大西等政权，建立起全国性政权。尽管清兵铁骑早已踏遍中原，跨过长江，但张苍水和他的义军犹如明朝最后一缕幽魂，在东南沿海徘徊，成为清廷的一个噩梦，如针在眼，如芒在背。

公元 1652 年至 1658 年，张苍水先后多次挥师北伐，四入长江，三下闽海，两遇海难，仍百折不挠。"义帜纵横二十年"，苦苦支撑着南明政权，试图恢复中原，被世人称为"怒海雄狮""海上苏武"。公元 1659 年，决定大明王朝最后命运的一场大战在长江之上展开，兵部尚书张苍水会合延平王郑成功，率领十万大军顺江而上，连克四府三州二十四县，兵锋直抵南京城下。大军所向披靡，半壁江山为之震动，眼看复明即将大功告成，岂料天运难测，成败转瞬。郑成功因轻敌突遭偷袭，阵营顷刻间崩溃，张苍水孤掌难鸣，兵溃于铜陵。他孤身一人突出重围，颠沛两千余里，九死一生，回到浙东沿海，重招旧部。

3

公元 1661 年至 1663 年，抗清形势急转直下，南明末代帝朱由榔被吴国贵绞死于云南，年仅三十九岁的郑成功病逝于台湾，张苍水所拥戴的鲁王朱以海也在金门病逝。国脉已断，复明大业几如灰烬。

海中孤山，浊涛放悲。张苍水听到鲁王病故的消息后，悲痛欲绝，眼看着抗清斗争大势已去，他不愿意牵连更多的人，所有苦难情愿自己一人承受。于是，张苍水解散义军，携罗纶和几名部属，驾一叶小舟，登上了南田岛（今浙江象山）附近荒僻的花岙岛隐居。"悬澳在海中，荒瘠无人烟，南汉港通舟，北倚山，人不能上，煌言结茅而处。"这是史料对张苍水在岛上生活的一段记载。

僵卧孤岛不自哀，铁马冰河入梦来。

张苍水在苍茫东海之上，坚守着脚下大明最后一块疆土。尽管浊浪排空，荒岛孤悬，但他仍然旧朝正朔，故国衣冠，仍然睥睨大清王朝，决战到底。荒岛谋生，补给成为张苍水等人生活的最大问题，每次都要派人化装偷偷出岛采购，这一切看似十分隐蔽，但还是因为叛徒出卖暴露了行踪。清军提督张杰探知张苍水藏身海岛的消息后，就命人在舟山普陀、朱家尖一带设下埋伏，最终截获了张苍水的补给船。康熙三年（公元 1664 年）七月十七日，在茫茫夜色掩盖下，一场灾难即将降临，一队清兵乘着补给船悄悄靠近张苍水藏身的荒岛，登岛突袭，张苍水还未来得及突围，便与部属罗子木、侍童杨冠玉等人被捕，大明王朝最后的一寸土地，也在那个晦暗的黎明被清军占领。

提督张杰为了抓捕张苍水可谓是煞费苦心，他在宁波衙署里客客气气地"接见"了张苍水。张杰对张苍水说道："我等你很久了。"张苍水神色从容回答道："父死不能葬，国亡不能救，死有余罪。今日至此，速死而已！"张杰当然不会让他的对手张苍水就这样痛痛快快地死掉，在他看来张苍水还有很多利用价值，自己所效忠的清廷也梦想着大明王朝最后一张王牌能为他们所用。于是，张杰摆下丰盛酒宴，并以高官厚禄再三诱降张苍水，但他不为所动。最后，气急败坏的张杰只得将其押往杭州。

镣铐只能禁锢住张苍水的血肉之躯，却无法禁锢住他那颗钢铁般的心。九死一生的张苍水，早已立下宁死立信的志愿，他决心去追随那个已经逝去的王朝。在押解途中，张苍水写下《忆西湖》诗篇："梦里相逢西子湖，谁知梦醒却模糊。高坟武穆连忠肃，参得新坟一座无？"以诗言志。

在杭州清廷的监牢之中，总督赵廷臣也一再劝说张苍水投降，并保证以兵部尚书原职起用，同样遭到严词拒绝。张苍水回应道："被执以来，视死如归，非好死而恶生也。亦谓得从文山、叠山异代同游，于事毕矣。"面对张苍水的大义凛然，赵廷臣别无他法，只得如实报告朝廷。多次劝降张苍水失败，清廷终于失去了耐心，他们知道：张苍水不死，就意味着还会有人不剃发留辫，追随旧朝；张苍水不死，就表明大清王朝还说不上真正入主中原，一统江山；张苍水不死，就意味着大明王朝的最后一口气还没有咽下；张苍水不死，就说明还有一颗血性的人心没有被征服。最终的决定是："解北恐途中不测，拘留恐祸根不除，不如杀之。"

康熙三年（公元1664年）九月的那个清晨，张苍水生命中最后一缕阳光射入阴暗的牢房，撒落在他的身上。张苍水静静地望着晨光中纷飞的尘埃，自知大限已至，于是提笔在牢房墙壁上留下最后的心声："国亡家破欲何之？西子湖头有我师。日月双悬于氏墓，乾坤半壁岳家祠。惭将赤手分三席，敢为丹心借一枝。他日素车东浙路，怒涛岂必属鸱夷！"他把自己一生的爱与恨倾注于笔端，字迹苍劲有力，句句掷地有声；他把岳飞、于谦两位先辈当作自己的精神榜样和老师，死后的愿望就是能够葬在西子湖畔，与他们一起异代同游。同时，他也希望自己的精神魂魄，化成钱塘江的大潮怒涛，奔腾向前，澎湃不息。

4

康熙三年（公元1664年）九月七日，张苍水从容走上刑场。行刑的刽子手对他拜了三拜，向他致以最高敬意，他们敬佩这位即将离去的将军，不管遇到什么困难，都始终坚守纯洁的爱国之心，拥有坚贞不屈的气节。张苍水遥望着温润延绵的吴山，流露出满腔柔情，大声说道"好山色"，然后从容就义，为大明王朝画上了一个滴血的句号。

张苍水被害后，鄞县乡友捐资买下他的首级，遵照他生前愿望，杭人张文嘉、甬人万斯大、僧人超直将其安葬在西湖之畔的南屏山荔枝峰下。英雄长眠于此，并不孤单，侍从罗子木、杨冠玉、舟子三人，也分别葬于张苍水墓的左右两侧。张苍水之墓与岳飞、于谦的墓隔湖相望，一起拱卫西湖，后人将三位英雄并称为"西湖三雄"。

张苍水初葬时，慑于清廷淫威，墓碑只书"王先生之墓"。张苍水遇害后，大思想家黄宗羲曾写下一首七言诗："草荒树密路三叉，下马来寻日色斜。顽石呜呼都作字，冬青憔悴未开花。夜台不敢留真姓，萍梗还来醉晚鸦。牡砺滩头当日客，茫然隔世数年华。"记述了自己寻找张苍水墓的失落与恓惶心境。当历史的车轮驶进清乾隆四十一年（公元

1776 年），大清王朝为笼络汉族知识分子，谥张苍水为"忠烈"。从此，张苍水得到了官方和民间的一致推崇，他的墓地也不断得到修缮，而每一次修葺，都是在向这位铁血将军致敬。

在夏日知了聒噪的鸣叫声中，我步履轻轻地走进张苍水先生祠堂，迎面正厅是他的彩色塑像，身穿红色袍服端坐，倒不是武将那般威武强壮模样。祠堂四周八幅壁画，描绘的是他悲壮的一生。十方碑文，则分别记载着他的事迹、诗文以及后人的铭文等。我静静伫立，与其仿佛隔空对望，塑像浑身笼罩着诗人才具有的那种忧伤，此时我不知道该称呼他将军，还是先生。因为历史上的张苍水也是一位极具才情的诗人，他为后世留下无数华章，这才有了"国亡家破欲何之，西子湖头有我师"这样的名句，让后人追崇。

在这里，英雄相惜，但文人并未相轻。辛亥革命元老章太炎生前的愿望就是希望自己去世后，能依傍著名将领张苍水于地下，他的夫人汤国梨曾有诗记之："南屏山下旧祠堂，郁郁佳城草木香。异代萧条同此志，相逢应共说兴亡。"而今，张苍水与章太炎的墓仅一道矮墙相隔，两个不同时代的人，终因冥冥之中的敬仰，最后走到一起，彼此依傍，每天坐看湖山光影明灭，听鸟鸣在空谷回荡，在深远地下和远去时光中，共说家国兴亡事。

江南山水，妩媚清丽，地灵人杰。西湖天然景色已入化境，本身就是一幅美不胜收的画面。天下人之所以敬重西湖，高山仰止，景行行止，就是因为西子湖畔长眠着那些可歌可泣"相逢应共说兴亡"的英雄。从西湖的角度来看，"相逢应共说兴亡"的又何止张苍水与章太炎，更有"岳于双少保"。对于张苍水来说，能与岳飞、于谦一同长眠于西湖山水之间，那也是他身后莫大安慰。黄宗羲在为张苍水墓撰写的《兵部左侍郎苍水张公墓志铭》中专门写道："北有岳坟，南有于墓。""同德比义，而相旦暮。"

在民族大义面前，作为江南文人的张苍水，风骨傲然，舍生取义，知其不可为却为之！难怪清廷也要给他追谥"忠烈"。封建社会时期，中国人的血性，从来没有像在明末清初这样一个剧变时期中表现得那般刚烈。张苍水凭着一个文人的底色，带着对国家、民族、社稷、文化的血性，搅动了故国半壁江山，让大清入关后近二十年而不得安宁。他虽无力阻挡历史的车轮，却感动了无数故国遗民，给明朝这口朽烂不堪的棺材，钉下了最后一颗钉子。他的这种刚烈，被章太炎视为天地之间人间正道；他的这种坚强，被鲁迅称为中国的脊梁。

岳飞、于谦、张苍水，三位身处不同朝代却有着相似悲壮命运的英雄豪杰，有幸在西子湖畔相伴长眠，魂归武林，拱卫西湖，共同演绎不朽的民族忠魂，让杭州这片湖山更加有精神、有魂魄。这既是西湖之幸，更是杭州之幸，民族之幸。

人生如戏
亦如梦

|

　　四百多年前的那个夏天，江西临川文昌里玉茗堂的清远楼内，六十七岁的汤显祖静静地躺在床上，他努力睁开眼睛，缓缓看看周围，一切似乎都在梦境之中。的确，此时病入膏肓的他，确实已经分不清哪是梦境哪是现实，然而相比之下，他倒更愿意留在梦境里，因为这样他不仅可以见到自己所塑造的眉眼生动的卢生、淳于棼、霍小玉、柳梦梅，还可以见到为情所困的杜丽娘。这些既是汤显祖笔下粉墨如梦的戏剧人物，也是他自己的梦幻人生，他愿意永远留在自己编织的那个悲喜

跌宕的梦境里。最终，汤显祖还是缓缓地闭上了双眼，双手紧紧握着的是浸透他心血的"临川四梦"。

人生如戏亦如梦，粉墨登场各不同。

汤显祖从青年入仕，到中年沉迷戏剧，再到晚年潜心佛学，他仿佛在用自己跌宕起伏的一生，努力圆一个梦，要不然他又怎会"陋巷乘篮入，朱门挂印回"呢！归隐后的汤显祖，晚年给自己起了个别有意义的雅号——"茧翁"，意为让身心在喧嚣里静静聆听梵音，静待破茧化蝶的那一刻。他要在自己生命开始的地方，继续尚未完成的梦想，他愿意化成自由飞翔的彩蝶，因为蝴蝶是最适合言说浪漫之物。在我看来，汤显祖的生命戛然而止于六十七岁，实则是他生命之花在自己构建的梦境里再一次绚烂绽放，要不然人们怎会在他死后的四百多年里，趋之若鹜般寻梦而来呢？

明嘉靖二十九年（公元 1550 年）八月十四日，汤显祖出生在江西临川一个书香世家。而同一天，在欧洲西北部的荷兰，一位被誉为"海上马车夫"的探险家威廉·巴伦支也出生了。两人有所不同的是，官场失意的汤显祖在人生的下半场，一直在戏曲的音韵里"做梦"，戏里戏外，入戏太深，最终挂印归隐，以"玉茗堂四梦"成就了他在中国明代戏曲界的重要地位。而巴伦支却是在用自己的一生去探险，殚精竭虑地开辟了欧亚东北航道，为之后的欧亚经济和文化交流奠定基础。

"显祖"，即"显祖荣宗"之意。由此可见，汤显祖一来到这个世上，父辈们就赋予了他承担传扬祖先功业和名声的重任。汤显祖出身书香门第，祖上四代均有文名，而且多是满腹经纶的学者。高祖、曾祖藏书、好文；祖父汤懋昭，博览群书，精黄老学说，善诗文，被学者推为"词坛名将";父亲汤尚贤,是个知识渊博的儒士,为明嘉靖年间著名的老庄学者、养生学家、藏书家。汤氏家族历来重视教育,创办汤氏家塾,聘请理学家罗汝芳为塾师,教授宗族子弟。祖辈们认真治学的态度,在汤显祖幼小心灵里打下深深的烙印,他与自己所崇拜的历代文人才士一样,从读书那天起,就怀着"兴天下之利,除天下之害"的侠士梦想。汤显祖天资聪慧,勤奋好学,五岁进家塾读书,十二岁能诗,十三岁从徐良傅学古文词,十四岁便补了县诸生,二十一岁中了举人。就家境和才学而言,汤显祖原本可以仕途平坦,一展抱负,可是因为在那个特殊的时代,遇到一个特殊的人,他的人生轨迹悄悄发生了变化。

2

中国古代科举制,始于隋唐,完备于宋,兴于明清,废于清末,历时一千三百多年。这项旨在通过考试选拔官员的人才举措,对中国历史产生了巨大影响。但是,有权力的地方必然会滋生腐败,古代的科考也是如此。

明万历五年(公元 1577 年),大明王朝发生了一件大事。农历九月十三日,当朝首辅张居正的父亲去世,按照当时的祖制,张居正必须"丁忧守制",回家服丧二十七个月。所谓"丁忧守制",乃旧时守丧的规矩。在古代,父母去世,子女按礼须持丧三年,其间不得行婚嫁之事,不预吉庆之典,任官者必须离职。在宗法社会里,政治就是教化,官吏就是师长，作为内阁首辅的张居正，首先要履行孝道，必须离职回家给亡父守制。但此时让正在驱动改革巨轮的他离职回家居丧，显然是不太可能的，于是张居正便一手策划了"夺情"事件。所谓"夺情"，就是皇帝以工作需要为名，缩短或取消某个官员的"丁忧守制"。这一提议竟然得到了十五岁的万历皇帝的大力支持。万历皇帝以国家大事和御前教育需要首辅襄助为由，专门下了一道圣旨："朕元辅受皇考付托，辅朕幼冲，安定社稷，朕深切倚赖，岂可一日离朕？父制当守，君父尤重，准过七七，不随朝，照旧入阁办事、侍讲读。待制满之日随朝。你部里即往谕朕意，著不必具辞。"一句"父制当守，君父尤重"，便为张居正的"夺情"事件正了名。

历史总是会在不经意间出现机缘巧合，张居正策划"夺情"事件的真正目的暂且不说，但这一年他确确实实利用自己首辅大学士在朝中的影响力，做了一件极不光彩的事。按照科举规定，这年恰好又是三年一次的会考，于是背负着"显祖荣宗"期望的二十八岁的汤显祖又一次登场，踌躇满志地来到京都，这已是他第三次参加会试了。

汤显祖回想起三年来自己的悬梁苦读，心中顿时涌起一种难言的莫名酸楚。此次会试自己虽不敢说是胸有成竹，但也是有备而来的，可"有备而来"的还有当朝首辅大学士张居正的儿子张嗣修。张居正知道此时如果安排儿子及第，高中科举，难免有营私舞弊之嫌。老谋深算的他为掩人耳目，决定找几个有真才实学的考生做陪衬。于是，张居正便派人四处打探，广交赶考名士，一来可以彰显自己礼贤下士的高尚品德，二来还可以把这些应考精英收在自己麾下，纳入"自己人"的小圈子，以巩固自己的政治地位，为儿子的政治前途建立后援基础。当然，还有最主要的第三点，那就是可以陪衬出自己儿子这一榜都是高才之士，堵住天下人的嘴。此举真可谓一石三鸟。

张居正打听到会试名单中最有名望的举人莫过于汤显祖及其好友沈懋学等人，于是，便派自己的叔父出面去笼络他们，以首辅之威势，加以许多人梦寐以求的诱惑作为"合作"筹码，声称只要肯与首辅合作，就许诺汤显祖等人中头几名。面对威逼利诱，汤显祖的好友沈懋学等人还是出卖了自己，旋即成了张府的座上宾，而耿介的汤显祖则洁身自好，不为所动。汤显祖虽然并不反对张居正的政治改革，但作为正直的知识分子，他十分痛恨这种腐败风气，断然拒绝了张居正的招揽和诱惑，说："吾不敢从处女子失身也。"尽管这一句"不敢从处女子失身"尽显他的凛然与豪迈，可残酷的现实却像是一把尖刀，深深插入他的内心深处。最后的结果自然不言而喻：汤显祖名落孙山，沈懋学状元及第，张居正的次子张嗣修"屈居"榜眼。

王朝科考舞弊映射着朝廷的腐败，暗箱操作的科考不仅让汤显祖看清了当朝首辅的本来面目，也让他对日益堕落的腐败科举制度有了刻骨铭心的认识。

3

回乡沉寂了三年的汤显祖，在学而优则仕氛围的影响下，渴望入仕的激情依旧似熊熊烈火。他心有不甘，因为肩上还背负着"显祖荣宗"

的责任；他要扬眉吐气，不能向腐败势力低头，他要用实力证明自己的能力。

明万历八年（公元 1580 年），三十一岁的汤显祖决定四度进京参加会试。就在这一年，意大利传教士利玛窦获准进入中国，由此开启了晚明士大夫学习西学的风气。有道是"屋漏偏逢连夜雨，船迟又遇打头风"，这一次，汤显祖又恰逢张居正的三儿张懋修参加会试。与三年前如出一辙，张府又来邀请汤显祖，而且是接连几次到旅舍来拜访。在常人看来，张府的再三垂青，礼数可谓不薄，然汤显祖却"报谒不遇"，他既没有相见，也没有回应，最后的结果也就可想而知。汤显祖再一次成为"陪跑者"，名落孙山，而张懋修却以一甲第一名赐进士及第，独占鳌头，荣登状元高位。而这一次，张居正的长子张敬修也榜上有名，同登进士之列。残酷的现实，让汤显祖心中越来越清楚，考试只是上层统治集团营私舞弊的幕后交易，成为确定贵族子弟世袭地位的骗局，而非以才学论人。在张居正当权的年月里，尽管汤显祖永远是落第的，但他却以高尚的人格和洁白的操守，受到人们的称赞。

万历十年（公元 1582 年）六月，张居正这位在神宗朱翊钧年幼即位后，主持国事长达十年之久的内阁首辅，怀着"一条鞭法"的改革梦想，在人们争议声中终于走到了生命的尽头。张居正死后，张氏一门便遭抄家惨祸，其第二代功名全遭剥夺。

日趋没落的大明这一年还发生一件大事，八月十一日，明神宗朱翊钧的长子朱常洛出生，后来这位皇子熬了二十年才当上太子，熬了整整三十八年才终于登上皇位，成为明朝第十四位皇帝。尽管朱常洛上位后，任用贤臣，革除弊政，振朝廷纲纪的决心很大，可命运却跟他和大明开了一个天大的玩笑，朱常洛在位不到一个月就驾崩，成为明朝在位时间最短的一位皇帝，也是大明历史上最为悲催的皇帝。这位从小得不到父爱，身陷党羽之争和皇权更迭的年轻皇帝，生命永远定格在三十八岁的年轮上。《明史》记载："光宗潜德久彰，海内属望。而嗣服一月，天不假年。措施未展，三案构争，党祸益炽，可哀也夫。"

张居正死后，继任的张四维、申时行等达官显贵们，也曾相继向汤显祖抛出橄榄枝，许他以翰林地位，企图拉他入幕，但都被他一一拒绝了。万历十一年（公元 1583 年）三月，汤显祖最后一次走进会试殿试的考场，这一次命运终于没有辜负他，三十四岁的汤显祖中了癸未科三甲第二百二十一名进士，仕途从此开始。

4

政治舞台上的翻云覆雨，官场上的拉帮结派，派系斗争的倾轧陷害，世间人情的冷暖炎凉，这些都给汤显祖极大的刺激和教训，使得他做出了坚守一生的选择：为了保存自我人格的纯净，"掩门自贞"。汤显祖先在北京礼部观政（实习），次年又以七品职到南京任太常寺博士、詹事府主簿，后任礼部祠祭司主事。所谓礼部祠祭司主事，实际上就是礼部一个掌管祭祀之事的六品闲职。由此看来，汤显祖在布满荆棘的仕途上跌跌撞撞一路走来，所担任的职位也都是些无关紧要的闲职。

永乐迁都之后，繁华的南京沦为留都，留在这里的多是从北京被降职或者排挤出来的闲官。他们或放浪形骸，或曲径通幽，试图以另一种隐秘的方式再次挤进北京权力场，以享受权力带来的实惠与荣光。

汤显祖到南京任职后，闭门读书，潜心从事诗文创作，一晃度过了八年时光。虽然这八年消磨掉了大明王朝一个胸怀正气、一心报效朝廷却又无法施展抱负的汤显祖，但却成就了另外一个戏剧宗师汤显祖，或许这就是命运的阴差阳错。南京虽是留都，但毕竟青石板下沉淀着大明王朝五十三年的国祚辉煌，此时的南京，古都风雅，商业发达，人文荟萃，仅戏曲就有徐霖、姚大声、何良俊、金在衡、臧懋循等诸名家。天高皇帝远，汤显祖在南京乐此不疲，他一边以诗文、词曲与众戏曲名家切磋唱和，一边研究学问，甘做书中"蠹鱼"。有人曾调侃他："老博士何为嗜书？"汤显祖笑着说："吾读书不问博士非博士。"正是这种恬淡自得的生活态度，才滋养了他的艺术创作之花。

按常人的观点，留任南京的汤显祖，只要在闲职上闭目养神，也还是会有机会慢慢升迁的，可天性看重品格又胸怀政治理想的汤显祖，却是身闲心不闲，不知不觉间卷入无形的政治旋涡。他常常与那些激烈抨击万历朝政的中下级官员走得很近，抒发自己心中的忧郁，这样的立场也直接导致了他要上疏言事。明万历十五年到十七年（公元 1587 年—公元 1589 年）间，全国发生大灾荒，这对于渐趋没落的大明王朝来讲无疑是雪上加霜。人民生活穷困潦倒，西北边防又接连失事，汤显祖对此极为忧虑。当他看到万历皇帝借此责难官员的圣谕后，认为这是个针砭时弊、弹劾无良权臣的好机会，于是凛然向万历皇帝上了一道《论辅臣科臣疏》。他在奏疏中说："首辅申时行执政，柔而多欲，任用私人，靡然坏政，请陛下严诫申时行反省悔过。"又说："言官中亦有无耻之徒，只知自结于内阁执政之人，得到申时行保护，居然重用。"最为关键的是，汤显祖在奏疏中对万历皇帝的执政策略指手画脚，指指点点。他认为："皇上执政二十年，前十年张居正把持朝政，后十年申时行专权误国，二人都是以个人的意志结党营私。"

奏疏洋洋洒洒两千余字，有序有感、意正辞切、节奏明快、气势如虹地陈述了辅臣科臣们存在的问题，甚至指名道姓大骂那些贪腐的大臣，就连当朝的万历皇帝也难逃数落，可谓惊世骇俗，一时轰动朝野。汤显祖本来就不谙官场"实话不全说，说的不全实"的道理，尽管他的奏疏都是如实陈述，但还是触怒龙颜。虽然奏疏扳倒了多个位高权重的奸臣，但也使得他自己本就坎坷多难的仕途雪上加霜，政治悲剧也由此开始。

后来，汤显祖在创作《紫钗记》时，就把自己那份不畏强权的硬气写了进去。《紫钗记》看似主要写了李益与霍小玉之间坚贞纯洁的爱情，但也鞭挞了封建王朝奸臣当道、只手遮天的黑暗政治。戏中人物李益赶考之前，嘱咐霍小玉对老友崔允明多多照拂，霍小玉便救济崔允明三年之久。崔允明虽然落魄穷酸，但正直刚烈、恩怨分明。为官之后他将生死置之度外，痛斥卢太尉拆散李益与霍小玉的恶行，还施以援手助有情人终成眷属。这种不计生死，只为伸张正义，务求涤荡官场浊气的行为，称得上"行侠仗义"。汤显祖描写的这一段情节，恰是自己当年在官场上仗义"立言"的情景再现。他以这篇《紫钗记》，呼吁世人：莫忘书生骨气。

5

明万历十九年（公元 1591 年），这一年闰三月，被视为"不祥之兆"的彗星出现。汤显祖终因上疏谏言，弹劾奸邪，惹祸上身。在大明官场上，他对权术谙知太浅，忽视了朝廷和权臣相互制衡的潜规则。对于汤显祖上疏言事的做法，从万历皇帝到朝廷重臣，可以说没有一个人认同，他也只是万历皇帝手中一把刀，既可以高高举起，也可以轻轻放下。就这样，万历皇帝轻飘飘一张诏令，以"假借国事，攻击元辅"的罪名，将其由南京礼部祠祭司主事谪降为广东徐闻典史。所谓典史，也就相当于今天的派出所所长。至此，才华横溢的汤显祖便与"南蛮之地"的徐闻结下了一段不解之缘。

从繁华热闹的南京官邸，到雷州半岛南端的徐闻，两地相隔数千里，说谪降只是好听，实则是流放。官场落魄的汤显祖，走出南京城的那一刻，他已经没有丝毫留恋了，因为他知道自己本身就是不属于这座留都，甚至是不属于整个大明庙堂，这里早已没有值得他留恋的东西，他的留恋应该就在元曲和杂剧里。

汤显祖单骑赴任之际，先回到家乡临川看望家人，不承想一场疟疾又折磨了他四个月。身为受贬"罪臣"，迫于皇命，汤显祖不敢再拖延时间，于是拖着刚刚康复的身躯，九月初从临川启程，南下徐闻。苍茫大海之上，一叶孤舟，飘摇南行，那一刻孤舟是如此的渺小，如同汤显祖在大明波谲云诡的宦海中一样。其实，汤显祖对雷州半岛的徐闻早有耳闻，这里曾是苏东坡贬谪海南时慨叹的"青山一发是中原"之地。在这样的天涯海角，汤显祖遇到了被流放到此的张居正次子张嗣修，也就是公元 1577 年的榜眼，那位十几年前自己不愿意巴结的贵胄公子。风水轮流转，张居正死后，张氏一家便惨遭抄家，第二代功名全遭剥夺，张嗣修被充军发配雷阳。汤显祖与张嗣修在这里有幸遇见，虽然双方曾有过隔阂、嫌隙，但早已时过境迁，况且现在同是天涯沦落人，此时二人"握语"于雷阳，百感交集，风趣殊苦。

汤显祖留居徐闻的日子虽然短暂，但他却把它过得像诗一样。他知道，百姓在自己心里有多重，自己在百姓心里就有多重。徐闻地处雷州半岛最南端，人文凋敝，教育落后，自然条件与社会环境都非常恶劣，且徐闻人"性悍喜斗、轻生敢斗"。汤显祖到任后，希望通过文化教育，改变徐闻人"轻生好斗"的陋习。于是，他就把自己居住的公寓当作讲堂，开始讲学论道，"自为说训诸弟子"。慕名前来求教者络绎不绝，每天都把寓所挤得满满的。汤显祖就与徐闻知县熊敏商量，决定捐出官府发给他的"劳饷"，创办一家书院，起名为"贵生书院"。

颠沛流离的贬谪，波谲云诡的官场，这些不但让汤显祖感到仕途险恶，甚至觉得人生如梦，世事荒诞无常。经过一个冬天的蛰伏，他内心深处总有一种激情在涌动，对未来规划也越来越清晰。好在朝中有人替他斡旋，这才有了"秋去春归"的机会，汤显祖离别徐闻之际，还别有深情地为贵生书院题了首《徐闻留别贵生书院》："天地孰为贵，乾坤只此生。海波终日鼓，谁悉贵生情。"据《徐闻县志》记载，明万历二十年（公元 1592 年）春，汤显祖"离徐北还"，经阳江、高要等地，回到故乡江西临川县东郊文昌里暂居。北归途中，在过恩州（今广西田阳）时，他还即兴写下了《恩州午火》，以抒发自己当时的胸臆："逐客恩州一饭沾，伏波盘笋见纤纤。炎风不遣春销尽，二月桃花绎雪盐。"

6

万历二十一年（公元 1593 年）三月，汤显祖奉诏任遂昌知县。浙江遂昌，大明处州府治下的"斗大小县"，地处"万山溪壑中"，"赋寡民稀"，老虎和盗贼竞相出入民舍，其蛮荒程度与之前的徐闻相差无几。

汤显祖从帝国最南边的徐闻，又来到偏僻贫瘠的山城遂昌，在别人眼里这可能是一场没有尽头的人生苦旅，而此时的他却像参透了人生似的，带着另外一个梦想来到遂昌。汤显祖到任后的第一件事，就是拜谒孔庙，兴建相圃书院，意喻哺育将相之才。他在浙江遂昌任知县的五年中，仁政惠民，兴学重教，奖掖农桑，驱除虎患，轻刑宽狱，深受人民爱戴。

特立独行的汤显祖，总是会采用别人意想不到的做法去挑战大明的世俗，在遂昌他又做出一个惊世骇俗的决定。他认为这个社会充斥着太多的礼法与权势，唯独少了情、寡了爱，他要以"情"施政，将遂昌建成"有情之天下"。汤显祖上任后的第一个春节，就命人打开狱门，让囚犯回家与家人团聚。归监之日，竟无一人借机逃走，全部如期归来。元宵节时，他又让囚犯梳洗穿戴整洁，由狱官统一带到城北河桥上观赏花灯，体会"绕县笙歌"的欢乐景象。汤显祖"遣囚度岁""纵囚观灯"的做法，让囚犯及其家属感恩戴德，力求洗心革面，当然这一"匪夷所思"的做法也惊动了朝野。囚犯都能被教育感化，何况大众百姓呢？此时的汤显祖，就像是一个脱离了低级趣味的人，他要让自己的治世抱负和情怀理想在大山深处的遂昌开花结果。

充实着艺术细胞的汤显祖，本身就具备以苦为乐的潜质，他在遂昌静美山水间，开始放逐自己的心灵，将人生的着力点从仕途转至文学上来，于无人喝彩之时，实现了自我救赎。在遂昌，汤显祖饱蘸笔墨，为我们描绘出这样一幅生动场景："山也清，水也清，人在山阴道上行。春云处处生。……官也清，吏也清，村民无事到公庭。农歌三两声。"他在遂昌完成《紫钗记》初稿的修改后，又开始《牡丹亭》等作品的构思和创作。我推想，此时的汤显祖是在用他人生的下半场编织一个属于自己的美好梦境，《牡丹亭》就是这个梦境中等待破茧的一只彩蝶。白天，汤显祖竹杖芒鞋，访贫问苦，足迹行遍遂昌的山山水水，放逐心灵；夜晚，青灯如豆，书叠千山，他独自走进自己的寻梦世界。柳梦梅、杜丽娘、霍小玉、卢生……一个个不朽的戏剧人物，在他的笔下眉眼生动起来，恰似千朵红云堆脸庞，在开满牡丹花的春庭里，香风阵阵，笑靥盈盈，令人怦然心动。

汤显祖在遂昌知县任上一待就是五年，终不得升迁，最后决定抛弃形同鸡肋的官位，挂印回乡。万历二十六年（公元1598年）春天，汤显祖就像一只破茧的蝴蝶，自由自在地扇动着翅膀，在春天的山野飞翔。他甘冒"擅离职守"的风险，留下辞呈，效法陶渊明"彭泽孤舟一赋归"，回到了老家江西临川，在那里修建起玉茗堂，继续演绎着自己没有做完的梦境。也就是在这一年，四十九岁的汤显祖送给自己一份厚重的生日礼物，终于完成了《牡丹亭》的创作。而同在这一年，西方剧坛璀璨巨星英国的莎士比亚出版了《亨利四世》。《亨利四世》是莎士比亚历史剧中最成功、最受欢迎的一部，被视作其代表作。"东西曲坛伟人，同出其时，亦一奇也。"日本戏曲史家青木正儿如是评价。

封建政治毕竟是残酷的，汤显祖的挂印出走，并没能引来当权者的同情和劝慰，反而在三年后被朝廷以"浮躁"之罪追论削籍，从此，再也无望涉足政坛。当然，此时的他也早已没了对仕途的渴望，因为他知道这些本身就不属于自己的。

7

汤显祖在家乡过着半隐居的生活，临川玉茗堂里，他的梦境之花继续璀璨绽放，最终完成了《牡丹亭》《紫钗记》《南柯记》《邯郸记》等绮丽的"临川四梦"，成为后人争相传阅的旷古绝唱。其中，对后世影响最深、最受欢迎的当数《牡丹亭》，这也是汤显祖最为得意之作，他曾言道："吾一生四梦，得意处唯在《牡丹》。"《牡丹亭》大致内容是：南安太守杜宝的女儿杜丽娘是个可爱的少女，读了《诗经》中的《关雎》篇后，激起了对爱情生活的向往，在梦中和柳梦梅幽会，相思而死。杜宝在她的墓地修造梅花观，柳梦梅进京赶考，借宿观中，因拾得杜丽娘的自画像，掘坟开棺，使得杜丽娘复活，二人结为夫妻。杜丽娘的家庭老师陈最良思想陈腐，杜宝权势极大，两人都反对这桩婚事。最后在皇帝的干预下，这对有情人才终成眷属。汤显祖凭着"临川四梦"，载誉史册。

我想，对汤显祖来说，他一生最为得意的事情应该就是"做梦"，你看他一梦《牡丹亭》、二梦《紫钗记》说的都是爱情；三梦《邯郸记》、四梦《南柯记》讲的又都是功名，这些不都是背负着"显祖荣宗"重任的他前半生所努力追求的吗？

至情之人方有至情之文。汤显祖始终相信至情的力量，他在《牡丹亭记题词》中写道："情不知所起，一往而深。生者可以死，死可以生。生而不可与死，死而不可复生者，皆非情之至也。"在他眼里，至情的力量是巨大的，甚至可以让人起死回生。《牡丹亭》就是他"情至"主义的千古绝唱，给予了爱情最高的礼赞。"临川四梦"的创作皆是"为情所使"，汤显祖在自己编织的梦境里，有对至情的呼唤，对真情的追求，对爱情的赞美，也有对丑恶官场的鞭挞，对封建伪善的揭露，对荣华富贵的厌倦。"临川四梦"不只是一系列五彩缤纷、清丽凄婉的梦境，更是一组组生动可感的人生群像，一幕幕纷繁复杂的社会景象。

人间情，利禄名，都如梦。步入晚年，汤显祖又潜心佛学，以"茧翁"自号，自称"偏州浪士，盛世遗民"，说"天下事耳之而已，顺之而已"。在这个世界上，汤显祖其实并不寂寞，也不孤独，虽然他不知道，在地球的另一边，一个叫莎士比亚的英国年轻人与他不约而同地开始心灵起舞，与他一起成为十六世纪晚期东西方剧坛冉冉升起的璀璨巨星，但巧合的是他们又都在同一年驾鹤西归。明神宗万历四十四年（公元 1616 年）六月十六日，六十七岁的汤显祖在自己编织的梦境中慢慢闭上了眼睛，魂归天国。他带着一身才华而来，留下等身佳作而去，他的一生是一串色彩斑斓的梦，他的一生也是一部凄婉动人的情史。汤显祖"因情成梦，因梦成戏"，探索世界、针砭社会、拯救苍生，成为世界剧坛难出其右的戏剧政治家。

同年四月二十三日，莎士比亚病卒于故乡斯特拉福。

一个人，一座城，一个梦。汤显祖滋润和影响了遂昌四百多年，悄悄改变着这座山城的气质，由此让遂昌的山野乡村和街头巷尾弥漫起艺术与诗情的氤氲，也难怪把遂昌称为"仙县"，且自诩为"仙令"。

"原来姹紫嫣红开遍，似这般都付与断井颓垣。良辰美景奈何天，赏心乐事谁家院……"这是遂昌人人都能咿呀唱上几句的《牡丹亭》。而今，当人们走在遂昌的街巷，寻访汤显祖的遗踪时，耳畔仿佛又传来悠扬的昆曲，唱腔清丽婉转，妩媚动人。清婉雅韵里，蘸足了江南水墨，让人们忽然觉得自己长出一双巨大的翅膀，化为汤显祖梦中的蝴蝶，自由自在地飞舞在山城的大街小巷和山乡阡陌。

用传承去铭记

    不知不觉间，我在浙江已生活了三十多年。如果说是故乡养育了我，那么现在我可以自豪地说，是浙江的人文历史重塑了我。

    之江大地，吴越故地，东南胜境，钟灵毓秀，人文荟萃。生活在这片激情而又灵动的土地上，那些与青山绿水相互辉映的人文往事，让我深深感受到浙江历史文化的悠远厚重。从东汉至现代，仅载入史册的浙江籍文学家已逾千人，尤其是宋室南渡定都临安后，宋韵文化更是为浙江文脉注入了无限张力，之江大地也渐渐成为沿海地区政治、经济、人文之高地，吸引着文人墨客纷至沓来。

    扎根在这片土地上，耳濡目染，我切身感受到了文化之邦的丰厚底蕴，时常有提笔的冲动。两年前，去省作协拜访曹启文先生，他鼓励我要尽快摆脱书写个人"风花雪月"的羁绊，深挖适合大众阅读的题材。正是有了这样的鼓励，我才能够静下心来，重新审视自己创作的目标和方向。夜深人静时，我时常徜徉在钱塘江畔，潮涨潮落，奔流不息，历史的江河又何尝不是如此？江水东逝，英雄淘尽，一代代历史人物转瞬即逝，如果能用自己的笔墨去记录，用自己独特的视角去解读，何尝不是一种快意笔耕？于是，我便萌生出创作历史文化大散文的念头，也就有了这本《大江安澜》。

写作是一场孤独的旅行，更是一次心智的历练，要远离尘嚣，耐得住寂寞。无数个夜晚，万籁俱静时，我的创作思绪沿着江河湖泊溯源而上，让我穿越悠远的千年时空，去钩沉那些沉睡在岁月深处的旧年往事，用文字与先贤隔空对话。书中这些人物，既似我的故交老友，也似我的圣贤师长，在笔下，他们不再那么遥远，好像触手可及。我仿佛伴随着大儒严光稳坐在富春江畔，尽情享受清风划过脸颊的惬意；也仿佛追逐着谢灵运的木屐，诗意行走在永嘉山水间；又仿佛与颜延之一起乘风破浪，巡牧洞头列岛。当然，我也听到了那些岁月故人的叹息，既有发出"语此长太息，我生如飞蓬"感慨的苏东坡，也有发出"胡未灭，鬓先秋，泪空流"哀叹的陆游，在一声声叹息里，他们的家国情怀，掷地有声。

书写那些血与火的历史时，我的耳畔好像又传来金戈铁马的震撼，传来他们托体山河的呐喊。穿越千年历史沟壑，我与他们肩并肩，跨马厮杀，刀光剑影，鼓角争鸣，撼天动地，深切感受到岳飞"壮志饥餐胡虏肉，笑谈渴饮匈奴血"的英雄豪迈，感受到辛弃疾"男儿到死心如铁，看试手，补天裂"的雄壮激昂，感受到张苍水对国家、民族、文化的血性悲怆。

徜徉在波涛激扬的文化江河，遨游于历史钩沉的曼妙时光，有时我的心绪也会伴随着书中人物的人生境遇而跌宕起伏，忽而灵魂起舞，忽而伏案饮泣，忽而拍手称快，忽而扼腕叹息，或喜或悲或怒或叹。正因如此，才愈发坚定了用自己的独特视角，去书写和解读这些山河故人内心世界的执念，以历史时空为轴，历史故事为卷，历史人物为点，攫取与这方山水密不可分的重要历史人物或事件，抽丝剥茧，穿珠成链，力求呈现给读者一组立体鲜活的文化群像。

打开历史之窗，品味人文之美。浙江文脉，生生不息，宛若江河，蔚为大观。这里山河有故人，山水有精神，文脉有魂魄，历代先贤为后人构建起丰富的民族精神和历史文化。踏足历史河流，任凭时光打磨，用真情去守望，用传承去铭记，这也是时代赋予我们每一个书写者的责任。

本书顺利出版得到了著名小说家、编剧海飞先生和作家李北墨先生的无私帮助，借此深表谢意！并特别感谢杭州师范大学教授、中国作协网络文学研究院副院长、杭州市文艺评论家协会主席夏烈先生为本书作序。

是为后记。

二〇二二年五月二十日